Primera Parte

Hay algunos viajes que quisiéramos no hacer nunca. Pero allá vamos. Vamos porque tenemos que hacerlo, porque es la única manera de sobrevivir. Este es mi viaje, el que nunca quise emprender. Pero lo hice. Y algo ha sobrevivido. Hay cosas que no pueden ser olvidadas, que no se olvidarán. Viajan con nosotros hasta el final.

CAPÍTULO 1

Omar, mi hermano mayor, nació en una ladera nevada junto a la autopista Kabul-Jalalabad, una de las carreteras más peligrosas del mundo, en una fría noche de febrero. Una fuerte tormenta les había pillado de improviso, y mi madre, de pie en la nieve que se iba amontonando a la altura de los muslos, se dobló de dolor y el eco de sus gritos se oyó por todo el valle, retumbando en las paredes de la garganta de Kabul. La única persona que estaba allí para ayudarla era mi padre, que nunca antes había visto a un niño venir a este mundo, mucho menos un niño propio, y estaba paralizado de miedo viendo cómo su preciosa esposa, con el rostro retorcido de dolor, respiraba pesadamente y emitía alaridos guturales y salvajes.

Ustedes, por supuesto están en todo su derecho de preguntar qué hacían solos a tales horas, en mitad de la helada noche, en aquel terreno montañoso y traicionero. Bueno, pues estaban huyendo. Que era lo único que habían hecho desde el día que se conocieron, ya que su unión (un matrimonio por amor desde el primer momento) era tan improbable, tan ridícula, tan insensata, que mi madre fue expulsada inmediatamente por su familia. La echaron de casa de mi abuelo, deshonrada. Fue repudiada por su padre sencillamente, con las palabras «Azita, ya no eres mi hija», que fueron las últimas que le dirigió.

Su madre no le dijo nada.

13

Mi padre no tuvo mucha más suerte. Sus padres, aunque eran montañeses tranquilos, sintieron, no obstante, la vergüenza de su temeridad y, acobardados ante las posibles represalias, se distanciaron también de la desigual pareja. Y así, Azita y Dil (Madar y Baba, que es como les llamamos nosotros) empezaron su vida en común como marginados, y eso fue lo que seguirían siendo. Cuando se casaron solo vinieron a la ceremonia el primo Aatif y el mejor amigo de Baba, Arsalan, y cualquiera que sepa algo sabe que... bueno, que normalmente no es así como se hacen las cosas.

Poco después de la boda, cuando mi madre se quedó embarazada de su primer hijo, empezaron las amenazas. Al principio eran cosas menores. Que te den empujones en el mercado. Volver a casa y encontrarte la puerta abierta de par en par y que se hayan llevado comida de la despensa. Un día encontró un camisón que había puesto fuera a tender rajado por la mitad y manchado de sangre. Fue entonces cuando decidieron salir corriendo. Se harían nómadas. Vivirían del dinero que la hermana de mi madre le había dado. Vivirían de la amabilidad de los extraños, ya que su propia familia les había rechazado.

La hermana de mi madre, Amira, les llevó todo lo que pudo. También les entregó joyas de oro, herencia de la familia, pensando que podrían serles útiles en el futuro (este robo altruista le costaría a la hermana de Madar, más adelante, cuando se descubriera finalmente la verdad, su lugar en la familia, porque la enviarían a Rusia, lejos de casa; pero ya llegaremos a eso en su momento). Ahora, pues, las hermanas lloraron y se abrazaron. Iba a ser, aunque entonces no lo supieran, la última vez que se vieran. Así de duras fueron las elecciones que el amor impuso a mi madre y a mi padre: ofrendas en forma de pruebas de su decisión y de su determinación.

La noche que mi hermano mayor Omar llegó a este mundo incierto huían de un grupo de bandoleros de las montañas que habían intentado robarles y llevarse el coche de mi padre, un Lada de 1972 color óxido, regalo de bodas de Arsalan, que era el orgullo y la alegría de mi padre. Después de mi madre y del hijo que estaba a punto de nacer, era el amor de su vida. Durante un viaje a Kabul, donde esperaban ver a Arsalan otra vez y pedirle ayuda, dispararon contra el coche mientras avanzaban a duras penas, bajo tormentas de granizo repentinas, por el peligroso puerto de montaña.

Una bala agujereó la puerta lateral y el proyectil se alojó en el suelo enmoquetado del Lada, junto al tobillo de mi madre. Fue en este punto del trayecto cuando Omar decidió que estaba listo para ver el mundo, aunque, según todos los cálculos, tendría que haberse quedado quietecito hasta que se levantara la helada. Y mi madre, una mujer de voluntad firme e imperturbable, decidió que el coche no era un lugar seguro para el nacimiento de su hijo, y que si los bandidos muyahidines les iban a disparar en la ladera de la colina, adelante, que lo hicieran, pero ella iba a confiar en Alá. Mi padre sabía que no tenía sentido discutir con ella, gracias a una sabiduría instintiva que les llevaría finalmente a tener seis hijos y un matrimonio feliz, a pesar de los desafíos a los que tuvieron que enfrentarse, y hubo muchos.

Recogió su *patu*, su manta tradicional de lana, del asiento trasero, y los dos emprendieron la marcha cuesta arriba atravesando el espeso manto de nieve, refugiándose detrás de los peñascos.

«Que agujereen esto con sus balas». Mi madre, indignada, escupía las palabras en dirección a los pistoleros, de mediocre puntería, que ahora callaban y que probablemente estuvieran cruzando las serpenteantes carreteras del valle para saquear tanto el vehículo como los cuerpos de los pasajeros, muertos o moribundos, que bien podrían haber seguido en el coche, alcanzados por disparos o muertos de frío en aquella noche de invierno tan intensa. Había una rebosante luna llena y el aire estaba quieto, de forma que el eco de sus gritos, por más que ella intentara ahogarlos, viajaba lejos sobre la escarcha del aire. Omar había decidido entrar en el mundo y no tardó mucho en salir, resbalando, para caer en el *patu* que le esperaba, sostenido por las temblorosas manos de mi padre. Lo envolvieron de inmediato, enrollándole en una capa tras otra. Mi madre, habiendo traído a su bebé al mundo, se irguió y se apoyó en mi padre, sin apartar la mirada de los ojos de su hijo adorado. Delirantes de felicidad y triunfo, bajaron a trompicones la ladera hacia el coche, dejando un rastro de sangre oscura que se calaba por los blancos ventisqueros.

En ese momento, ya dos de los francotiradores habían logrado llegar hasta el coche y esperaban pacientemente a que mi padre volviera con las llaves. Uno de ellos estaba fumando hachís. El otro aguardaba de pie sujetando el rifle bajo el brazo, vigilante.

Mi padre temblaba de pies a cabeza. No era ni un cobarde ni un idiota y veía el peligro al que se enfrentaban, como conocidos simpatizantes del comunismo. Mi madre, sin embargo, al haber dado vida hacía un momento, desprendía aún más autoridad que habitualmente, y fue andando derecha hasta los hombres diciéndoles, «Hermanos… venid a ver, mirad, este niño, un milagro. Demos gracias a Alá, alabado sea. Pero tenemos que llevarle a un sitio caliente y seguro. Vosotros, hermanos, tenéis que ayudarnos».

Y ya fuera porque se sintieron hechizados por su belleza o porque el extraño giro que estaban dando los acontecimientos les había pillado desprevenidos, porque iban colocados de hachís o porque el tono desafiante de mi madre les acobardó, el caso es que, para asombro y alivio inmenso de mi padre, los dos hombres atendieron rápidamente sus planes y olvidaron la idea de robar, al encontrarse delante de la responsabilidad mayor de garantizar que esta noche no fuera la última de aquel bebé sobre esta tierra. Y aunque eran unos canallas rudos y estaban bastante colocados, también eran hijos de alguien, y alguna vez habían sido niños (ahora apenas eran adultos) y les reconfortaba el calor del coche y el no tener que matar a esta pareja y a su recién nacido, y todo en el mundo aquella noche estuvo bien.

Así es como lo relata mi madre, sin aliento, y cada vez que cuenta la historia, los rufianes de la montaña se vuelven más y más nobles. Las estrellas brillan con fuerza en el cielo de la fría noche y podemos oír a Mermon Mehwish cantando en la radio del coche, y a mi padre, mi madre y los dos muyahidines cantando con él mientras viajan hacia las luces de Kabul.

Pero evidentemente no fue así como ocurrió. Mi madre tiene un don para contar historias: puede convertir con su imaginación la peor pesadilla en el mejor de los sueños. Es un don que nos ha mantenido con vida, a ella y a todos nosotros, a lo largo de los años. Cuando mi madre cuenta la historia, mi padre solloza y se queda en silencio, y sabemos que fuera como fuera que llegara Omar al mundo, no fue gracias a la amabilidad de los extraños.

Pero ¿por qué empezar por el nacimiento de Omar? He empezado por aquí porque a veces hay que ir hacia atrás para poder avanzar. Esto es lo que mis padres nos dicen cada vez que el tren llega a su destino final en este viaje transiberiano perpetuo, yendo y viniendo de Moscú a Vladivostok y vuelta a empezar. El momento en que los seis niños rogamos, suplicamos, lloramos, saltamos del tren. De los seis que somos, yo soy la cuarta hermana, Samar: antes de mí están Omar, Ara, Javad, y detrás de mí vienen Pequeño Arsalan y la bebé Soraya. Es ese emocionante momento en el andén cuando lo único que queremos hacer es parar, acabar ya con este viaje interminable de Asia a Europa y a Asia otra vez. Un día, bien cuando mis padres hayan decidido qué hacer ahora, o bien cuando se les acabe el dinero (y ese día sin duda llegará pronto), entonces podremos apearnos de este tren y empezar una nueva vida. En algún sitio seguro. En algún sitio del que no tengamos que huir.

CAPÍTULO 2

Las ruedas del tren chirrían inesperadamente y se detienen. Todos sentimos una sacudida hacia delante.

Omar y Javad sacan la cabeza por la ventana abierta para ver qué pasa. Estamos en mitad de un puente en el tramo de ferrocarril Circumbaikal. La caída es imponente, el tren se balancea suavemente sobre la vía y luego espera. Los pasajeros de otros compartimentos salen al pasillo, algunos se asoman con cautela.

—A lo mejor es un problema de ancho de vía. —Omar y Javad deliberan.

Mis hermanos ahora son expertos en trenes. Y en puentes. Y en ingeniería. Omar dice que un día será ingeniero. Lleva un año estudiando un curso de ingeniería por correspondencia. Recoge y envía trabajos desde todas las paradas de la línea, mandando al *provodnik*, Napoleón, revisor y guardián del samovar, a que corra a las oficinas de las estaciones en las que paramos para recoger su último paquete de apuntes. Nuestro compartimento está lleno de bocetos y cálculos de Omar. Piensa que los hombres que construyeron estos puentes, que hicieron explotar el granito y el cristal a lo largo de toda esta pared rocosa, los hombres que cavaron y excavaron y dinamitaron largos tramos de inhóspita tierra siberiana, construyendo puentes y túneles magníficos, eludiendo las amenazas de inundaciones y corrimientos de tierra, los peligros del ántrax y del cólera, los ataques de bandidos y de tigres, que estos hombres notables eran verdaderos aventureros, que retorcieron la tierra a su voluntad. Crear un mundo a imagen de lo que uno ha diseñado: eso es lo que quiere Omar.

—Deja eso, Samar. —He descolgado uno de los bocetos de Omar para mirarlo, ver cómo los aceros se entrecruzan una y otra vez creando un complejo dibujo.

—No lo vas a entender —suspira Omar sonriendo.

—Pues explícamelo —le digo, sentándome al lado de mi hermano mayor, entrando a formar parte de su nuevo mundo de belleza e ingenio.

—Para empezar, lo tienes al revés. —Ríe, desconcertado ante mi interés. Yo coloco bien el boceto.

—Así está mejor. Mira, ¿ves? —Sus dedos trazan el exterior del dibujo. Los ojos de Omar brillan con fuerza mientras me explica cómo funciona, sorprendido y contento de tener un público tan entusiasta.

—¿Pero cómo sabes que va a funcionar? —le pregunto, perpleja ante los grados, los ángulos, las retorcidas estructuras de metal que hace aparecer con mero lápiz y papel.

—No lo sabes —responde— . No siempre sabes si va a funcionar. Solo hay que probarlo.

Admiro su fe en sí mismo, el hecho de que esté siempre tan convencido. Junto a Omar me siento segura, como si el mundo fuera una serie de cálculos solucionables y, al tiempo, algo tangible y sólido bajo nuestros pies.

—Callaos —exclama Ara. Está estudiando francés en el compartimento de al lado (le enseña Madar), y estamos perturbando sus conjugaciones.

¿Qué, sorprendidos? Que seamos gente itinerante no significa que mis padres no den importancia a nuestros estudios. Desgraciadamente, es todo lo contrario. Aprendemos matemáticas, geografía, ciencias, historia (mi asignatura preferida), filosofía, política, ruso, inglés y francés. Leemos (yo, por mi parte, leo *Anna Karenina* de Tolstoi y atesoro un viejo y estropeado ejemplar de una enciclopedia que, a decir verdad, compartimos todos). Mi madre quiere que estemos equipados para la vida. Por las tardes damos música. Baba tiene un transistor y lo sintoniza con cualquier emisora local. Escuchamos música clásica, folk, *rock*, hasta *jazz*, y música rusa, mongola, china… lo que podamos encontrar, dependiendo de la etapa del viaje.

Una tarde nos reunimos para escuchar *El Pájaro de Fuego* de Stravinsky, todos apretujados en el compartimento número 4, con una vela titilando sobre la mesa de lectura. Soraya está en el regazo de mi padre; Pequeño Arsalan y yo, en el suelo; Ara, Javad y Madar, sobre la cama de en frente, y Omar, de pie en el quicio de la puerta. El tren ha parado para cargar víveres y cambiar el coche restaurante, pero ninguno de nosotros se mueve, de tan embebidos que estamos en la música, escuchando a mi madre contarnos la historia del príncipe Iván y el hermoso pájaro de fuego.

—El príncipe Iván —dice Azita con su voz melodiosa y susurrante— entra en el reino mágico de Koschei el Inmortal y, de repente, en el jardín ve a este hermoso pájaro de fuego, y lo captura. El pájaro suplica que le deje en libertad y promete ayudar al príncipe.

—¿Y entonces qué? —pregunta Soraya, mirando a Madar. Soraya, que tiene cuatro años y es el bebé de la familia, sigue en esa edad en la que se le cuentan cuentos todas las noches. Todos fingimos que esta historia es para ella, cuando en realidad a todos nos atrae el calor y la luz de la vela y el suave arrullo de la voz de mi madre.

—El príncipe descubre a trece princesas, bellísimas princesas —dice Madar— y se enamora profundamente de una de ellas, así que decide pedirle su mano a Koschei.

Mi madre sonríe a mi padre cuando cuenta esta parte de la historia, pero Baba está muy lejos, mirando por la ventana.

—Koschei dice que no y envía a sus criaturas mágicas a atacar al príncipe, pero llega volando el pájaro de fuego y las embruja, sometiendo también a Koschei a un hechizo.

Javad, usando la luz de la vela, empieza a hacer sombras del pájaro en la pared, detrás de la cabeza de Baba. Soraya se acurruca más contra él, asustada por la música y por el juego de sombras.

—Entonces el pájaro de fuego comparte con el príncipe el secreto de la inmortalidad de Koschei.

—¿Qué es la inmor… inmortalidad, Madar? —pregunta Soraya.

—La capacidad de vivir para siempre —dice Baba.

—El sueño de los tontos —bufa Omar con desprecio.

—El pájaro de fuego le dice al príncipe Iván que el alma del malvado hechicero está contenida en un huevo mágico gigante —prosigue Madar muy seria—. Así que el príncipe destruye el huevo, rompe el hechizo y el palacio de Koschei desaparece, junto con el propio Koschei. Las princesas e Iván siguen ahí. Ahora por fin están despiertos.

La música avanza en espirales hacia su triunfante final y oímos los emocionados aplausos del público. Imagino la sala de conciertos llena de hombres y mujeres elegantemente vestidos, los bailarines en el escenario, la orquesta en el foso, todas las escenas que he aprendido de mi querido Tolstoi.

—Baba, ¿algún día veremos algo así? —pregunta Soraya.

—Algún día, algún día veremos algo así —contesta, envolviéndola en un cálido abrazo de oso.

Mi hermana Ara tiene una voz preciosa y a veces, al caer la tarde, cuando nos reunimos todos en el coche restaurante a cenar, canta, en general viejas melodías afganas o las canciones de Farida Mahwash, otra exiliada como nosotros, otra nómada. Ara suele cantar músicas que mezclan árabe, persa, influencias indias, como el crisol de razas que es nuestro país. Madar suele llorar. A veces hasta los ojos de Baba se humedecen, de alegría tanto como de tristeza. Porque en los años antes de escapar de nuestra casa de Kabul, la música estuvo prohibida. ¿Os imagináis? No poder escuchar música, ni cantar, ni tocar un instrumento, ni siquiera tararear una melodía. ¿Qué mal puede haber? ¿Qué mal puede haber en cantar?

Así que cuando Ara, temblando, se pone en pie en un rincón del coche restaurante y se olvida de su propia belleza para compartir estas canciones, todos nos sentimos vivos y libres. Todos los pasajeros del coche aplauden. Son algunos de mis momentos preferidos, cuando estamos todos juntos, cuando la vida es hermosa.

En cualquier caso, estamos parados en mitad del puente de Circumbaikal, asomados a los alerces, los pinos y los abedules de la ladera del risco y, al otro lado, a la vasta extensión del lago. Como el tren se ha parado y tenemos la ventanilla abierta, estoy escuchando el ir y venir de los trinos de las reinitas de bosque que revolotean por la orilla del lago. A estas alturas conocemos ya todas las aves y la mayoría de los animales que hay en el trayecto. Javad y yo podemos pasar horas sentados juntando sonidos, color de plumaje y dibujos con las imágenes y las descripciones de la enciclopedia. Y si no, preguntamos a Napoleón, que es una gran fuente de sabiduría en todo lo relacionado con el trayecto. Tenemos poco más que hacer y esto nos ayuda a pasar el rato.

—¿Qué pasa? ¿Por qué hemos parado? —pregunta mi madre a Napoleón, que pasa por allí en ese preciso momento.

—Hay un ciervo atrapado en el puente; estamos esperando que se mueva.

—¿Un ciervo?

—Sí. Saltará o conseguirá darse la vuelta y volver al bosque. Si no se mueve pronto, el conductor va a tener que... bueno...

Napoleón lanza una mirada furtiva hacia donde estamos los niños. Los ojos de Soraya casi se salen de sus órbitas ante la idea de un ciervo trotando por la vía a tanta altura sobre el lago (que es, por cierto, el lago más profundo del mundo).

—Tal vez yo pueda ayudar —dice Javad. Es el más amable de mis hermanos, el menos inclinado a tirar del pelo e insultar, el que más se preocupa por todo. Javad sueña con ser veterinario o zoólogo y vivir en Londres o en Estados Unidos, o quizá en un safari park en África. Conocimos en el tren una vez a unos sudafricanos que nos hablaron mucho del Parque Nacional Kruger, y ahora Javad sueña con lugares así.

—Gracias, pero no creo que… —Napoleón sacude la cabeza. Es un hombre afable y bueno, que por las noches se entrega a una callada melancolía y que se ha encariñado de todos nosotros, de esta extraña familia itinerante con una aparente pasión por el viaje constante en tren.

—Déjame. Por favor —suplica Javad.

—Javad… —Madar le llama, pero él ya ha adelantado a Napoleón y está avanzando en zigzag por el vagón, entrando en el siguiente, y en el otro, hasta el asiento del conductor, en la locomotora.

Mi madre suspira, pero ya ha aprendido que, por atractivo que pueda parecer, no puedes vivir la vida de tus hijos por ellos, así que se encoge de hombros y espera. Cinco minutos después, Omar, que sigue con la cabeza por fuera de la ventanilla, grita:

—Eh, es Javad. Está en el puente, está con el ciervo.

—¿Qué está haciendo? —pregunta Baba.

—Está… está hablando con él.

—¡Mira cómo va a seducir al ciervo! Hay que ver… —se burla Ara, intentando que le dé igual, escudriñando, tensa, por encima del hombro de Omar.

Todos contenemos el aliento, conscientes de la estupidez de las acciones de nuestro hermano; una inhalación colectiva acompañada de oraciones diversas, y, después de lo que parece una eternidad, los vítores estallan en el vagón más cercano a la cabeza del tren.

—¿Qué está pasando? —pregunta Baba.

—Lo ha conseguido. El ciervo está… ha conseguido que retroceda y se marche. ¡Hurra! —exclama Omar.

Después de unos minutos, el tren arranca otra vez. El conductor toca la sirena y todo el mundo ríe y se alborota. Javad reaparece en el vagón, con los ojos brillantes. Es el héroe del momento. Pero yo creo que no es eso lo que hace que parezca tan feliz, ni tampoco la sensación de haber acariciado y convencido al ciervo asustado, de puntillas sobre las vías de hierro. No, viene embriagado de aire puro y del roce de sus pies contra el acero, de haber engañado a la muerte. Siento una punzada de envidia ante lo vivo que parece en este momento. Ha dejado de ser un pasajero. Baba abre una bolsa de azúcar. Omar echa a correr hasta el samovar con la tetera y todos sorbemos té caliente y azucarado para brindar por el seguro retorno de Javad.

—Por Javad —dice Omar, palmeando a su hermanito en la espalda.

—Por Javad —una sonrisa asoma a los labios de Ara al levantar el vaso en honor del éxito de Javad.

Está bien ver a Omar y a Javad riendo juntos. Últimamente les ha dado por discutir; nos ha pasado a todos. Omar, Pequeño Arsalan y yo tendemos a tomar partido unos por otros en estas batallas; Ara y Javad casi siempre unen sus fuerzas, aunque las alianzas pueden cambiar de un día para otro dependiendo del tema y de lo que nos estemos jugando. Ara y Javad son por naturaleza más fieros, se entregan más fácilmente a la emoción, a la confrontación y la sensación de afrenta. Omar y yo intentamos engatusar, jugar a pacificadores; él por ser el mayor, yo por ser la hija mediana.

—¿Cómo te has sentido? —pregunta Pequeño Arsalan, observando a Javad con renovado interés y respeto. Javad se encoge de hombros.

—¿Tocaste al ciervo? —pregunta Soraya, asombrada, con los ojos como platos—. ¿Te dijo algo? —Javad asiente. Ella se inclina más hacia él. Él le hace un gesto, como compartiendo un secreto.

—Me dijo… —le susurra al oído y no le podemos oír. Soraya se queda boquiabierta.

—No le tomes el pelo —dice Omar, que acude raudo a ayudar a Soraya.

—No lo hago —dice Javad, ya más frío, girándose a Baba, que le está mirando tan orgulloso, para contarle una vez más la historia de cómo persuadió al ciervo de volver sobre sus pasos por el puente, hasta salir de la vía y ponerse a salvo.

Yo saco mi viejo ejemplar de *Anna Karenina* (lo estoy leyendo despacio en ruso) y me voy al coche restaurante, donde puedo sentarme junto a la ventana sin que me molesten, ponerme a leer y escapar durante un breve rato, escapar a otro mundo, a otra piel distinta de la mía. Me escondo detrás de mi propio pelo y giro el cuerpo hacia la ventana. Soy tan pequeña, tan poca cosa, una niña sombra, que me imagino que los otros pasajeros ni se dan cuenta de que estoy aquí.

Me he aficionado a leer en el tren. En primer lugar, ayuda a que pase el tiempo. En segundo, apacigua en parte a mi madre, que lo ve como una señal de que estoy adquiriendo una educación, y también conciencia del mundo que me rodea (aunque si se diera cuenta del contenido de mi querido *Anna Karenina*, me atrevo a decir que lo desaprobaría con vehemencia). En tercer lugar, y lo más importante de todo, me protege de las voces fisgonas de los extraños y de sus incesantes interrogatorios. La peor de todas es la pregunta «¿A dónde vas?». Hay días que miento y escojo una parada, Irkutsk, o Ulan-Ude; a veces Moscú, y les digo: «Ahí es a donde vamos». Y si preguntan «¿Y qué haréis allí?», yo les digo, «Vivir, simplemente vivir». Tener una cama en una habitación que no se mueve por las noches; tener un espacio para mí, un espacio en el que estar quieta y pensar y escribir. Un jardín donde jugar. Un lugar donde plantar cosas. No quiero nada más que eso. Excepto la felicidad. ¿Por qué ansiamos ser felices?

Saco consuelo de la Anna de Tolstoi, de su desgracia y su tristeza, y reconozco en mí misma la misma necesidad acuciante de paz; así que me sumerjo profundamente en este mundo de ficción, olvidándome de la taiga, del bosque salvaje por el que viajamos lanzados como flechas. Los americanos expresan su apreciación en voz alta. Hay otros más circunspectos, que se empapan de las vistas que se van sucediendo.

Para mí, el mundo es el de Anna y Vronsky, por lo menos durante una hora o así; me imagino patinando sobre hielo en San Petesburgo, acudiendo a bailes, enamorándome de alguien inadecuado, apuesto e ingenioso.

En mi mente hay dos Rusias: esta, el torbellino épico y romántico de la Rusia de Tolstoi, y la otra Rusia, la Rusia que invadió y luego abandonó a mi patria. A esa Rusia no puedo amarla, sin saber realmente por qué.

CAPÍTULO 3

Yo tenía cinco años cuando abandonamos Kabul definitivamente. Salir corriendo de tu casa en mitad de la noche es una cosa terrible, ver el miedo en los ojos de tus padres y saber que nunca volverás. Es una cosa terrible no pertenecer ya al lugar donde naciste. Pero cuando ya no puedes leer, aprender, cantar, ni siquiera caminar a solas bajo el sol, no puedes vivir. No puedes quedarte. Así que los recuerdos a los que puedo aferrarme, los buenos y los malos, los cuido como cuidaría un jardín, porque son lo que me une a la tierra afgana.

Mis primeros recuerdos son de la casa en la que vivíamos entonces en Kabul, el único hogar que había conocido hasta ese momento. Era un edificio grande, moderno, imponente, de dos plantas, pintado de amarillo pálido, con un tejado plano, de mucha más categoría que las casas bajas color barro que se apiñaban a la sombra de las montañas y formaban la mayor parte de la ciudad. Nuestra casa, en cambio, para protegerse del polvo incesante, estaba retirada, dentro de sus propios jardines amurallados, detrás del barrio de Shahr-E-Naw, por la zona del parque, y la fachada de la casa estaba flanqueada por altas coníferas, con pinos y alerces agrupados en los laterales. Rebosantes rododendros adornaban la puerta, junto a rosales y madreselvas, de forma que, al entrar en la casa, su aroma entraba contigo.

El patio que había en mitad de la *kala*, o recinto, era donde yo pasaba la mayor parte del tiempo. Estaba lleno de flores y de árboles frutales (nogales, melocotoneros silvestres, enebros) y en el centro había un precioso almendro en cuya sombra de hojas verdes solía sentarme, o bajo sus flores en primavera, jugando con Javad y con Ara cuando volvían del colegio, o con los hijos de los vecinos, más cercanos a mí en edad.

La casa estaba situada en lo que solo un par de años antes había sido una calle muy arbolada. Esto era antes de que los soviéticos empezaran a talar los árboles (para ver mejor a los francotiradores muyahidines, decían). Por fuera del patio y de los muros del recinto estaban destruyendo la ciudad, aunque de eso yo no me diera cuenta entonces, ya que Madar y Baba hacían lo posible por protegernos del caos que se cernía sobre nosotros.

Desde el tejado de la casa podías ver toda la ciudad, hasta las montañas de cumbres blancas del Hindu Kush que la rodeaban. Recuerdo una vez que subí con Javad a hurtadillas y vimos miles de cometas de papel de vivos colores ondear y elevarse en el cielo nocturno. Esas cometas ya no las verás en Kabul; como todas las cosas bellas, las han prohibido. Tienen miedo de la belleza, de lo que hay en el corazón de las personas.

A veces por las noches, en el coche restaurante, Madar y Baba nos cuentan cómo solía ser la ciudad.

—El París de Asia —suspira Madar—. Había tiendas, cines, restaurantes...

—Y tiendas de discos —añade Baba—. Podías ir y escuchar música de cualquier parte del mundo. Duke Ellington; Duke Ellington vino a Kabul, ¿sabíais? El *jazz* vino a Kabul. En 1963. Estadio de Ghazi. Cinco mil personas. Imaginaos.

Era difícil intentar ubicar esta ciudad de colores, música y libertad en la que habíamos dejado atrás, pero todos asentíamos, perdidos en nuestra imaginación, empapándonos de la nostalgia de mis padres por una ciudad que había desaparecido hacía mucho tiempo.

—Eso lo hizo Faiz Khairzada —dice Madar pensativa—. Y el ballet, también vino el Ballet Joffrey, y Eisenhower, cuando yo era niña. Eran otros tiempos. —Su expresión es triste.

Es casi imposible para mí imaginarme a Baba y a Madar así: jóvenes, esperanzados, en un mundo lleno de posibilidades que justo entonces desapareció. Resulta demasiado cruel.

La casa amarilla pertenecía a Arsalan, que nos había acogido. Aunque era el mejor amigo de mi padre, también era amigo de mi madre. Habían estudiado los tres juntos en la Universidad de Kabul, y Baba había presentado a Madar y a Arsalan poco después de conocerla en aquella primera y trascendental reunión comunista, mucho antes de que llegaran los soviéticos y las cosas empezaran a cambiar. Madar y Baba hablan a menudo de esa noche en la que se conocieron, en las cuevas que hay detrás de la ciudad, junto con un grupo de estudiantes con curiosidad por conocer ideas nuevas, nuevas formas de vivir; todos se sentían audaces y revolucionarios, la luz de las velas les hacía verse favorecidos, y las miradas furtivas entre Madar y Baba marcaron el principio de un romance verdadero que florecería en la universidad. Es una historia de aventura e intriga que a todos nos encanta escuchar una y otra vez.

Madar estaba formándose como médico; siempre ha tenido un don para sanar a la gente, para hacer que las cosas vayan mejor incluso cuando el dolor es insoportable. Mi padre iba a convertirse en abogado, y luego entraría en política. Eso es lo que él quería que pasara, por lo menos, y lo que su padre también deseaba para él, una vez surgió la oportunidad de vivir una vida muy diferente, llena de posibilidades.

—En aquellos tiempos podías hacer cualquier cosa, ser cualquier cosa, imaginar cualquier cosa —nos cuenta Madar, sonriendo y asintiendo.

A mí, personalmente, esto me resulta difícil de creer. Pero la escucho. Su voz me atrae.

De niño, cuidando de las ovejas y de las cabras arriba en las montañas de Baghlan con mi abuelo, Baba vio un día un alud de lodo atravesando el valle en dirección al barranco de en frente y se puso a gritarle a unos caminantes que iban por el valle, para avisarles y darles tiempo a correr en dirección contraria, y así salvarles la vida.

Resultó que esos caminantes eran Arsalan, que entonces era un niño pequeño como mi padre, y su padre, que esa primavera estaban de visita en el Hindu Kush. Y así Baba y Arsalan jugaron juntos en la aldea de montaña de mi padre y se hicieron buenos amigos, y Arsalan se sintió para siempre en deuda con mi padre. La familia de Arsalan era rica y política, como la de mi madre, y fueron ellos quienes cuidaron de mi padre a partir de entonces, quienes contribuyeron a su educación, quienes le ofrecerían más adelante un lugar donde vivir en Kabul, quienes le animaron a ser abogado, porque eso era lo que quería Arsalan, ya que Baba le había salvado la vida. Por lo menos así es como Baba cuenta la historia.

Y ahora lo que Arsalan quería era seguir cuidando de mi padre y de la creciente familia de mi padre.

Arsalan era soltero y trataba a mi padre como a su hermano, a mi madre como a su hermana y a nosotros tan amablemente como si fuésemos sus propios hijos. Aquellos primeros años en la casa amarilla fueron felices. Pero un día, cuando yo tenía cinco años, las cosas cambiaron de la noche a la mañana y la felicidad, la ligereza, se evaporaron de repente, y el aire se volvió lúgubre y oscuro. Nunca supe realmente lo que lo provocó, pero desde ese momento en adelante cuando pasaba algo malo culpábamos a los soviéticos, a los combates, más adelante a los talibanes, a la ira de los hombres; cualquier cosa antes que mirar en el interior de nuestros propios corazones.

Si hago esfuerzos por recordar lo más remoto, aparecen imágenes, sonidos, sensaciones. Yo era tan pequeña entonces que lo asombroso es que recuerde algo. Pero ahora, mientras vagamos de país en país, sin asentarnos nunca, encuentro que estos recuerdos son aún más importantes para mí. Recuerdo fogonazos: mi madre y Arsalan discutiendo en el umbral de la puerta que da al patio en la casa amarilla, ella sosteniéndome en brazos, su corazón latiendo con fuerza, él llamándola Zita. Recuerdo su olor cuando se inclinó hacia nosotras, con la mano levantada por encima del hombro de mi madre, contra el marco de la puerta, y sus ojos llenos de intensidad, clavados en ella. Hablaba de mi hermana mayor, Ara, y de Omar. Madar lloraba. Recuerdo intentar enjugarle las lágrimas saladas con mis deditos regordetes.

Esa imagen permaneció dentro de mí porque ella habitualmente no lloraba, y por tanto me impactó. Madar me tomó de la mano y me condujo hasta el almendro del patio, y, arrodillándose para poder mirarme a los ojos, me dijo que me pusiera a jugar calladita y que ella no tardaría mucho. Recuerdo verla marcharse, volviendo a meterse en la casa con Arsalan. Pronto yo ya andaba tan ocupada, jugando alegremente en el polvo del patio, que tardé en darme cuenta de que la discusión había terminado. Después de un rato, él volvió a salir al patio y me levantó en volandas, dándome vueltas y vueltas, antes de irse. Los ojos de mi madre estaban rojos de tanto llorar, y me di cuenta de que había algo que era diferente.

Después de esa época, Madar se quedó embarazada y pasaba la mayor parte de sus días en la cama, en la oscuridad, sollozando y mirando a las paredes. Ya no nos mimaba. Ni se molestaba en regañarnos cuando intentábamos provocarla. Era como si la luz que normalmente bailaba en sus ojos se hubiera atenuado y toda su fiereza se hubiera esfumado. Baba decía que no debíamos molestarla y que estaba deprimida. Cómo odiaba esa palabra; sin comprenderla, sabía que era responsable de arrebatarme a Madar. Desde ese momento dejé de estar en el centro de su mundo, como había estado antes, y me dejó jugando sola a la sombra del almendro mientras mis hermanos y mi hermana estaban en el colegio.

Arsalan volvía a casa cada vez con mayor frecuencia por las mañanas, después de que Baba hubiera salido, y mi madre cada vez estaba más pálida y callada. Ya no se alegraba de verle llegar.

El día que nació mi hermano hubo una terrible discusión en la casa entre Baba, Arsalan y Madar. Arsalan había venido la noche anterior, trayendo consigo a un médico. Parecía nervioso, y aquello era poco característico. Normalmente lucía grande, ruidoso, con un gran vozarrón, era alguien que llenaba el espacio y el aire que le rodeaba. Durmió en una silla a los pies de la cama de mi madre,

31

y mi padre también se pasó toda la noche dando zancadas de un lado a otro de la habitación, luego se fue al patio, luego de vuelta a la habitación. Fue un parto prolongado y doloroso, y mi madre estuvo gritando hasta altas horas de la noche.

Mi hermana Ara bajó y me sacó a rastras de la cama. Me dijo que me tapara las orejas y todos nos sentamos en corro, presas del mal humor y de la incertidumbre, arriba en el tejado, envueltos en mantas, contemplando el cielo nocturno sobre Kabul, oyendo los combates en la distancia, bloqueando como podíamos los gritos que venían de abajo, desterrados mientras no se resolvieran los asuntos de los mayores.

Pequeño Arsalan (el nombre que mis padres quisieron ponerle al bebé, en honor a su amigo) nació con las primeras luces del alba y fue desde los primeros segundos un bebé ruidoso, con vozarrón. Pulmones fuertes y puños diminutos muy apretados. Poco después de llegar al mundo, su tocayo, tras cogerle en brazos y desearle buena fortuna, se marchó. Fue la última vez que vimos vivo al amigo de mi padre.

La siguiente vez que le vimos había pasado una semana. Omar se lo encontró colgado del almendro del patio. Toda vida y toda risa habían abandonado su poderoso cuerpo, tenía los ojos velados y los miembros inertes.

Al verle ahí, a mi madre casi se le cae el bebé, y sus chillidos pincharon el aire de Kabul. Se puso histérica. Baba, en comparación, permaneció tranquilo y, cogiendo el cuchillo de Arsalan de su estante sobre la puerta de la cocina, se acercó al árbol y cortó la cuerda de la que colgaba su amigo, cuyo cadáver cayó sobre el polvo haciendo un ruido ahogado. Baba no lloró, ni chilló, ni se mesó los cabellos. No parecía en absoluto sorprendido de que Arsalan, su amigo de toda la vida, hubiera dado con una muerte tan lastimosa. Al contrario, se giró y, haciéndonos un gesto para que guardáramos silencio, nos dijo: «Esto es lo que pasa cuando el viento cambia. Vendrán por nosotros también muy pronto. Tenemos que marcharnos. Esta ya no es nuestra casa».

Sin embargo, Madar no le oyó porque se había derrumbado en el suelo, sujetando aún entre sus brazos al bebé, que gritaba todo lo fuerte que sus pulmones de una semana se lo permitían.

Ese mismo frío día de febrero, las últimas tropas soviéticas abandonaron el país. En aquel momento yo no sabía nada de esto, claro, nada de la política que nos rodeaba. No tenía ni idea de lo que iba a significar este cambio.

De forma similar a como hacíamos cuando él empleaba la palabra «deprimida», cuando Baba hablaba de los soviéticos o de los rusos o del comunismo, todos asentíamos educadamente y nos hacíamos los expertos, pero por supuesto no sabíamos nada, no comprendíamos nada más allá de que los soviéticos habían sido la gran decepción de la vida de mi padre. Él, que había puesto su fe en el marxismo y el leninismo, en los ideales de una hermandad y una igualdad común y compartida, él que tan atentamente había escuchado en aquellas reuniones clandestinas en las montañas, se había encontrado al final con una traición.

Las cosas se pusieron muy raras en la casa. Madar y Baba, que antes siempre habían sido los mejores amigos, tan cálidos y amables, parecían fríos e incómodos en presencia uno del otro. Hablaban en voz baja hasta muy tarde. Ara y Omar se quedaban merodeando junto a la puerta intentando pescar lo que decían y pasándonos la información para que nosotros la fuésemos pasando al siguiente. En el cuenco de polvo que era Kabul, esto era tanto un entretenimiento como una forma esencial de recabar información.

—Creo que van a llevarnos a las montañas —dijo Omar.

—¿Por qué? —preguntó Javad.

—Porque Baba está asqueado con Gorbachov, dice que es un tonto y un débil… que los muyahidines van a tener razón al final.

—Me extrañaría —Javad negó con la cabeza.

—A lo mejor vamos a casa de los padres de Madar —dijo Ara con ilusión. Anhelaba conocer por fin a nuestros abuelos maternos, que nos parecían tan remotos, tan parecidos a la realeza, a juzgar por la presentación grandiosa y deslumbrante del ambiente familiar

33

de su infancia que a mi madre le gustaba compartir con nosotros junto al fuego por las noches.

No sabíamos qué pasaría, pero una cosa sí nos había quedado descorazonadamente clara a todos: Madar y Baba, que siempre habían hecho piña contra la adversidad, se estaban rompiendo ahora en direcciones opuestas.

Ahora, después de leer a Tolstoi, sé que las relaciones románticas se enfrentan de vez en cuando a estos desafíos, y que este tipo de problemas se pueden superar. Pero entonces solo recordaba la sensación de fatalidad y pánico que todos compartíamos, la sensación de estar al borde de un mundo que no comprendíamos.

Una cosa sobre la que discutieron antes de abandonar definitivamente la casa amarilla fue sobre dinero: el dinero de Madar, la falta de dinero de Baba. Baba quería llevarse también el dinero de Arsalan, además del que Amira le había dado a Madar. Resultó que Arsalan había sido un hombre muy rico. Muy entrada la noche oíamos hablar a nuestros padres.

—Cógelo, Azita… él hubiera querido que lo hicieras. —Baba casi le estaba gritando.

—No, es dinero manchado de sangre. —Madar sollozaba—. Nunca podríamos lavarnos las manos. Lo envenenaría todo, nos traería mala suerte.

—Azita, sé práctica. Piensa en los niños, en su futuro.

Oímos a Madar salir corriendo al jardín, cerrando tras de sí de un portazo la puerta de la cocina.

No sabíamos de dónde salía el dinero de Arsalan; no sabíamos lo que hacía, con qué llenaba sus días o sus noches.

«Negocios», era lo único que decía cuando le preguntaban. «Los negocios van bien», o a veces, con el ceño fruncido, «Aj, los negocios van lentos». Todo esto antes de que le mataran.

Probablemente tengamos que agradecer a Arsalan y su sucio dinero que ahora sigamos en tránsito, del este al oeste, del oeste al este. Probablemente sea el dinero de Arsalan lo que nos haya salvado la vida y nos haya sacado de Afganistán. Y es el dinero de Arsalan lo que mi madre parece empeñada en gastarse haciendo este viaje una y otra vez, con Baba y ella discutiendo todo el tiempo sobre qué lugar pueda ser lo bastante seguro como para convertirse en nuestro hogar. Esto solo podemos aventurarlo, a partir de retazos de airadas conversaciones entre nuestros padres. Hemos escapado. Estamos vivos. ¿Esto habría de entristecernos también?

A veces las conversaciones del coche restaurante se tornan políticas, pero su significado tampoco nos resulta claro: Baba parece odiar y amar a los soviéticos al mismo tiempo. Madar es más callada; no dice lo que piensa, lo que cree que es lo correcto, lo mejor para nuestro país. Aquí, también, hay algo entre ellos que está roto y enterrado.

—Esto es lo que pasa —dice mi madre— cuando los hombres se pelean por sus ideas. Los países se destruyen, las vidas son daños colaterales y te das cuenta de que nada dura para siempre.

Este es uno de los dichos preferidos de Madar: «Nada es para siempre». Espero que tenga razón porque, aunque disfrute de las historias de Napoleón, de la belleza de algunas partes del trayecto y de las curiosidades de nuestros compañeros de viaje, y por mucho que atesore las paradas, demasiado breves, del camino, yo ya estoy lista para encontrar un nuevo hogar. Estoy lista para que esto no sea para siempre.

—Mira al primo Aatif —exclama Madar.

Todos nos encogemos alrededor de la mesa, temerosos de la larga sombra del querido primo Aatif.

—Podría haber sido cualquier cosa, lo que hubiese querido —dice, sacudiendo la cabeza con pesar y confusión.

Él también estaba listo para encontrar un nuevo hogar.

Recuerdo cuando nos vino a visitar a la casa amarilla. Era dulce y amable y le interesaba hablar conmigo, disfrutaba de mi torrente constante de preguntas, con la curiosidad propia de los cinco años sobre el mundo que me rodeaba. Su risa era cálida y profunda, y Madar estaba contenta de que hubiera venido a vernos, de oír de su boca noticias sobre su casa.

35

Al principio, cuando se fue a Irán y nadie supo nada de él, todos le echamos la culpa al correo, al sistema telefónico, a la distancia, a estar en una tierra extraña. Pero a medida que el silencio se prolongaba, todos empezamos a temer que algo terrible le hubiera ocurrido a Aatif. No era la clase de persona que se marchaba y cortaba todo vínculo con su familia. No era orgulloso como mi abuelo. Madar y Baba hablaron con todos sus conocidos para intentar averiguar qué había ocurrido. No soportábamos no saber. No soportábamos el silencio. Pasaron los meses, luego los años, y se convirtió en otra pena que cargarnos a la espalda; una herida que nunca terminaría de sanar.

Nos llegaban historias, por otras personas que habían viajado allí; historias que nos asustaban. Y cuando, temiendo por nuestra propia vida, finalmente huimos, no fuimos hacia Irán. No queríamos desaparecer como le había pasado a él.

Ara se ha separado de nosotros; cuando mi madre llora, Ara se siente incómoda. Ara era más mayor cuando desapareció Aatif. Siempre fue su preferida. A falta de una familia extensa grande, todos codiciábamos a este primo que se había atrevido a mostrarnos su amistad, que venía a casa a comer con nosotros, a jugar en el patio, a sentarse a hablar de política con mi padre, a hablar sobre la familia con mi madre, contándole noticias de las que no podía enterarse de ningún otro modo.

—No merecía desaparecer —dice Omar. Madar contempla a su hijo mayor con gratitud; que pueda hablar con calidez del primo Aatif, que no haya olvidado su bondad. Parece agradecida de que él lo recuerde, de que para él Aatif todavía no se haya marchado para siempre.

Ara está de pie en la parte delantera del vagón, con la mejilla apretada contra el cristal. Me pregunto en qué está pensando; si ella también le recuerda o si está intentando olvidar. Las manos de Madar tiemblan, así que ella las ocupa arreglándole el pelo a Soraya, cepillándolo hasta que brilla, mientras Soraya se remueve en su regazo.

Nos quedamos en silencio, ya apaciguados, y nos alejamos de Madar, dejándola absorta en pensamientos sobre el pasado. Pero después de un rato, cuando ya nos hemos vuelto a olvidar de Aatif, cuando nos hemos acordado de cómo estar alegres, empezamos a jugar a «qué pasaría si...». Es uno de los muchos juegos que hemos desarrollado para pasar el rato en el tren, un juego en el que imaginamos otras posibilidades, otras realidades, habitando vidas distintas de la nuestra. Al final solo puedes mirar el paisaje o darle vueltas al pasado durante un cierto tiempo antes de que te urja buscar otra actividad. Las reglas del juego son sencillas. Empieza con una persona diciéndole a los demás «Y si fueras... (y entonces pensamos en un nombre famoso, o encontramos uno hojeando la enciclopedia)... qué harías?». Por ejemplo, la última vez que jugamos a esto, Omar fue Rumi, Ara fue Marilyn Monroe y Javad fue Elvis Presley. A mí me tocó Albert Einstein. Podéis imaginar las conversaciones entre estos cuatro personajes.

—Tres intelectuales y una rompecorazones. —Esa broma la hizo Madar, y yo no la entendí.

—Eh, Samar —dice Omar—, ¿por qué me ha tocado a mí ser Rumi mientras a ti te toca Einstein? ¿No tendría que ser más bien al revés? —Yo me encojo de hombros y sonrío.

—Así va la cosa —le digo. Omar no tiene alma de poeta. Nos mira a todos enfurruñado, al principio sin ganas de jugar, pero al final se rinde, vencido por nuestro entusiasmo por el proyecto. Podemos pasar así horas, mientras los personajes se vuelven cada vez más estrafalarios y tontorrones. Ara adopta la voz de Marilyn y agita los brazos haciendo dramáticos arcos (como una actriz, dice) observando su reflejo en la ventana, practicando para la fama. A Javad se le escapa la risa. A él le resulta más difícil seguir metido en el papel.

Los otros pasajeros (australianos, americanos, una pareja francesa –todos ellos turistas de verdad–) observan nuestros juegos, a veces con irritación, otras veces divertidos. Madar pasa mucho tiempo mandándonos callar, y lanzando miradas aplacadoras a otros

37

puntos del vagón. Javad empieza a bailar en el pasillo, moviendo las caderas de un lado a otro de la forma más ridícula. Le encanta tener público. Ara tararea *Zapatos de gamuza azul* y *El rock de la cárcel* y da palmas saltando de un lado a otro del vagón. Yo me revuelvo el pelo y amusgo los ojos. Los otros se ríen, momentáneamente distraídos de las rotaciones de Javad.

Baba no está con nosotros, así que nos sentimos libres para jugar. Ha ido a dar un paseo. Esto siempre nos hace reír, la idea de ir a dar un paseo en un tren en movimiento, pero es algo que él hace todas las mañanas. «Es mi ejercicio diario», dice. En el tren se siente como un animal enjaulado y podemos ver la pesadumbre en sus ojos. No es un buen viajero. Madar ha de hacer uso de toda su energía para suavizar sus estados de ánimo, y tranquilizarle con promesas de que el tren va a parar pronto, de que van a llegar a un acuerdo sobre dónde bajarse, dónde volver a empezar.

Pequeño Arsalan sube corriendo por el vagón tras las caderas ondulantes de Javad. Pequeño Arsalan ya no es tan pequeño, pero el mote se le ha pegado y siempre será Pequeño Arsalan para todos nosotros. Él lo vive con resignación. Madar le cuenta lo valiente, apuesto y fiero que era el amigo de Baba y que él recibió este nombre en su honor, y esto le apacigua un poco. Madar da palmas siguiendo el ritmo de Ara mientras Javad baila, riéndose con nosotros todo el rato. Madar le hace el caballito suavemente a Soraya, sentada en su regazo, observándonos a todos, a su camada, con los ojos húmedos, sonriendo ante nuestras tontadas. Ya no está triste, como antes. Viajar en tren va con ella.

Otra forma que tenemos de pasar el rato es leer la enciclopedia y examinarnos los unos a los otros para probar nuestra memoria de datos: años, fechas, cronologías, listas de países, capitales, detalles de las vidas de personajes famosos, escuelas de filosofía, listas de árboles, vida vegetal, terminología matemática. Nos sentamos apiñados en torno al libro, abriéndolo sobre una mesa pequeña que hay entre los asientos, pasando de una página a otra, maravillados ante el mundo que habrá que explorar y conocer.

—¿Cuántos países hay? —pregunta Omar, sujetando el libro abierto sobre su regazo de forma que nuestras miradas fisgonas no lo vean.

—Ciento veinte —dice Javad.

—Setenta y seis —aventura Pequeño Arsalan, levantando la vista de su dibujo.

—Esto otra vez no —suspira Ara. Se muestra ya más reticente a jugar con nosotros, porque se ve demasiado mayor, demasiado sofisticada para nuestros juegos infantiles. Está atenta a los otros pasajeros, alerta a cómo la perciben a ella y a nosotros. A veces pienso que se avergüenza de nosotros.

—¿Samar? —me pregunta Omar sonriendo. Los demás levantan la mirada.

—Unos ciento noventa —digo.

Él se ríe.

—Buena apuesta, ¡casi aciertas otra vez!

Siento una felicidad callada por poder hacerle reír, por poder saberme las respuestas. Encuentro que tengo un don para esto, y de todos nosotros soy yo la que pasa más tiempo leyendo, y ofreciendo datos y verdades asombrosas al resto de la familia.

Solo Javad se interesa por los libros casi tanto como yo, pero solo por las páginas en las que aparecen animales y hábitats, que son las cosas que más le interesan.

Baba y Madar intentan despertar nuestro interés por todos los lugares que atravesamos: su historia, los hechos, los elementos a destacar. Convocan a Napoleón, el *provodnik*, para que nos dé charlas sobre su historia. Hablamos con él en ruso, este otro idioma que ha viajado con nosotros desde el principio y que ya es casi tan familiar para nosotros como nuestra propia lengua.

—Son tiempos de grandes cambios para este país —nos dice en tono aciago mientras cruzamos la taiga («aciago» es una de mis palabras recién adquiridas favoritas; todo resulta aciago al menos veinte veces al día en estos momentos. La semana que viene será otra cosa).

Dice: «Somos testigos de un momento importante en la historia».

Como siento que hasta ahora todo lo que nos ha llevado a estar aquí ha sido la sucesión, uno detrás de otro, de grandes momentos de la historia, de grandes acontecimientos, pienso, ¿qué más me da a mí que esa gente viva también en el ojo del huracán? Siento una oleada de ira silenciosa.

Pero a Ara y a Omar esto les interesa, esta nueva libertad que está barriendo los estados soviéticos.

—¿Sabes lo que esto significa, Samar? —me pregunta Omar.

—No. —Finjo que no me interesa.

—Significa más *rock and roll*. Más Elvis Presley.

—Elvis está muerto —le digo—. Demasiadas hamburguesas.

Nuestro tren avanza entre crujidos, viajando por la vía hacia delante y hacia atrás año tras año, con el motor aún en marcha más por la habilidad del maquinista y los ingenieros que por cualquier otro motivo. En este tramo vamos arrastrándonos a 55 kilómetros por hora, avanzando centímetro a centímetro de Asia a Europa y vuelta, como el tren lleva años haciendo, incluso antes de que las cosas cambiaran. Pero sí, las cosas están cambiando.

—El comunismo está muerto —dice Baba lanzando a Madar lo que interpretamos como una mirada llena de melancolía—. Las cosas se están abriendo.

Esto es lo que oímos todo el rato. ¿Pero esto para nosotros qué significa? Solo Madar y Baba recuerdan Afganistán tal y como era. Nuestros recuerdos son de guerra, destrucción, pérdida, seres arrancados de raíz.

—Pues con más razón deberíamos alegrarnos por estas nuevas libertades de Rusia —propone Omar.

Pero yo no puedo. Envidio su nueva felicidad recién encontrada, la emoción de enfrentarse a la posibilidad de un nuevo mundo. Yo deseo eso para mi país. Ojalá no tuviera que huir y empezar otra vez en otro sitio.

—La libertad tiene un precio. —Es lo que dice Madar, y aunque no entiendo exactamente lo que quiere decir, sí estoy de acuerdo en que para ganar algo hay que perder algo. Siempre.

Napoleón me mira sacudiendo la cabeza.

—Vamos, Samar, ¿por qué tan abatida?

Todo el mundo está contento. En otra parte del vagón, más adelante, hay unos rusos charlando con unos viajeros escandinavos, y todo el mundo hace bromas. Se oye un tintineo de vasos y carcajadas que se derraman por todo el tren. Yo estoy tristísima.

Notándolo, Napoleón me da unas palmaditas en la espalda, como diciendo: «Todo va a salir bien».

Me ve de una manera en que los demás no pueden verme. A veces siento que Napoleón me conoce mejor de lo que me conozco a mí misma. Quién soy, lo que siento ante todo lo que ha ocurrido, es algo que no para de moverse, de cambiar dentro de mí hasta que me olvido de lo que hubo, de lo que hay, de lo que podría haber. Es en esos momentos cuando Napoleón tira de mí. Siento su mano reposando sobre mi hombro.

—Einstein está pensando, mirad —ríe Omar, y su voz me saca de mi ensoñación con una sacudida.

—Venid —dice Madar. Baba ha vuelto de su paseo diario y es hora de ir al coche restaurante. Abandonamos el juego y vamos, con hambre ya, a buscar la cena.

Ara se ha marchado a hurtadillas. La veo en el pasillo cerca del siguiente vagón, de pie junto a la ventana abierta, balanceándose adelante y atrás sobre los talones, consciente de sí misma y hermosa. Hay veces en que me intimida. Parece tan de otro mundo, tan adulta. La oigo reír y entonces me doy cuenta de que está hablando con alguien. No veo con quién. Sea quien sea, está sentado en el compartimento en frente de donde ella está apoyada en el pasillo. Nunca he oído a Ara reír así, ni hablar tan animadamente con un extraño. En la mesa, Pequeño Arsalan y Soraya se pelean por el salero, Baba y Madar intentan convencerles de que lo dejen estar, de que encuentren una solución pacífica. Me deslizo del asiento y deambulo por el coche en dirección a mi hermana que, al ver que me acerco, se gira para fijar los ojos en la ventana abierta como si no acabara de estar sumergida en una conversación con un extraño. Al pasar a su lado, echo un ojo al interior del compartimento y veo a un joven, rubio y bronceado, con una gran sonrisa de dientes blancos.

Me detengo junto a Ara, sintiéndome ahora protectora, y le tiro de la mano.

—Ay… déjame tranquila, Samar —me dice, con un brillo oscuro en los ojos.

—¿Samar? Que nombre tan bonito. ¿Qué tal? —dice él, mirándome fijamente, con una voz toda americana: fluida y llena de confianza, a gusto en el mundo. Me ruborizo y me llevo las manos a las mejillas, para esconder mi vergüenza.

—No hables con ella —replica Ara, y me empuja lejos de la puerta, de vuelta al coche restaurante, clavándome sus largas uñas en la nuca.

—No digas nada, nada —me ordena, y me doy cuenta de que sus ojos están oscuros de ira contra mí. Cuando volvemos a la mesa se ha restaurado la paz y todo el mundo está tan ocupado comiendo de unos cuencos llenos hasta arriba de humeante estofado que apenas se dan cuenta de que nos sentamos en el borde de nuestros asientos para comer con ellos. Esa noche Ara volverá a cantar de nuevo para todos los que están en el vagón, pero yo ahora caigo en la cuenta de que no canta para nosotros, sino para el extraño que se ha puesto de pie en la puerta del coche restaurante y no le quita ojo en ningún momento.

El tren viaja por largos tramos de terreno inhóspito. A veces pasan días sin ver otra cosa que estepa, planicies, o los extremos del desierto de Gobi. Esta siempre ha sido la parte del viaje que más me ha gustado, el pasar por lugares donde uno nunca querría quedarse pero que contienen una belleza particular, extraña e inquietante. Allí, con los cielos bien abiertos en lo alto, punteados de estrellas y constelaciones silenciosas, tan vastos y hermosos, en esos momentos siento que nuestro viaje no es por completo en balde después de todo. Si fuera capaz de limpiar mi mente de pensamientos durante el tiempo suficiente como para escuchar al cielo nocturno, podría oír lo que el universo quiere decirme.

Mi hermano Javad dice que tengo una sensibilidad barroca. Lo tuve que buscar.

Barroco: un estilo artístico exagerado para crear drama, tensión, exuberancia y grandiosidad.

Yo creo que la grandiosidad del cielo nocturno no puede exagerarse, no se puede exagerar su inmensidad, de modo que no estoy de acuerdo con Javad, pero es que nosotros estamos en desacuerdo a menudo. Al pasar tanto tiempo cerca uno de otro, encerrados en un viaje en tren interminable, hasta el más benévolo de los comentarios puede fastidiarnos. Podemos pasar días, hasta semanas, sin hablarnos. Lo que hacemos es comunicarnos a través de otros hermanos, de nuestros padres o incluso de Napoleón, en caso de no haber presentes miembros de la familia.

Tolstoi tiene razón en lo que dice de las familias desgraciadas. ¿Somos desgraciados nosotros? A veces. Pero hay otras veces, cuando estamos todos juntos, que siento que somos la familia más feliz que podría haber jamás.

Es este viaje en tren. Me está afectando, a mí y a todos ya. Lo único que quiero es que se acabe. Siento que llevamos huyendo a la carrera toda la vida. Baba y Madar intentan hacer que parezca una aventura, algo de lo que disfrutar más que algo que padecer. Hablamos de nuestros sueños de futuro. Omar será ingeniero y construirá puentes que rivalizarán con los del Circumbaikal. Ara dice que será abogada, como Baba, pero yo sé que sueña con ser una cantante famosa. La pillo practicando con su reflejo frente a las ventanas por la noche. En cuanto a Javad, él sueña con ser veterinario o trabajar en un safari park; posee el don de la gentileza y no le tiene miedo a nada. Pequeño Arsalan es demasiado chico para saberlo, pero dice Madar que va a ser artista. Desde luego ha cubierto las paredes del interior del compartimento con suficientes dibujos hechos con ceras como para llenar un museo. Madar nos ha hablado mucho de museos, de pintores famosos, de gente que se pasa el día creando obras de belleza o provocación. Esto a mí también me atrae, aunque dice Omar que yo terminaré siendo profesora.

—Sí —dice Baba—, una cabeza llena de datos y talento para aprender.

Yo le doy vueltas a esto. No estoy segura de llegar a ser una gran profesora, para empezar no soy muy paciente, y además, ¿a quién iba yo a darle clase? No podría enseñar en Afganistán, es un sueño imposible. Aunque eso es lo que haría falta. No, yo creo que voy a escribir. He empezado a escribir nuestro viaje día a día, a capturar nuestras conversaciones, nuestras discusiones. Escribo lo que sucede con los otros viajeros con los que compartimos este tren. Me siento y observo, percibo. Intento describir las montañas, los prados que atravesamos, anotar los colores del cielo y la temperatura del vagón (calor perpetuo). Apunto mis conversaciones con Napoleón, las partes de su propia historia que comparte conmigo, ahora que ya conoce bien a esta familia errante sin hogar.

Un momento álgido del día es cuando el tren se para —a veces son solo diez o quince minutos, a veces más— y nos apeamos y estiramos las piernas en el andén, buscando que nos dé el sol en la cara. Siempre se produce una sensación rara cuando el conductor para el tren. El vagón se vacía rápido y todos nos ponemos de pie, al principio con inseguridad, acostumbrándonos a la sensación de no estar moviéndonos más. Omar y Javad suelen ser los primeros en echar a correr todo lo lejos que Napoleón nos deja ir.

—Quedaos donde podáis oírme —dice. Un par de minutos antes de que esté prevista la salida, llama a voces y toca un silbato para reunir a todo su pasaje. Me cuenta con orgullo que en treinta y dos años nunca ha perdido a un solo viajero.

Esto, claro, fue antes del día en que perdimos a Pequeño Arsalan, aunque resultara ser solo una separación temporal.

Nos paramos junto al lago Baikal, en Mysovaya, y Pequeño Arsalan echó a andar hacia el agua. Por lo que fuera, a lo mejor porque Soraya estaba llorando y Madar estaba ocupada, a lo mejor por alguna otra razón, Pequeño Arsalan desapareció. Napoleón dio sus avisos habituales y todos volvimos al tren. Fue solo al estar sentados en el vagón cuando nos dimos cuenta de que faltaba uno.

—¡Pare! —chilló Madar.

—¿Señora? —preguntó Napoleón, poco acostumbrado a que mi madre, tan elegante, le gritara.

—Falta el niño —dijo, empujando a Baba para que se bajara del tren—. Mi hijo, Pequeño Arsalan. Ayúdenos. Por favor.

Al ver la gravedad de la situación, Napoleón fue corriendo al lateral del tren para hacerle un gesto al maquinista. El tren se quedó esperando mientras Napoleón y Baba bajaban a trompicones por la ladera llamando a nuestro hermano. Sus voces retumbaban, una y otra vez. Sentíamos la impaciencia del maquinista por arrancar. Los demás pasajeros, que ya estaban preocupados por lo que habría sido del niño, se bajaron también del tren y empezaron a gritar. Pronto había tanto ruido que hubiera sido imposible oír a Pequeño Arsalan aunque hubiera querido llamarnos. Ara también quería salir a buscarle. Madar se negó. No tenía intención de perder a nadie más. Por fin, cuando estábamos ya a punto de perder la esperanza, Napoleón regresó triunfante con Pequeño Arsalan encaramado a sus hombros.

Le pasó el niño a Madar, que no sabía si gritar de ira o llorar de alegría. Apretó a mi hermanito contra su pecho dándole suavemente con los puños en las orejas.

—Casi se va nadando —dijo Napoleón con cara de gran alivio. El lago Baikal es el más profundo del mundo y uno de los más grandes. Ninguno de nosotros sabe nadar. Sabíamos que Napoleón había salvado a Pequeño Arsalan de una muerte segura. Esa noche Baba brindó por Napoleón y todos celebramos el regreso sano y salvo del niño explorador. Fue la última vez que Madar le dejó salir solo al parar el tren.

La mayor parte del tiempo nos limitamos a estar en este estado de movimiento permanente, pero sin sensación de destino, ni siquiera de estar acercándonos a algún punto final. Madar y Baba discuten en el pasillo por las noches. Pillamos retazos de conversación. El nombre de Arsalan se repite a menudo. Ahí hay algo que no está resuelto. Estiro el cuello contra la débil puertecilla que da al pasillo, que Madar ha dejado abierta, e intento aguzar el oído. Pero no sirve de nada. Comparten con nosotros lo que ellos quieren compartir, nada más que eso. Creen que así nos mantienen a salvo.

Por las noches, sueño con Afganistán, con la casa amarilla. No hay nada que pueda mantenernos a salvo.

Durante los interminables días convencemos a Napoleón de que nos deje jugar con él al ajedrez, o de que nos enseñe a jugar a las damas. A quien mejor se le dan estos juegos es a Javad, que celebra a gritos su victoria cada vez que Napoleón le deja ganar. Otras veces Madar pasa largas horas contándonos historias de su infancia, de sus años de estudiante, de cuando conoció a Baba, las esperanzas y los sueños que tienen para su familia, para todos nosotros. Hace un retrato de su infancia en un Afganistán en el que las mujeres trabajan tanto como los hombres, donde en Kabul Marks & Spencer abre unos grandes almacenes donde venden minifaldas y se forman colas que dan la vuelta a la manzana.

—Sí, faldas cortas —dice Madar—, ¿os imagináis? —Sacudimos la cabeza con incredulidad. Las mujeres, si no quieren, no llevan burka en estas historias y tienen libertad para ir y venir como ellas quieran. Nosotros vamos abriendo cada vez más los ojos conforme habla. Nos cuenta que hubo un zoo, y que ella de niña solía ir a ver a los animales y lloraba al ver que no podían andar libremente.

—Me parecía muy cruel —nos explica.

Madar nos cuenta que solía escuchar Radio Kabul y que ella y su hermana Amira bailaban las canciones más actuales, y que esto a nadie le parecía particularmente mal.

Cuando le preguntamos sobre sus padres, los abuelos a los que nunca hemos conocido, se queda callada.

—No hay nada que decir —dice—. Al final, no nos quisieron ayudar.

Baba suelta un bufido.

—Y al principio tampoco —dice. Ya sabemos que no hay que preguntar nada más. Sobre esto, no.

—Cuenta la historia de Baba y tú otra vez —dice Ara. Recientemente se ha despertado su interés por el romance.

Madar sonríe y nos cuenta una vez más que ella era estudiante de medicina en la Universidad de Kabul.

—Tu madre —dice Baba— hubiera sido una gran doctora. —Este comentario a ella le provoca un estremecimiento.

—En cualquier caso —dice— siempre estábamos estudiando. Siempre entre libros. Eran tiempos en los que había muchas protestas, casi todos los días.

—¿De quién? ¿Sobre qué? —pregunta Omar.

—Oh, sobre todo tipo de cosas —dice Baba—. De socialistas, poetas, comunistas. Era una ciudad diferente. Vive y deja vivir —suspira—. Por lo menos así fue durante un tiempo, antes de que empezaran los combates de nuevo.

—Sí, bueno —prosigue Madar—, así que había muchas protestas y mítines… los jóvenes siempre andaban gritando sobre esto o lo otro. Era… contagioso. Nos tomó en volandas, esta sensación de que podíamos construir el país que quisiéramos, que lo que sentíamos importaba. Fue entonces cuando empezaron a sucederse las reuniones en las montañas. Subíamos en coche por las noches en grupos pequeños. Era ridículo. Es decir, por qué no reunirnos en la universidad, o en algún café…

—Por el peligro —comenta Baba—, sabíamos que era peligroso. Sabíamos que despertaríamos desaprobación. Queríamos que fuera como un club secreto, me imagino.

—Y en efecto era como un secreto —dice Madar sonriéndole.

—En cualquier caso, nos conocimos y no hubo más que hablar. Pero entonces las cosas cambiaron. Pronto el peligro empezó a ser de otro tipo. Así que nos dedicamos a concentrarnos en los libros y nada más —dice Baba, buscando con la mirada el acuerdo de Madar. Ella sonríe, como satisfecha con este relato.

Intento imaginarme a los dos conociéndose así, en un mundo en el que no está prohibido que los chicos y las chicas se junten. Qué sensación debía de producir esa libertad.

Y, sin embargo, falta algo. Les miro a los dos, con las cabezas agachadas muy juntas, sentados, Madar con Soraya en el regazo. Me descubro pensando en los días de la casa amarilla. En recuerdos de Arsalan con el brazo sobre los hombros de Madar, y la expresión de su cara. Me acuerdo de la sensación de algo no dicho entre ellos. Así que no puedo creerme este cuento de hadas perfecto del joven amor comunista entre Madar y Baba. Pero esta es la versión que comparten con nosotros. Todo amor tiene sus secretos. Es algo que estoy empezando a aprender.

Dejo el compartimento que los chicos comparten con Baba y voy detrás de Ara al contiguo, que es el nuestro.

Por la ventana de nuestro camarote de cuatro, observo pasar a toda velocidad los bordes de la estepa: vasta, vacía y en paz a la luz del creciente ocaso. Las siluetas negras de las montañas se alejan en la distancia. Allí, en la oscuridad casi total, hay nómadas buriatos sentados junto al fuego cerca de sus yurtas, con los camellos sentados sobre sus propias patas después de un largo día de caminata. Consuela pensar que hay otras personas que viajan sin cesar de un lugar a otro como si fuera algo normal.

No hay nada normal en nuestro viaje.

En el vagón de segunda clase, *kupe*, tenemos estos dos compartimentos, más cómodos que las abarrotadas literas de tercera clase, *platskartny*, que hay más adelante. Nuestros compartimentos están uno al lado del otro, y en este dormimos las niñas. Madar se unirá a nosotras más tarde para echarnos un ojo vigilante. Los chicos y Baba duermen al lado. Cuando nos subimos por primera vez al tren siempre teníamos miedo, nos cuidábamos mucho de cerrar con doble llave y desarrollamos un complejo sistema de códigos para llamar a la puerta. Con el pasar del tiempo nos volvimos más confiadas, más tranquilas; al fin y al cabo, esta ya era nuestra casa. Deambulábamos a altas horas de la noche sin perturbaciones hasta el final del vagón, donde el samovar, a coger agua hirviendo para un té de media noche, o sacábamos la cabeza y el tronco por la ventanilla abierta absorbiendo el entorno, mirando al cielo, preguntándonos qué lugar terminaría siendo nuestro hogar. Tiene gracia lo que puede convertirse en tu hogar pasado un tiempo; cómo olvidamos. Yo no me quiero olvidar.

Recuerdo cosas pequeñas, sonidos, olores. Risas mezcladas con el sonido de los bombardeos en la distancia. Luego Baba y Arsalan discutiendo en el patio, en voz baja para que no les oigan, pero con tanta ira entre los dos... Entre lo bajo que hablan, el ruido constante del tráfico y los gritos de los vendedores callejeros que pasan al otro lado de los muros del patio, no oigo lo que dicen. Algo sobre Baba amenazando con marcharse... Arsalan disuadiéndole de hacerlo.

Arsalan que dice: «No son más que negocios, trátalo como un negocio». Y luego le da dinero a Baba por algo. Veo a Ara que entra corriendo en el patio, gritando «Baba, Baba», y los dos hombres se giran al mismo tiempo. Baba se seca los ojos con la manga, escondiendo el dinero, levantando en brazos a Ara, que se aferra a él.

—Mira, Baba. —Le enseña una cosa. Arsalan se limita a observarles. Este momento regresa a mí y me deja inquieta.

También puedo vernos a todos en el patio, tumbados en la hierba, y Ara lee en alto un libro de cuentos en ruso, y su voz vacila en las palabras que no conoce, y Madar la anima a seguir. Había una fina capa de polvo sobre las hojas de las plantas, el aire olía a verano, la ciudad era un polvorín y nosotros no nos enterábamos, creyéndonos inmunes, protegidos por los muros del recinto. Y otra cosa... unos hombres que vinieron un día y llamaron a la puerta preguntando por Arsalan. Madar jurando que no sabía dónde estaba, que ahora esta era nuestra casa y que no, que hacía mucho que no venía y que por qué habría ella de mentir. Recuerdo que los hombres la apartaron de un empujón y entraron por la puerta a la *kala*. Uno de ellos se cernió sobre mí, dejándome en sombra. Me observó durante un buen rato. Madar lloraba y decía que Baba les perseguiría y que cómo se atrevían y que fuera, fuera. De esto me acuerdo.

Luego hubo esa vez que Javad se abrió la cabeza contra una piedra junto a la puerta del patio, se chocó contra ella sin más y apareció una brecha profunda. Ese día Arsalan estaba allí y agarró a Javad, lo cogió en brazos sin esfuerzo y echó a correr con él al hospital soviético, aunque Madar le suplicó que no saliera de casa.

Y Madar, de rodillas antes de partir, cavando en la tierra debajo del almendro hasta que le sangraron las manos. Estos pensamientos se cuelan en mis ensoñaciones, fragmentos de una vida que hemos abandonado, e intento darle sentido a todo mientras, en nuestro compartimento, me preparo para echarme a dormir por la noche. Ara está conmigo.

—¿Samar?

Está sentada en la litera de encima. Soraya y Madar siguen en el compartimento de los chicos mientras Madar ayuda a Baba a acostarlos. A todos ahora nos cuesta dormir, dejar entrar a la oscuridad.

—¿Qué? —le digo.

—¿Tú crees en la felicidad?

Me quedo mirando los bordes raídos de la sábana que cuelga de la litera de encima. El tren se sacude suavemente mientras atravesamos las vastas y vacías llanuras siberianas.

—¿Qué, crees o no?

Ara tiene mucha voluntad. Es muy hermosa, como mi madre, con ojos oscuros que centellean y una melena negra, larga y brillante. Gira la cabeza por un lado de la litera de forma que está cabeza abajo, y el pelo le llega casi hasta el suelo del vagón.

—¡Ara! Te vas a caer.

Se pone derecha y luego se mete en la cama conmigo.

—Si te cuento una cosa, un secreto, ¿me lo guardarás? —me pregunta. Sus ojos brillan de emoción.

50

Me encojo de hombros. Normalmente tiendo a apartarme en lo posible de los dramas de Ara. Madar y ella suelen discutir sobre cualquier cosa, y, misteriosamente, Madar siempre termina cediendo ante Ara. Es raro, porque para nosotros Madar siempre ha sido una fiera, como una leona con sus cachorros.

—¿Samar? Prométemelo.

El deseo de formar parte de un club secreto me puede, y me arrimo a mi hermana mayor.

—¿Qué es?

Ara suelta un chillido.

—No puedes decírselo a nadie.

—Vale, vale. Ya lo tengo. Es un secreto. —Espero.

Empieza a cepillarme el pelo.

—Ya eres casi guapa, Samar —me dice con ligereza. Quiere hacerme un cumplido, pero me sienta fatal.

Me doy cuenta de que no tengo la elegante estructura ósea de mi hermana, ni su cómoda belleza, y de que Soraya, a su manera dulce y suave, también es considerada más hermosa que yo. Yo soy la libresca, la que tiene ideas, esto es lo que Baba siempre dice con orgullo, sin caer en que todas las niñas tienen sentimientos y vanidad.

—Déjame... —La aparto con las manos.

—Oh... Samar... Yo...

Nos quedamos sentadas en silencio, la intimidad entre chicas se ha roto. Ella lo intenta una vez más, girándose hacia mí. Dice sin apenas articular sonido alguno:

—Estoy enamorada.

Y ahí está, susurrado, me lo ha pasado como un paquete que yo tuviera que abrir. Ara está enamorada.

—¿El americano? —le pregunto. Siento que una vez más me arden las mejillas al recordar su sonrisa y cómo sus ojos se burlaban de mí.

Ella asiente.

—Tom, sí.

Un nombre estúpido, pienso, de chico estúpido. Y es americano. ¿Cómo ha podido? Es todo lo que se me ocurre.

—¿Y él te quiere a ti?

—Sí.

Siento cómo la distancia crece entre nosotras hasta hacerse gigantesca. Ara ya no es solo mi hermana, es una mujer adulta capaz de estar enamorada y de ser amada. De repente la veo como los demás deben de verla y me asusto.

—No puedes querer a un americano —le digo, con incertidumbre.

—Bah… ¿qué sabrás tú? Eres demasiado pequeña como para saber lo que es el amor.

Me despacha sin miramientos y se pone de pie, mirándome desde su altura.

—Puedo amarle, y le amo —dice.

—Baba no lo permitirá —replico.

—No puedes decírselo a Baba. No puedes contárselo a nadie. Es un secreto. Me lo has prometido.

Cierro los ojos mientras el tren se sacude despacio. Este es un secreto al que yo no quiero aferrarme. No sé qué hacer con él y está sentado en mi cabeza como una granada a punto de estallar.

—Se marchará —le digo—. Más tarde o más temprano. —Recuerdo cómo me miró y no puedo creerme que ame a Ara de verdad, y solo a Ara.

—Me voy a París. *Nos vamos* a París. —Lo dice de forma desafiante, y luego se lleva la mano a la boca como si hubiera dicho demasiado.

—Ara, no puedes. Es que no puedes… Nosotros…

Estoy anonadada. ¿Quién es este nuevo «nosotros»? ¿Cómo puede estar pensando en abandonarnos? Después de todo lo que hemos pasado, no nos abandonamos los unos a los otros. No podemos. Siento que el pánico se apodera de mi garganta.

Ara ríe. Es una risa nerviosa, infeliz. Me acaricia el pelo.

—Un día lo comprenderás —dice—. Ya verás, cuando te pase a ti.

Ara se sube otra vez a la litera de arriba y yo miro el titilar de las estrellas por la ventana, hasta que al final el balanceo del tren me conduce a un sueño pesado, en el que mis sueños intentan empujar lejos los pensamientos de Ara y su complicada vida amorosa.

La mañana llega demasiado pronto y la luz inunda el compartimento.

El tren se ha parado. Me despierto, despacio y reticente, enfadada aún con Ara.

—¿Samar? ¿Dónde está Ara? —pregunta Javad con suspicacia, metiendo la cabeza por el hueco de la puerta abierta del compartimento. Los dos miramos la litera de arriba. Está vacía.

—No lo sé. —Bostezo y le miro con los ojos empañados de sueño. Hay viajeros arremolinados ahí afuera, brincando de un pie a otro para mantener el calor en el andén. Todo el mundo se queda cerca de las puertas de sus respectivos vagones, preocupados por no quedarse atrás en las remotas tierras de la Mongolia salvaje.

Me encojo de hombros en dirección a Javad y me doy la vuelta, tapándome con la fina manta para evitar la luz de la mañana. Él me sacude, agitado y ansioso.

—Samar, tenemos que encontrarla.

—¿Has mirado en el coche restaurante? ¿En el servicio? ¿Afuera? —le pregunto, con la esperanza de que me deje en paz. Javad niega con la cabeza repetidas veces y, cuando me arranca la manta, en sus ojos hay un brillo de locura.

—Venga Samar, tenemos que encontrarla.

Mi hermana Ara es casi una mujer adulta, tiene opiniones fuertes y mucha voluntad, como mi madre. Si no quiere que Javad la encuentre, no la encontrará, razono. Por lo menos no enseguida. No me estoy tomando en serio lo que dijo de irse a París. Estamos muy lejos de París. Puedo adivinar a dónde ha ido Ara, pero no diré nada.

Además, está enamorada. Me lo ha contado y me ha hecho jurar que le guardaré el secreto.

Ara me ha dicho que yo no entiendo el amor. Me desprecia por ignorante, por no iniciada. Es cierto que solo conozco lo que he observado, lo que he leído; que en Tolstoi, el corazón de Anna late más deprisa cuando siente que Vronsky está cerca; que el mundo se derrumba a su alrededor, que el amado se convierte en el mundo. Se convierte en todo.

Ahora he visto cómo estos sentimientos ardían en los ojos de Ara y sé que el americano ha capturado su corazón. «No estoy celosa», me digo. Después de todo, es bueno que esto haya pasado, que ella esté feliz, que ame y sea correspondida. Al final es lo que todos deseamos, ¿no?

Bajando por el vagón hay una mujer borracha cantando en francés.

—*Un An d'Amour*, una vieja canción de Nico Ferrer —dice Madar. No entiendo todas las palabras, y el modo de cantar de la mujer no facilita la comprensión, pero puedo adivinar el sentido. Arrastra las palabras y se apoya en la mesa, guiñándole el ojo a los rusos que hay allí sentados. Pienso en todas las canciones que se han escrito sobre el amor y el desamor. Estas canciones no existirían si no hubiera tantos corazones rotos, y sin embargo la persona que canta ha sobrevivido a esta terrible tragedia, y sigue adelante. Canta canciones nuevas, crea algo a partir de su tristeza.

Por fuera se está produciendo una conmoción. El sonido del silbato que advierte de la marcha del tren; los gritos en ruso, en inglés, en francés, llamando a todo el mundo de vuelta al tren. El vagón se llena una vez más. Las ventanas se han empañado con la condensación, por el frío que hace fuera y el calor que hace dentro. Trazo dibujos con mi aliento sobre el cristal. Sigue sin haber rastro de Ara. Omar y Baba están hablando con Napoleón, suplicándole, pero no hay nada que hacer. Se encoge de hombros y se gira, disculpándose. Ha desaparecido, pero no podemos esperar por ella. Esta va a ser una pasajera perdida.

Me doy cuenta de que tengo que contarles lo del americano. Esto me llena de angustia: estoy paralizada ante el miedo de que

Ara se haya perdido y el miedo a revelar su secreto. Los gestos de Baba son cada vez más animados. Su voz es cada vez más alta. Javad está llorando. Yo dibujo un corazón atravesado por una flecha en la escarcha del cristal de la mañana.

Madar está meciendo a Soraya en brazos sin parar. Desde que escapamos de Afganistán, una mínima atmósfera de tensión, cualquier corriente subterránea de ansiedad, puede desatar en Soraya una avalancha de lágrimas y gritos. La única manera de calmarla es mecerla constantemente, un suave movimiento adelante y atrás, como el movimiento del propio tren. ¿Llora porque Ara no está o porque el tren ha parado de moverse? No lo sabría decir. Le da miedo la quietud, la falta de movimiento, porque para ella es anormal. Lo único que conoce, lo único que recuerda en su vida es correr, el movimiento constante, y ahora este tren rodando por Asia, con su ir y venir inevitable. Y ya no nos estamos moviendo. Soraya chilla, con la cara roja y arrugada. Madar la mece un poco más deprisa y le canta en susurros.

Omar me mira. Veo que su cara se me acerca. Se me encienden las mejillas de vergüenza. Le pido perdón a Ara silenciosamente en mi cabeza una y otra vez por lo que estoy a punto de hacer. La voy a traicionar. Voy a divulgar su secreto. No tengo elección alguna, porque no puedo seguir callada ante esto, así que me rindo.

—Está enamorada.

—¿Qué? —Baba grita y viene dando grandes zancadas por el vagón hacia mí. Yo me repliego acobardada.

—Ara, que está con el chico americano. —Señalo el vagón a modo de explicación, sin decir nada sobre París. No puedo mencionar París porque eso demostraría que la locura se ha apoderado de Ara por completo y que yo estoy implicada en esto más profundamente de lo que me gustaría admitir. Además, puede que Ara esté enamorada, pero yo razono que tonta no es, y que habría que ser rematadamente tonta para bajarse del tren en medio de la estepa siberiana, que no está ni remotamente cerca de París. No haría eso sin tener un plan. No es idiota. Por el americano no pongo la mano en el fuego, eso sí. Ni por la locura de amor.

El rostro de Baba se oscurece. Por un instante me repliego más aún, preparándome para que su mano caiga sobre mi cabeza. No me ha pegado jamás, ni creo que sea capaz de hacerlo. Sé que soy su hija preferida pero, no obstante, después de todo lo que he visto, estoy lista para cualquier horror, para que los últimos vínculos de confianza se rompan. Conozco el miedo, he visto lo que puede hacerle a los hombres, y por eso me echo atrás, por si acaso. Él lo nota, y un destello de dolor aparece en su cara; no era su intención asustarme.

—¿Dónde está? —me pregunta, colocándome delante de Omar y de él. Les conduzco vagón adelante. Nos sigue Napoleón con expresión preocupada (no es partidario de escándalos en su sección). También se aferra a una expresión de esperanza (porque también él está un poco enamorado de Ara; todos lo estamos, en cierto modo).

Madar me mira de reojo al pasar a su lado; no soy capaz de interpretar su expresión. Sigue meciendo a Soraya, cuyo llanto se ha apaciguado entre tanto. Pequeño Arsalan juega a las cartas a sus pies. Madar no parece ni sorprendida ni enfadada, y yo me pregunto si lo sabía. ¿Sabía lo del chico americano? ¿Es que ya no le importa? Siento que mi familia se aparta de mí, se alejan unos de otros.

Llamo a la puerta del compartimento del americano. Baba golpea con los puños. Omar la abre de un empujón. No hay nadie dentro. Siento que la angustia me sale por los poros, me deslizo al suelo junto a la puerta y empiezo a temblar. Estaba completamente segura de que la encontraríamos aquí. Pero se ha marchado. Baba y Omar levantan los asientos intentando que aparezca a fuerza de voluntad, por encontrar algún tipo de señal. Pero no, no queda nada. Ninguna pertenencia. Los americanos han cogido y se han llevado a Ara. El mundo se encoge a mi alrededor.

Napoleón se aleja. Le incomoda ser testigo de tanto sufrimiento. No puede mirarnos, y se apresura de un lado a otro del tren. Pasará mucho tiempo antes de que vuelva. Cuando lo haga, ella seguirá desaparecida. Ara no volverá nunca.

Caigo en la cuenta de esto ahora, y me golpea con tanta fuerza que no puedo respirar.

Se ha ido.

Todo se está resquebrajando. Intento tenerlo todo agarrado, la felicidad y el amor, las peleas y las discusiones por tonterías. A mi alrededor la negrura me envuelve. Me duele la cabeza. En este vagón hace demasiado calor. Intento respirar, pero se levantan olas de pánico en mi pecho. No hay nada que yo pueda hacer.

No se pueden deshacer los errores del pasado. Vives con ellos, los entierras en lo más profundo con la esperanza de perderlos para siempre, pero por supuesto siempre están ahí. Más tarde o más temprano vuelven a subir a la superficie. Pienso en esto cuando pienso en Ara.

Cierro los ojos y la visualizo. Camina hacia mí en el jardín de la casa amarilla por encima de Shahr-E-Naw, el sol le da en la cara, sonríe. Tiene las manos extendidas para agarrarme si me caigo, balanceándome como estoy en las ramas más bajas del almendro, y mis pies descalzos patean el aire. Ella ríe y canta. Es hermosa. Lo recuerdo todo.

No quiero dejarla marchar, enfrentarme a la verdad. No estoy preparada para eso. Mi mente no me deja.

Así que, en vez de eso, escribo. En este vagón de tren vacío me quedo sentada rellenando un cuaderno tras otro. Escribo sobre mi hermosa familia y nuestro enloquecido viaje en tren. Describo los contratiempos y los dramas, las discusiones, las lágrimas y las risas compartidas. Escribo sobre todo lo que haremos cuando por fin dejemos de viajar. Cuando empecemos a vivir otra vez.

Me agarro a la esperanza. Me aferro a lo que ya no hay.

Pienso en Ara y en Omar y en Javad, en Pequeño Arsalan y en Soraya, Baba y Madar. Pienso en todo lo que se quedó atrás, todo lo que se perdió. Lo veo pasar en destellos, como por una ventana; viendo la vida de otra, no la mía.

No puedo dejarlo ir. Todavía no.

«Imagina todo lo que es posible», solía decirnos Madar. Cualquier cosa es posible. Necesito creer que eso es verdad.

Segunda Parte

Todos nuestros viajes, por lejos que nos lleven, nos conducen a casa.

CAPÍTULO 4

Después de la muerte de Arsalan nos hicimos nómadas. Baba decretó que ya no era seguro permanecer en la casa amarilla. Estuvimos una semana perdidos, sin propósito alguno, mientras Baba y Madar decidían qué hacer entonces. Yo tenía pesadillas en las que entraba flotando en mi campo de visión la cara de Arsalan, riendo, con la cuerda enganchada alrededor del cuello. Solía ser Ara la que me calmaba y me echaba otra vez a dormir. Madar también estuvo perdida para nosotros durante ese tiempo. Me mecía adelante y atrás, con la mirada fija en el cielo, en el árbol del patio, con los labios apretados de ira, o de desdicha, de miedo o de culpa. Era imposible distinguirlo.

Las balas y los bombardeos que caían sobre la zona baja de la ciudad se hicieron menos esporádicos, y menos concretos. Los que se habían quedado en la ciudad durante todo el asedio sintieron que se aproximaba un cambio. Los muyahidines estaban persiguiendo fuera del país a los últimos soviéticos, disparando contra sus helicópteros con misiles americanos. Y ahora los soviéticos se marchaban. Los muyahidines cerraban el cerco, tomaban el poder. Luchaban entre ellos, cada uno de los grupos quería proclamarse vencedor. Los talibanes estaban por llegar. Kabul cambiaba de manos una vez más. Para entonces ya estábamos acostumbrados a la guerra. Y esto no era más que una guerra diferente. Al menos, eso fue lo que pensamos. Al principio.

Nuestro país lleva siglos en un cruce de caminos. A lo largo de estos años Madar nos ha ido dando clases de historia: las tres guerras anglo-afganas, los soviéticos, los muyahidines y después los talibanes. Somos expertos en guerra, en lucha, en la destrucción de todo lo que aprecias. No estoy sugiriendo que seamos los mayores expertos del mundo en guerra. Estoy segura de que hay otros países, naciones, gentes, que podrían llevarse ese premio. Cuando te paras a pensarlo, la mayoría de las naciones entran y salen de luchas y batallas, dentro de sus propias fronteras y fuera de ellas, en una búsqueda constante. ¿No basta con ser feliz? Es evidente que no. Yo no tengo tiempo para guerreros, para quienes destruyen todo lo que es bueno, todo lo que es correcto. Digo esto, pero lucharía a muerte por proteger a las personas a las que quiero. Tal vez no sea tan distinto.

Baba hablaba de los combates, especialmente con Omar y Javad. Yo intentaba escuchar desde el otro lado de la puerta, oyéndole hablar del coste de la guerra, de ideas, de la estupidez del hombre. Que son las ideas las que tienen la culpa. Si todos tuviéramos las mismas ideas… Pero esto no va a pasar. Esto lo sé por mis hermanos y hermanas. Estamos tan unidos como pueda estarlo un grupo de personas, pero rara vez estamos de acuerdo, ni siquiera en la idea más simple.

Esa misma semana huimos de la casa amarilla. Recuerdo a Madar pálida, con los ojos tristes e hinchados de tanto llorar. Ella amaba la casa amarilla más que cualquiera de nosotros. Había cuidado las flores y las plantas. La había convertido en un hogar.

Llevamos con nosotros pocas posesiones: algún que otro pañuelo, un vestido, unas botas que Omar aún no había estrenado; las viejas, que ya le quedaban pequeñas, se quedaron abandonadas en una esquina de la habitación. Metió en su equipaje su gastada *patu*, para que le diera calor en las frías noches de invierno. Nos llevamos un *pakal* que a Javad le gustaba ponerse, sandalias, jerséis abrigados, pantalones, chales, el *patu* de Baba, todavía con manchas de sangre que nunca salieron del todo, junto con las mantas de Pequeño Arsalan, unas alfombras, cojines, cacerolas, la radio transistor, cosas que pensábamos que podíamos necesitar. Posesiones azarosas de distintos tamaños y dueños, mezcladas en un par de maletas grandes y un arcón de cuero. Madar sollozaba constantemente. Al final le tocó a Baba organizarnos a todos. Con Ara de lugarteniente intentó reunir las cosas que queríamos y las cosas que echaríamos de menos si se quedaran atrás.

Javad estaba hosco. Ara, distraída, obligada a adoptar el papel de ayudante mientras veía a Madar sollozando en un rincón, y luego echaba a correr por todas partes lanzando extraños pedazos de nuestra vida a las maletas, que seguían abiertas pero estaban cada vez más repletas. Hubo conversaciones en susurros entre Omar y Baba. Luego Omar desapareció, llevando consigo algún mensaje. Ninguno de nosotros preguntó a dónde había ido. Estábamos demasiado ocupados en intentar mantenernos fuera de la tormenta que había barrido la casa amarilla en la resaca de la muerte de Arsalan.

Baba nos dijo que en las polvorientas calles de la ciudad, ahí abajo, el último de los tanques soviéticos había salido ya de Kabul para volver por donde vino, cruzando el Amu Daria. Los soldados habían abandonado sus puestos y el viejo puño soviético alrededor del cuello afgano se aflojaba, a medida que una nueva oleada de hombres con armas y ansias de poder ocupaba la ciudad. También se iban otros: embajadores, trabajadores extranjeros, «cualquiera con sentido común», como murmuraba Madar entre lágrimas.

No hubo tiempo de guardar luto por Arsalan. Lo enterraron el mismo día que lo encontramos colgando del árbol. Baba y tres hombres, que vinieron a la casa y a quienes no reconocimos, se llevaron su cuerpo. Cuando pienso ahora en Arsalan recuerdo a una persona grandota, cálida, de voz ronca que quería protegernos a todos, convertirnos en su familia, pero que, sin embargo, puso tan triste a mi madre que me siento confundida sobre lo que debo sentir hacia él. No puedo preguntarles a mis padres.

Después de la muerte de Arsalan pasaron los primeros días discutiendo sobre su dinero; un dinero que él había querido que pasara a mi madre. Tomaran la decisión que tomaran después de aquellas primeras e intermitentes discusiones, para las que mi madre claramente no tenía ni fuerzas ni ganas, fue como si se hubieran jurado no volver a mencionar nunca a Arsalan.

Madar plantó flores malvas de azafrán en la base del almendro. Una noche antes de marcharnos la estuve observando por la ventana del segundo piso. Los demás dormían, pero yo me quedé allí mirando, sin ser vista, mientras ella trabajaba hasta el amanecer, cavando muy hondo en el suelo, rompiendo la tierra con los dedos hasta que le sangraron. Luego entró en casa y salió con una caja llena de flores. Las plantó alrededor de la base del árbol, alisó la tierra y luego envolvió el tronco del árbol en un abrazo, y se quedó así un montón de tiempo. Cuando me desperté, con la luz del día, volví de nuevo a la ventana, con curiosidad. Madar seguía allí, ahora sentada en el suelo, descansando contra el árbol, dormida. Sospecho que fue su manera de decir adiós; después de aquello, Arsalan fue eliminado completamente de nuestras conversaciones familiares, desterrado a nuestros recuerdos. Y empezamos de nuevo. Otra vez corriendo.

Esa mañana Omar volvió a la casa amarilla trayendo consigo una gran camioneta tapada con una lona llena de agujeros, y conducida por uno de los hombres que había ayudado a Baba a enterrar a su amigo. Pasamos el día terminando de hacer las maletas, sacando cosas, metiendo cosas, volviéndolas a sacar. Es difícil escoger qué quedarte y qué soltar cuando estás dejando atrás toda tu vida y todo lo que conoces. Es difícil saber qué te va a resultar más útil cuando no entiendes ni a dónde vas ni por qué. Así que las maletas llevaron más tiempo del que hubiera sido razonable esperar. Al final, cerramos maletas, arcón y bolsas. Ya no teníamos más tiempo para decidirnos. Omar habría querido llevarse su vieja bicicleta, pero Baba le dijo que no. No iba a haber sitio. Omar se puso de mal humor. Teníamos que llevar solo ropa abrigada y sencilla, solo pertenencias prácticas. Una pila de libros tapaban el fondo del arcón, guías de viaje rusas muy manoseadas, gramáticas francesas, una vieja enciclopedia, colecciones de poesía, un volumen muy querido por Madar repleto de dibujos de flores, sus libros de texto de la universidad, todos metidos en el arcón que habría de viajar con nosotros. Luego las maletas, las bolsas, el pesado arcón de cuero, todos los niños y Madar nos metimos en el remolque de la camioneta que nos esperaba mientras se ponía el sol. Baba se colocó en el asiento delantero junto al conductor y esperamos un rato, en silencio, cada uno de nosotros hundido en sus propios pensamientos, hasta que la noche se apoderó de la ciudad, y entonces nos fuimos.

No le dijimos a nadie que nos íbamos. Baba quería que desapareciéramos todos, sin más.

—Es mejor que no se lo digamos a nadie —nos dijo, advirtiendo a Omar, Ara y Javad de que guardaran silencio.

—¿Por qué, Baba? —preguntó Ara quejumbrosa. Él no dijo nada y los dejó allí sentados, sintiéndose solemnemente enfadados por no poder decirles adiós a sus amigos de la escuela. La muerte de Arsalan nos había perturbado a todos y sabíamos que Baba tenía razón, que él comprendía todo esto de una manera que nosotros no éramos capaces de entender. La casa ya no daba la sensación de ser nuestro hogar.

Las estrellas titilaban sobre nuestras cabezas al levantar la mirada y escudriñar por los rasgones de la lona; echamos una última ojeada a la casa amarilla, ya envuelta en penumbra, y a las luces de Kabul a lo lejos. Madar nos abrazó a todos, como si fuéramos una camada de cachorros, e intentamos quedarnos dormidos con el arrullo de la camioneta, que subía por la ladera, saliendo del valle, hacia el frío aire nocturno del Hindu Kush.

La camioneta estaba polvorienta y sucia, con grandes manchurrones de gasolina. Irónicamente, era un viejo modelo soviético, abandonado por las tropas en su apresurada retirada. Esta era la razón, según declaró orgullosamente Omar, por la que había conseguido comprarla por tan buen precio.

—Aj —dijo Ara, elevando las cejas—, ha sido porque solo un tonto querría estar en una camioneta soviética en los tiempos que corren. ¿Por qué no le pintas una diana en el tejado y acabamos con esto de una vez?

65

Todos nos acurrucamos unos contra otros, de acuerdo en que lo que decía tenía sentido. Conforme la camioneta iba avanzando a trompicones por la serpenteante carretera que ascendía por las montañas, Javad se fue poniendo pálido, intentando con todas sus fuerzas no vomitar por todas partes. A Pequeño Arsalan no le importaba mucho en qué tipo de vehículo estuviéramos y dormía tranquilamente apretado contra el pecho de Madar. Yo me apoyaba en su hombro e intentaba dormir, pero los extraños sonidos, olores y movimientos de la camioneta me mantenían despierta, así que solo Madar y yo nos enteramos de que frenábamos porque delante de nosotros había aparecido un control no oficial con muyahidines. Los encargados eran dos jóvenes con rifles al hombro, que hicieron señas para que la camioneta se detuviera. Esperaban de pie junto a la cáscara quemada de un tanque soviético, abandonado a la oxidación en el arcén. Fue la primera de muchas señales parecidas de retirada que fuimos encontrando al dejar atrás la ciudad.

—Guerreros —susurró Baba. Madar fingió estar dormida.

Nos habían advertido que guardáramos silencio si pasaba algo así. Baba hablaría con ellos. Nosotros no debíamos decir nada. Especialmente sobre Arsalan. Nunca debíamos volver a mencionar a Arsalan. Yo eché un vistazo por un rasgón en la lona y oí el crujido de pisadas junto a la camioneta. Los hombres estaban hablando con Baba y con el conductor. Oí risas y luego uno de los hombres dio un paso atrás alejándose de la camioneta, sujetando un taco de notas en las manos y sonriendo a Baba antes de indicarnos que podíamos continuar. No volvimos a tener ningún problema durante el resto del trayecto, y después de largas horas de viaje, con los huesos molidos, durante toda la noche y parte de la mañana, llegamos a la provincia de Baghlan, pasando, todavía en la oscuridad, primero por pueblos y luego por un par de aldeas durmientes hasta llegar a la estrecha carretera de montaña que conducía al pueblo de mis abuelos, la madre y el padre de Baba, esa gente a la que nunca habíamos conocido y que, sin embargo, sentíamos que conocíamos ya por todas las historias que Baba había compartido con nosotros.

El conductor se detuvo en el arcén y sacó una alfombrita del remolque para hacer sus oraciones a la luz del amanecer. Nosotros retiramos la lona para poder contemplar el valle y las herrumbrosas montañas rojas que se alzaban a ambos lados. Yo nunca había salido del ruido y el caos de Kabul, solo conocía la ciudad, de modo que el espacio y el silencio del valle me abrumaron. Me quedé sentada en silencio, esperando, mientras Ara y Javad se peleaban. Baba ahora iba en el asiento delantero despierto, después de haber echado una cabezada de una horita o dos. A medida que la camioneta subía una vez más montaña arriba, Baba se fue poniendo más contento, su humor más ligero, y sonreía y bromeaba con el conductor, un tayiko de cara flaca llamado Majeed.

Arriba en la aldea alguien debía de haber estado mirando cómo la camioneta subía zigzagueando por la accidentada pista. Imaginando que seríamos soviéticos con muy mal sentido de la orientación, resonó en el valle un solitario disparo de advertencia, que rebotó contra las rocas cerca de las ruedas de la camioneta.

—*Bismillah* —exclamó Baba cuando pasó silbando otro disparo. En vez de agacharnos o de ordenar al conductor que diera marcha atrás, Baba se asomó por la ventana y se puso a lanzar gritos hacia la aldea, un ulular especial que resonó por todas las montañas. Los disparos cesaron tan rápido como habían empezado.

Al dar la última curva de la pista de montaña, después de que cada curva hubiera provocado una inhalación colectiva porque la camioneta colgaba peligrosamente cerca del precipicio y las ruedas se enganchaban en piedras rotas, sueltas, y los niños colgábamos de un lado, maravillados ante la profunda caída que había hasta el valle, Madar, por su parte, rezaba en silencio. Percibiendo su miedo, Majeed dijo en voz alta:

—No es la caída al valle lo que nos tiene que preocupar, sino las minas que han dejado por todas partes. ¡Regalito de despedida! —Lanzó una carcajada enloquecida, buscando con los ojos señales de peligro en la carretera.

—Que Alá nos proteja —exclamó Madar, abrazándonos con

fuerza a Pequeño Arsalan y a mí cuando la camioneta se agarraba a duras penas a la carretera en las curvas.

Por fin se detuvo en la plaza polvorienta cerca de una sombría chopera. Por encima de la plaza, el pueblo estaba excavado en la piedra; una serie de serpenteantes escalones subían por la ladera, y las casas estaban construidas en las cuevas de la roca. Yo podía ver las puertas y ventanas de unas doce casas recortadas en el risco. Qué pequeña parecía la aldea después de Kabul. Majeed se limpió el sudor de la frente y oímos los gritos de los aldeanos que bajaban corriendo las escaleras para saludarnos. A la cabeza del comité de bienvenida improvisado estaba Amin, un amigo de la infancia de mi padre que sostenía en alto una vieja escopeta.

—¡Así es como nos recibes, Amin! —rio Baba mientras se abrazaban. La expresión de Amin era avergonzada e incrédula por tener delante a su viejo amigo Dil.

Detrás de Amin venía corriendo Baba Bozorg, mi abuelo. Madar no paraba de alisarnos el pelo frenéticamente, de recolocarnos la ropa y hacernos por fin bajar del remolque antes de bajar ella misma unos segundos después, con elegancia, con la cabeza cuidadosamente cubierta, aferrando con fuerza a Pequeño Arsalan, que seguía dormido en sus brazos.

Mi abuelo lloraba de susto y felicidad, según yo lo interpreté, al vernos salir trepando de este vehículo inverosímil, afortunadamente ilesos, cosa que no podíamos agradecerle a Amin. Mi abuelo rodeó a Baba con sus brazos como para asegurarse de que no era una especie de espejismo, un *jinn* de otro mundo, sino su hijo real. Otros aldeanos habían salido por curiosidad, para ver a qué se debía semejante conmoción. En cuanto a mí, alguien acostumbrada a la vida de la ciudad y a los niños de ciudad, estos niños de la montaña me parecieron salvajes y libres, con sus pies descalzos llenos de polvo y la piel de color marrón, por el sol y el barro del monte. Era un día frío, con nieve en las cumbres, pero el cielo se extendía ya azul y sin nubes sobre nuestras cabezas. El aire parecía tan limpio y claro que lo aspirábamos ansiosamente, en bocanadas.

El abuelo nos levantó en brazos uno a uno, abrazándonos, dándonos vueltas en el aire.

—¿Y esta quién es? —me preguntó a mí—. ¿Y tú? —le dijo a Javad. Sonreímos y le dijimos nuestros nombres—. Otra vez —exclamó—. Decídmelos otra vez.

Sus ojos sonreían y tenía una carcajada profunda y ronca que se nos contagió a todos, de modo que se nos escapó la risa y dejamos de mostrar nuestro mejor comportamiento. Después del pánico y el caos de la última semana en la casa amarilla, esta cálida bienvenida tenía el sabor de un retorno al hogar. El abuelo nos condujo a su casa, subiendo por los escalones excavados en la roca, hablando sin cesar con Baba, seguidos por Madar y nosotros, los niños.

—No te quedes atrás, Javad —le regañó Madar, cuando Javad se detuvo mirando a todo el mundo. Luego vinieron los lugareños que se habían reunido, con los niños del pueblo, curiosos, que jugaban a correr entre nosotros, tirándonos de la ropa de ciudad que llevábamos, empapándose de lo extraños que nos veíamos entre ellos. También vino el conductor, cansado y dolorido después de conducir tantas horas por las empinadas carreteras de montaña. Ojeaba con suspicacia a Amin, el amigo de Baba, que cargaba al hombro el arma aún caliente. Un par de chicos mayores del pueblo portaban las maletas, y arrastraban el pesado baúl de cuero, haciéndolo rebotar contra los escalones de piedra hasta la casa.

Allí en la puerta, nuestra abuela, Maman Bozorg, con la piel arrugada por el sol, nos dio a todos la bienvenida hecha un mar de lágrimas, con vasos de chai caliente, servidos con una tetera que reposaba sobre un fuego exterior a la casa. Aunque nunca antes había visto a mis abuelos, sentía que ya les conocía bien, y que ellos me conocían a mí, y establecimos todos con naturalidad una relación fácil, de calidez y cercanía. Al menos ese fue mi caso. También el de Javad. Incluso el de Omar, aunque se esforzara mucho en parecer más adulto y más frío. A Ara, en cambio, no le pasó lo mismo. En aquella oscura casa cueva, rodeada de luces titilantes, su actitud era de absoluto abatimiento; se hundió dentro de sí misma y se quedó callada y pensativa.

La casa de mis abuelos estaba construida en la pared de piedra de la ladera de la montaña. El pueblo entero estaba formado por una serie de casas cueva como esta, de adobe y piedra, anidadas en las laderas de las montañas. Por dentro las paredes estaban encaladas, y se curvaban formando cúpulas sobre tu cabeza. Desde lo alto hubiera sido difícil saber que allí había un pueblo, si no fuera por las mujeres corriendo de una casa a otra, por las plumas de humo que se elevaban por las mañanas cuando hacían fuego, o por los hombres que labraban la tierra cerca del valle y los niños que se reunían en la polvorienta plaza improvisada a los pies de los peñascos rojizos y pardos. Más arriba del pueblo había cabras y ovejas pastando libremente en la escasa maleza de las laderas, bajo los picos nevados, y podía verse un paisaje que incluía gigantescas peñas, y más allá, otras tierras en el borde de Afganistán. Otros mundos. Era tan distinto a Kabul que me quedé allí un rato, absorbiéndolo todo.

En la casa, Maman Bozorg y mi madre mimaban al bebé; Maman Bozorg lo sostenía en brazos y le hacía cosquillas en la barbilla, y Pequeño Arsalan emitía amablemente sus gorgoritos.

Baba y el abuelo estaban abriendo espacios y organizando nuestro alojamiento. A un lado tenían una alacena con patatas, sacos de harina y arroz. La cocina estaba junto a la puerta, y el pequeño salón estaba amueblado con pilas de cojines y alfombras. La lámpara de keroseno parpadeaba, encendiendo de repente las esquinas oscuras del fondo de la casa cueva. No estábamos acostumbrados a eso, y Madar hizo un gesto de desagrado.

—Tenéis que quedaros con nosotros, hay espacio de sobra y así es como ha de comportarse una familia —insistía el abuelo, señalando las diminutas cámaras al fondo de la cueva principal. Madar le dio las gracias a él y a Maman Bozorg, y así quedaron: este iba a ser nuestro nuevo hogar.

En silencio, con un temblor de hombros, Ara empezó a sollozar y se quedó en el umbral de la puerta contemplando el valle a sus pies para que mis abuelos no la vieran llorando. En el cielo se elevó un águila, con las alas blancas y color canela extendidas. Ara la vio planear, trazar un círculo y, percibiendo a su presa abajo a lo lejos, tirarse de repente en picado. Los hombros de Ara temblaron todavía más. Fui con ella y, sin saber por qué, coloqué mi mano en la suya y nos quedamos allí juntas, buscando el águila que había desaparecido de nuestra vista.

Detrás de mí, Madar lucía una expresión perdida, de incertidumbre, y aunque sonreía y reía con Maman Bozorg como si fueran viejas amigas, estaba claro que también ella echaba de menos la casa amarilla y la vida de la que habíamos huido.

Después nos reunimos todos alrededor del fuego a compartir una cena a base de *pulao*. El arroz sabía dulce y pegajoso, a comida hecha con amor. Los aldeanos estaban muy emocionados y pendientes de nuestra llegada, todo el mundo contento de volver a ver a Baba y un poco asustados ante su hermosa y aristocrática esposa. Después de la comida en casa de mis abuelos, con las mujeres comiendo dentro y los hombres fuera, hubo canciones y bailes y las llamas del fuego chisporrotearon alegremente. Me di cuenta de que, por primera vez en lo que alcanzaba mi memoria, no se oían disparos en la noche. Aquí arriba en las montañas la noche era mucho más oscura, fría y silenciosa que en Kabul. Por fuera de la casa cueva estuvimos contemplando el cielo nocturno y el paisaje del país. Nuestro país. Una estrella fugaz cruzó los cielos. Al verla, Madar exclamó «¡Arsalan!» y, desconcertada por su propio comportamiento, se fue con el bebé, que dormía en el interior de la casa.

Esa noche dormimos como nunca habíamos dormido en la casa amarilla, todos mezclados. Dormimos el sueño de los muertos en el aire fresco de la montaña, donde solo de vez en cuando el aullido de algún perro del pueblo podía interrumpir la paz que se posó sobre nosotros. Hasta Ara y Madar, perturbadas por el cambio en nuestro estilo de vida, durmieron, y, como había dicho Baba Bozorg, así es como tenían que ser las cosas.

Después de todo, esta era ahora nuestra casa.

CAPÍTULO 5

Casa.

La voz de Baba Bozorg vuelve a mí ahora, sentada en el vagón, viendo cómo se desvanece la luz del día.

Arrimada a la ventana, sola, con las piernas cruzadas sobre el asiento, me mezo adelante y atrás.

Miro los reflejos en el pasar borroso del paisaje. A veces es como si estuviera allí, como si yo fuera esa niña atrapada en el cristal.

Se mueve, se inclina hacia delante, se retira el pelo de la cara. En un lado del ojo tiene la sombra de un moratón.

Por un segundo pienso que es Ara.

Mi mente vaga ahora cada vez más. No para de intentar traerme... llevarme... ¿A dónde? ¿Qué es lo que debería escuchar?

Aprieto los dedos contra el cristal. Las ruedas del tren traquetean y retumban.

Cierro los ojos y oigo la voz de Ara que me dice «Cuídate, Samar».

La chica de la ventana me devuelve la mirada. Sus labios se mueven.

Está diciendo una cosa una y otra vez. Me acerco más para poder oírla.

Una palabra.

Casa.

CAPÍTULO 6

Las montañas, la casa cueva, vivir con Baba Bozorg y Maman Bozorg... esta se convirtió en nuestra nueva vida.

Al irnos acostumbrando a la vida en el pueblo vimos que las conversaciones de las montañas tendían a gravitar hacia dos temas clave: la salud y bienestar de ovejas y cabras, en primer lugar y principalmente, y ya después, susurrado en la plaza, en el pozo, en rumores que circulaban de casa en casa, el tema de los jóvenes hombres airados que querían implantar un nuevo orden en el país. La gente decía que los muyahidines estaban yendo demasiado lejos, que el país se estaba corrompiendo. Ahora que los soviéticos se habían ido, necesitaban a otro a quien culpar. Llegaban murmuraciones y rumores sobre nuevas ideas, sobre jóvenes que estudiaban en las madrasas de Pakistán y en las establecidas por toda la frontera, que traían una nueva forma de pensar, nuevas maneras de restaurar la paz y la seguridad.

En el pueblo había división de opiniones entre quienes veían el cambio con buenos ojos y quienes sentían que no podía traer más que nuevas desdichas.

Cuando Baba mencionaba a estos jóvenes, los llamados talibanes, y sus ideas, Madar ponía los ojos en blanco. «¿Qué sabrán esos, un atajo de escolares analfabetos con *kalashnikovs*?», decía. Al principio se reía, pero luego, con el paso del tiempo, empezó a tener más cuidado, como si percibiera mucha lengua suelta por ahí.

Madar y Baba ya no hablaban de los soviéticos o de su joven amor comunista. Todo eso había quedado abandonado en la casa amarilla, todas sus esperanzas se oxidaban como las carcasas del revés de los camiones y tanques rusos que salpicaban los desfiladeros de montaña. Aquí en el valle los soviéticos encontraron más apoyo, menos resistencia, al parecer, que en otros lugares. Eso colegí de lo que escuché a los hombres en la plaza, cuando se preguntaban qué traerían los talibanes. Con todo era mejor no decir nada, fingir que estos temas no podían afectar a nuestra vida.

Lo cierto es que al principio nada de esto me importaba gran cosa. Era demasiado pequeña como para que figurara en mi mente como algo que me cambiaría la vida. Y qué me importaba a mí con lo divertido que era perseguir a las cabras, ver cómo se lanzaban balando por la escarpada ladera, ansiosas por poner distancia entre ellas y yo. Me pasaba horas simplemente echada sobre la hierba del Pamir contemplando los dibujos que hacían las nubes en el cielo. Jugaba con las niñas de mi edad del pueblo, íbamos corriendo arriba y abajo de los barrancos de las laderas gritándonos unas a otras, provocando el eco del valle. Yo era demasiado pequeña como para echar Kabul de menos, como le pasaba a Ara.

—¡Ven a jugar…! —le grité a Ara antes de echar a correr. Ella se quedó de pie frotándose una mejilla, viendo cómo me convertía en un puntito en la ladera.

—¿No ves que estoy ocupada? —me gritó ella a mí.

Era verdad. Yo veía que estaba ocupaba en su infelicidad, así que la dejaba estar. Siguió siendo, en aquella primera época, una figura perdida, solitaria, la mayor parte del tiempo, reticente al principio a buscar amistades, sin querer admitir que esta era nuestra nueva casa, que no podía permanecer aislada, sentada a solas, pensando en sus antiguos compañeros de clase y su antigua forma de vida.

—¿Por qué es tan orgullosa tu hermana? —me preguntó un día una de las niñas, que era más alta que las demás y tenía un destello cruel en los ojos. Yo no sabía qué decir. El orgullo tenía que ser un pecado. Me encogí de hombros y la chica me sonrió, triunfante. Al no decir nada había permitido que fuera cierto. Ara, cuya belleza desconcertaba a los chicos y a los hombres del pueblo y provocaba envidia en los corazones de las chicas, se quedaba cuidando de Pequeño Arsalan, desterrada de nuestros juegos en la ladera.

Todos fuimos entrando en una rutina. Disfrutábamos de la paz de dormir en lo alto de la aldea después de los bombardeos y los disparos constantes de los alrededores de Kabul. Aquí en la montaña los únicos ruidos nocturnos eran los de los animales. Javad intentaba asustarme con historias de lobos, leopardos de la nieve y osos hambrientos, pero yo ya no oía los combates y no me creía las trolas de Javad, así que volví a sentirme segura una vez más. Pasaba por alto las acaloradas discusiones que mantenían mis padres, o las que se producían entre Baba y Baba Bozorg. Era fácil desconectar de los rumores que llegaban de la plaza del mercado. Me permití, en cambio, ser feliz.

Las nieves invernales se derritieron. Las montañas se cubrieron de flores silvestres y el canto de las oropéndolas, que emigraban al norte, llenó el cielo. Baba Bozorg solía llevarnos a Javad y a mí por los senderos de montaña para señalarnos muchas aves y flores, y nos enseñaba cosas sobre las plantas y las estaciones, y compartía historias sobre las calamidades que se pasan cultivando una tierra tan dura y tan seca, ya que las sequías eran cada año más largas. «Pero está todo bien», nos decía al ver que se nos abrían los ojos como platos. «Al fin y al cabo, seguimos aquí».

Pero esa época pacífica, sin problemas, no duraría mucho.

En los meses que quedaban por delante llegarían noticias de combates más duros entre los muyahidines y estos nuevos combatientes; noticias de partes del país, en el sur, que caían bajo mando talibán, que proclamaban nuevas leyes y edictos; noticias de las maneras en las que los talibanes estaban cambiando ya las vidas de la gente. Estaban bien armados, entrenados, concentrados. Sabían lo que querían conseguir, cómo lograrían el control del país e impondrían de nuevo el orden.

Viéndolo desde la actualidad parece que fuera de la noche a la mañana, pero claro, es que estaba todo el tiempo a nuestro alrededor, y nosotros estábamos demasiado ocupados o demasiado ciegos como para verlo, o fingíamos que no estaba pasando porque ya habíamos tenido bastante. Baba y Omar hablaban en voz queda, dándonos la espalda a Javad y a mí cuando nos marchábamos con Baba Bozorg, en las luminosas mañanas de verano, a pastorear las ovejas. Madar también estaba vigilante, expectante. Ara se afanaba cuidando a Pequeño Arsalan y ayudando a Maman Bozorg, prefiriendo la oscuridad de la casa cueva a la mirada inquisitiva de los aldeanos.

—¿Quiénes son estos talibanes? —preguntó Javad a Baba Bozorg un día, sentados sobre unos pedruscos en lo alto de las montañas. Estábamos vigilando a las ovejas, que deambulaban por la ladera buscando comida en el suelo duro y pedregoso. Baba Bozorg dio unos golpecitos en la tierra con una rama de sauce que llevaba para guiar a las ovejas de vuelta al pueblo.

—No es asunto tuyo —dijo Baba Bozorg, con los ojos clavados en Javad—. No tienen nada, así que quieren cogerlo todo. Tu camino no es el de ellos, Javad. Mira… —Extendió los brazos sobre el valle—. Lo tienes todo. Todo aquí mismo. —Baba Bozorg se llevó la mano al corazón. Javad no dijo nada más y estuvo callado el resto de la mañana.

Pero Baba Bozorg no tenía razón y pronto aquello fue asunto de todos nosotros.

Al principio parecía que eran unos pocos jóvenes descontentos que buscaban un cambio; que no era más que el pensamiento fanático de unos chavales al borde de la edad adulta. La mayor parte de la gente pensaba que irían perdiendo fuelle. Pero no fue así. Crecieron en número y con eso llegó una nueva oleada de combates, y con estos combates llegaron castigos nuevos y espantosos: amputaciones de miembros, ejecuciones, humillaciones públicas. Los hombres empezaron a dejarse crecer la barba; las mujeres tenían que empezar a cubrirse de la cabeza a los pies, y los burkas de color azul cielo empezaron a puntear el paisaje. A medida que las nuevas leyes se hacían fuertes, creció el pánico y por fin se extendió por todo Afganistán, donde hombres, mujeres y niños, familias como la nuestra, empezaron a correr para escapar de los combates, de lo que venía. La esperanza se había convertido en miedo, y el miedo en espanto.

Mucha gente estaba tan desesperada por escapar que prefería vivir una existencia precaria en uno de los campamentos de refugiados de la frontera, dejando atrás sus casas y todas sus pertenencias, con tal de escapar de estos jóvenes y de su ira. Baba y Baba Bozorg hablaban del tema entre ellos, de cómo había comenzado un éxodo que se sumaba al de todos los que habían huido de los soviéticos. La gente se marchaba una vez más. Por las noches también oíamos hablar de esto, cuando escuchábamos en el transistor de Baba las voces extranjeras, que llegaban por el aire llenas de crujidos, explicándonos lo que estaba sucediendo en nuestro país. Madar nos traducía y nosotros, sentados junto a la titilante luz de la lámpara de keroseno, nos maravillábamos ante nuestra buena fortuna, por estar tan lejos de los combates, por estar a salvo aquí en las montañas, en la cima del mundo.

Me alegraba de que eso no fuera nuestra vida. Estábamos juntos, aunque hubiéramos tenido que venir a las montañas para alejarnos de las principales ciudades y de los combates. Incluso aunque supusiese vivir en estas cuevas, al menos éramos libres y estábamos a salvo.

—¿Por qué no luchamos contra ellos? —preguntaba Omar.

Los hombres se encogían de hombros y se removían inquietos. Por aquel entonces, Omar ya se había unido a todos los hombres del pueblo en su reunión diaria en casa de alguno de los ancianos del lugar. Omar volvía lleno de ideas y de palabras encendidas. Baba lo contemplaba orgulloso: su hijo el guerrero.

—¿Qué haces cuando te atacan? O te sometes o te defiendes. Tenemos que defendernos. No podemos echar a correr más rápido que nuestros problemas. No podemos escaparnos del problema, no podemos escaparnos de ellos. —Omar defendía su punto de vista y Baba asentía dándole la razón, pero luego hacía un gesto con el brazo extendido que nos incluía a todos.

—Y no puedes poner a los demás en peligro.

Esto era lo único que replicaba a las protestas de Omar, y los dos se fueron distanciando. Omar empezó a pasar más y más tiempo fuera de casa, hablando con los hombres, sus nuevos amigos. Ya no tenía tanto tiempo para sentarse y hablar o jugar, ni conmigo ni con ninguno de nosotros. Antes, nos hubiéramos sentado juntos a mirar los libros que Madar y Baba habían traído de la ciudad. Había uno de flores y plantas que me gustaba a mí. A Omar le interesaba más uno sobre Rusia.

—Mira, Samar. —Solía enseñarme imágenes de un tren que cruzaba un puente alto sobre un lago—. Imagínate construir algo como esto.

Le intrigaban los puentes y la ingeniería, cómo hacer que el mundo funcionara como él quería.

—Un día te llevaré a hacer este viaje; iremos todos juntos en el ferrocarril transiberiano.

Sus ojos brillaban mientras reía, y yo sonreí, pensando que mi hermano era todo un soñador, capaz de imaginarnos a todos tan lejos de casa. Sus dedos recorrían el dibujo de la ruta del tren y le preguntaba a Ara, que leía ruso mejor que los demás, por los nombres de las estaciones del viaje. Ulan-Ude, Irkutsk, Krasnoyarsk, Novosibirsk, Yekaterinburgo. Aquellos lugares nos maravillaban. Omar hacía planes para un nuevo mundo. Un mundo que quería que todos compartiésemos.

Pero ahora, a medida que se intensificaban las conversaciones sobre los combates, empezó a afanarse con nuevos planes y sueños, aunque decidió no compartirlos con nosotros.

Los días de mercado solía plantarse en la plaza, fumando cuando Baba no le veía. Le producía amargura la injusticia del mundo. Javad y él reñían más de lo normal, y Madar decidió que era hora de que todos fuéramos al colegio.

—Estate quieta, Samar. —Me tironeó de la ropa y me recogió el pelo—. Ahora presta atención al maestro. No hagas caso de los chicos si se burlan de ti. Aprende, Samar. —Me dirigió una mirada severa. El primer día de clase le di un beso de despedida antes de bajar tranquilamente hacia la plaza. Cuando eché la vista atrás seguía allí de pie en la ladera de la montaña, mirándome marchar.

Nuestros días adquirieron una nueva forma. En lugar de jugar en el patio de la casa amarilla todo el día, aquí se esperaba de mí que fuera con los niños mayores a la escuela. De hecho, era poco más que la reunión de todos los niños del pueblo, los que no trabajaban ni en el valle ni en la ladera, más chicos que chicas, pero todos estirándose para ver al profesor, Nayib, un hombre joven y agradable vestido con su *salwar kameez* blanco, que escribía en una pizarra de tiza durante unas cuantas horas todos los días. Nos sentábamos en alfombrillas, los más jóvenes y bajitos delante, los mayores detrás. Nos enseñaba a leer y escribir, matemáticas, historia e idiomas. Había estudiado en la Universidad de Kabul, como Baba y Madar, y sabía muchas cosas. A Nayib enseñar le daba alegría, impartir conocimientos y observarnos aprender a todos, enorgulleciéndose de su trabajo. No creía que solo porque viviéramos en las montañas, lejos de la vida de la ciudad, debiéramos quedarnos sin educación. A mí se me estaban abriendo mundos nuevos y me encantaba recorrer los trazos de las letras recién aprendidas con un palo en la tierra, siguiendo como en trance las curvas de las formas. Al menos hasta que Javad o uno de los chavales del pueblo venían a darle patadas al polvo, borrando las palabras que con tanto esfuerzo había escrito en el suelo. Yo luego empezaba otra vez, ansiosa por saber. Una vez más los chicos pateaban mis marcas, riéndose de mí, de cómo arrastraba el gran palo por el polvo. Uno me tiró al suelo de un empujón al correr a mi lado.

—¡Dejadla en paz! —Levanté la vista de la polvareda. Una de las niñas, recién llegada al pueblo, que vivía en la casa de al lado, estaba allí con los brazos en jarras, la mirada fija en los chicos—. ¡Vamos! —gritó, persiguiéndoles, y los chicos se marcharon riéndose de esa chica feroz de ojos oscuros—. Naseebah —me dijo, levantándome del suelo.

Yo me sacudí el polvo de la ropa.

—Samar —contesté.

—Esta es mi hermana Robina. —Había una niña guapa sonriendo detrás de ella—. Vivíamos allí abajo —Naseebah señaló el valle—, pero este es el pueblo de la infancia de mi madre, y ahora vivimos aquí. —No se me ocurrió preguntar por qué.

Así que hice nuevas amigas: Naseebah y Robina, gemelas, de la misma edad que yo, que ahora vivían en la casa cueva de al lado de Maman Bozorg, que antes estaba vacía. Naseebah tenía los ojos y el pelo oscuro, y la piel bronceada, como nosotros, porque en aquellos días de cielo raso de las montañas todos nos estábamos oscureciendo. Su hermana Robina era extrañamente pálida, una niña de ojos verdes y pelo fino, tirando a rubio. Me acogieron bajo su protección, imponiéndose la tarea de enseñarme el modo de vida de la montaña. Nas era la seria; Robina era más alegre y ruidosa. De alguna manera, yo ayudaba a equilibrarlas. Tenían una hermana mayor, Masha, una chica muy hermosa que era de la edad de Ara. Así que mientras yo me hacía amiga de las mellizas, Ara se hizo íntima de Masha, que se convertiría en su única amiga. Demasiado mayor como para jugar en la tierra, pero tampoco tan adulta como para encerrarse en casa, Ara presentaba una figura solitaria, sintiendo la falta de sus sofisticadas amistades de Kabul.

Ara y Madar, además, pasaban largas horas conversando, cada una aferrándose a la otra en busca de apoyo. A Madar, aunque lucía una permanente sonrisa cansada, le estaba costando esta vida en la ruda montaña, tan lejos de todo a lo que estaba acostumbrada. Lo que en su día pareció encantador y lleno de intriga, que había conservado cierto *glamour* y sensación de libertad en sus días de estudiante universitaria, ahora no era más que una vida dura, de supervivencia contra las estaciones. Al principio las mujeres del pueblo la habían intentado incluir en sus charlas y en sus tareas, alentadas en aquel esfuerzo por Maman Bozorg, pero más temprano que tarde todas se fueron dando cuenta de que la mente y el corazón de Madar estaban en otro sitio. Aquí Baba y ella no podían discutir, al no disponer ni del espacio ni de la privacidad necesarios, de forma que a menudo pasaban días sin que se dijeran gran cosa el uno al otro. Fingían decirse lugares comunes, lo suficiente como para hacer ver que todo estaba bien entre ellos cuando no lo estaba, cuando parecía que jamás podría volver a estarlo después de lo que pasó en la casa amarilla. Habían enterrado su felicidad con Arsalan. Los niños nos sacudíamos de encima esta sensación de desesperación; estábamos ya demasiado acostumbrados a ella como para considerarla algo fuera de lo normal.

Javad, al igual que yo, se hizo pronto al fresco aire de la montaña, a las nuevas libertades, al espacio, a los gigantescos cielos abiertos, a correr descalzo detrás del rebaño de cabras y ovejas del abuelo. Aquí no habían podido llegar los soviéticos con sus tanques y sus minas. Generalmente la población local les había ayudado, al tiempo que ayudaban también a los muyahidines, de forma que aquí el peligro de las minas que salpicaban el suelo, abajo en el valle, no existía. Aquí las casas no habían sido destruidas; habían dejado en paz a la gente, demasiado lejos de los soldados como para importarles. Aquí, cerca de las nubes, protegidos por Alá, nos sentíamos a salvo. Y Javad, como todos los niños, corría en libertad.

Javad caía bien a los chavales del pueblo, con su risa contagiosa y sus bromas constantes, y se acomodó a vivir en la montaña como si aquello siempre hubiera sido su hogar. No tenía tiempo para las quejas de Omar sobre los talibanes. De hecho, era todo lo contrario. Javad sentía que, puesto que los soviéticos se habían ido, era a los talibanes a quienes había que agradecer esta nueva vida más feliz. No veía más allá de esa idea, y por eso mis hermanos se peleaban a menudo y se ponían de morros el uno con el otro hasta que Omar se marchaba a pasear por las cumbres, a menudo durante horas. Nunca le preguntábamos a dónde iba ni qué hacía. Bastante teníamos con que en la familia hubiese unas cuantas horas de paz, sin discusiones. Todos ansiábamos la paz.

Mi momento preferido era el día de mercado, cuando Nas, Robina y yo nos pasábamos el día entre los carros llenos de naranjas, nueces, arroz, melones, grano, sacos de pistachos, pomelos y bandejas hundidas por el peso de las uvas. Las mujeres del pueblo regateaban y negociaban, intercambiando la comida que podían con lo que vendían los agricultores locales. La gente subía al pueblo desde la carretera. De la plaza roja, normalmente tan soñolienta, emanaba una nueva energía.

Cargando con nuestro hatillo, nos sentábamos justo en el extremo del pueblo, a la sombra de una pequeña arboleda de álamos y sauces plantados por un viejo a quien los aldeanos llamaban Malang. La guerra y los combates le traían sin cuidado, él lo que hacía era trabajar todos los años para plantar huertos nuevos o arboledas: ciruelos, sauces, álamos o cerezos, lo que encontrara. Cavando surcos para que el agua de los arroyos llegara a las raíces, cuidando de los árboles sin más razón que la pura alegría de crear pequeños reductos de belleza y sombra. Nos sentábamos allí y compartíamos la fruta.

—¿Qué vais a ser cuando seáis mayores? —pregunté a Naseebah y a Robina.

—Médico —contestó Nas, decidida—. Así podré curar a la gente. —Pensé en ello. Parecía una gran idea.

—¿Y Robina?

Nos miró a las dos y se ruborizó.

—A mí me gustaría tener un buen marido y una familia.

—Sí, de acuerdo, ¿pero qué harás? ¿Qué es lo que serás? —volví a preguntarle. Ella se quedó pensando un rato.

—Bueno, pues seré una esposa y una madre.

Nas y yo sacudimos la cabeza. El tema estaba cerrado. Yo no era capaz de imaginarme deseando matrimonio con uno de los chicos del pueblo, ni tampoco con ninguno de los niños. Pero yo era una afortunada. Madar y Baba nos dejarían tomar nuestras propias decisiones. Al fin y al cabo, ¿no era eso lo que habían hecho ellos? Los aldeanos no veían este matrimonio por amor con buenos ojos, pero Baba y Madar se limitaban a hacer oídos sordos a su desaprobación. Madar lo que quería era que aprendiésemos, que estudiásemos para hacer algo con nuestras vidas. Pero yo no podía explicarle esto a Robina de ninguna manera que tuviese sentido para ella. En ese momento sentí lo diferentes que eran nuestras vidas a pesar de vivir puerta con puerta.

Más tarde, cuando nos habíamos hartado ya de comer fruta y frutos secos a puñados, le decía adiós a las mellizas y me juntaba con las otras niñas y niños pequeños del pueblo en una esquina de la plaza a jugar a *buzul-bazi*, y los huesecillos de oveja se desperdigaban bajo la luz del sol y los gritos y las risas resonaban por el valle. Por las tardes, Javad y Omar se reunían con los otros chicos a jugar al voleibol en una pista improvisada, pintada con tiza. De cenar solíamos tomar *chainaki*, estofado preparado en cazos al fuego, o a veces *dopiaza*, hecho con cordero macerado en cebolla y salsa de tomate. Después nos sentábamos alrededor del fuego a escuchar el canal internacional de la BBC en el transistor; una de las decisiones más acertadas de Baba cuando tuvimos que hacer las maletas a toda prisa y dejar atrás la casa amarilla. La radio nos conectaba al resto del mundo, a la sensación de posibilidad. Nas y Robina a veces venían a escucharla con nosotros.

Yo intentaba devolverles la amabilidad hablándoles de Kabul y de la casa amarilla. Describía las plantas del jardín, las cometas en el cielo nocturno, las vistas desde el tejado del círculo de montañas coronadas de nieve que abrazaban la ciudad. Compartía con ellas historias de la ciudad, historias que Madar nos había cosido a la memoria, contándolas una y otra vez, no fuéramos a olvidarlas.

—Yo solía saludar a las montañas —les conté a Nas y Robina—. Entonces no lo sabía, pero os estaba saludando a vosotras. —Nos reíamos imaginándonos unas a otras creciendo tan lejos, con vidas tan diferentes, y sin embargo ahí estábamos ahora, juntas, en el mismo grupo de clase de Nayib y, encima, ¡vecinas! Parecía imposible que tal cosa fuera verdad. Nas me abrazaba con fuerza y me llamaba «hermana», mientras que Robina se reía de las dos y me llamaba «chica de ciudad». Yo no era capaz de decidir si me lo decía como insulto, como cumplido o como ninguna de las dos cosas.

Robina seguía a Javad a todos lados como un cachorro mientras Nas y yo jugábamos en la boca de la casa cueva, contentas de construir mundos imaginarios y de divertirnos con las cosas que podían ser posibles. Yo estaba aprendiendo mucho en la escuela, absorbía la información rápidamente y la almacenaba como un tesoro que de vez en cuando mostraba con orgullo a Madar y a Baba o a mis abuelos, citando datos como si fueran joyas relucientes que se sostienen a la luz. Madar, preocupada porque la escuela del pueblo fuera demasiado rudimentaria, suplementaba lo que aprendíamos en clase con inglés, ruso, e incluso algo de francés; lectura, escritura, compartiendo con nosotros lo que ella misma había aprendido y sabía. Nos hacía escribirlo todo y elogiaba nuestra caligrafía cuando la hacíamos bien. Las conversaciones en casa cambiaban de un idioma a otro, una y otra vez, hasta que nos empezó a resultar natural hablar así. «Tú aprende, Samar», me decía. «Aprende para que puedas entender el mundo».

Este aprendizaje constante terminó poniéndonos, claro está, muy por delante de los demás niños de la clase, y Nas y Robina ponían los ojos en blanco cada vez que yo respondía (correctamente) a una nueva pregunta sin solución planteada por Nayib. Luego empecé a ir al colegio con una serie de preguntas propias para Nayib, del estilo de «¿cómo funciona la electricidad?» y «¿cuántas veces podríamos envolver Afganistán alrededor del mundo?» (acababa de descubrir que la tierra era redonda y pasé largos meses intentando calcular circunferencias). Nuestro profesor se tomaba bien estas preguntas, y les daba la vuelta, animándonos a encontrar nuestras propias respuestas.

Un día Javad me fue a buscar. Me llevó aparte y me dijo: «Haz que pare». Yo me lo quedé mirando sin comprender. «Ella… Robina… Es… imposible». Giró sobre sus talones y se marchó.

Pobre Robina: se había enamorado, pero Javad aún no estaba preparado para el romance. Con delicadeza, intenté disuadirla. Ella fingió que las cosas no eran así y me dijo que era una idea ridícula. Yo me encogí de hombros. No tenía experiencia alguna en guiar a jóvenes corazones. Además, me parecía completamente increíble que alguien pudiera amar a Javad. No de esa manera. Le pedí consejo a Ara. Ella estuvo reflexionando y luego me dijo que hablaría con Masha y entre las dos lo solucionarían. Yo respiré con inmenso alivio. Evitado el desastre, volví a Javad con la buena nueva. Se puso furioso.

—¿Se lo dijiste a Ara? —me gritó, con la cara púrpura de ira—. ¡A Ara! ¿En qué estabas pensando, Samar? Ahora me tomará el pelo para siempre… Aj. —Se marchó enfadado, inconsolable. Yo me quedé sentada junto al pozo preguntándome cómo había acabado yo en medio de todo este desastre, y por qué no libraba él mismo sus propias batallas y me dejaba a mí tranquila, para empezar. Nas vino a buscarme. Me limpié las lágrimas antes de que pudiera verlas.

—Robina está enfadadísima contigo —me dijo.

Nos quedamos las dos sentadas en silencio. No sabía qué decir. Nas me dio un abrazo y me sentí mejor, pero estaba decidida a no involucrarme nunca más en los líos amorosos de nadie. Nunca supe lo que Masha le diría a Robina, pero conociendo a Ara solo puedo imaginar que habría atribuido a Javad algún defecto horrible y habría animado a Robina a llevar sus emociones a otra parte. Al final, según terminó todo, fue un buen consejo, y esta aventura romántica infantil naufragó antes siquiera de poder empezar.

—Sois demasiado pequeños para estas tonterías —nos regañó Ara.

Masha y Ara parecían mucho más adultas que nosotros. Las mirábamos a ellas buscando orientación. Nas y Robina disfrutaban especialmente pasando tiempo en la casa con todos nosotros, pero en particular con Ara y con Masha. Su madre, Nazarine, estaba sola porque su padre había muerto en un combate. No estábamos seguros de por quién o contra quién luchaba, solo que ella estaba triste y solía llorar mucho. En consecuencia, como madre no servía para gran cosa y la mayor parte del tiempo era Masha quien se ocupaba de sus hermanas, mientras su madre se pasaba el día dentro de casa durmiendo.

—Tiene roto el corazón —oí que Masha le explicaba un día a Ara.

—Oh —contestó Ara—. ¿Es grave?

—Mortal —dijo Masha.

Yo nunca había oído hablar de semejante enfermedad y de ahí en adelante opté por evitar a Nazarine, a pesar de que, cuando no estaba durmiendo o llorando, era una mujer amable, con una especie de sonrisa triste y bondadosa. Madar sí pasaba tiempo con ella, y hablaban.

—Asuntos de mujeres —decía Ara, como si supiera de qué estaba hablando. Todos estábamos creciendo y acostumbrándonos a esta nueva vida en las montañas. Yo tenía la sensación de que podría durar para siempre.

CAPÍTULO 7

Pero la felicidad no dura para siempre.

Estoy sentada en silencio junto a la habitación que tiene Napoleón en forma de caja al final del vagón. Afuera cae la noche y las lámparas se encienden con un temblor. Aquí nadie me molesta y puedo sacar mi libro otra vez.

Anna Karenina está a punto de abandonar a su marido, preparándose para escapar de Moscú en el tren de la tarde y llevarse consigo a su hijo. Yo estoy escandalizada. Esta mujer que se deja llevar por el corazón, que rompe con las expectativas. Sin duda debe de amar a este tal Vronsky, para apartar a un hijo de su padre. Estoy enfadada con ella y sin embargo… está siguiendo a su corazón. Es fiel a sí misma.

Algunas palabras que escribe en la carta a su marido me resultan difíciles; habla de *magnanimidad*. No reconozco esta palabra y no tengo a mano ni a Madar ni a Napoleón para preguntarles. Así que pruebo la palabra, girándola sobre la lengua. Por alguna razón me parece importante.

Estoy empezando a entender algo sobre los vínculos del amor, sus expectativas y exigencias. Leo los pasajes una y otra vez buscando respuestas, señales. Y luego veo cómo, una vez lo ha hecho, una vez que ha enviado la carta y las palabras vuelan de su lado, ya no puede recuperarlas.

Pienso en Ara, en cómo cantaba en el coche restaurante. Canto esas mismas palabras en voz baja, musitándolas, pero no soy capaz de conjurar su presencia. Hoy Ara no canta para mí.

Contemplo mi cuaderno.

Si pudiera capturar las palabras adecuadas, encontrar el camino de regreso hasta Ara, hasta su canción; si pudiera hacer el viaje de vuelta con palabras… ¿conseguiría así desalojar de mi mente todos los demás sonidos e imágenes no deseados que se agolpan en ella?

El aire del vagón está enrarecido. Está lleno de olor a comida sin comer, de cuerpos calientes y ventanas cerradas. Cierro mi libro, me pesan los ojos, por fin se me abotarga la mente y con el mecer del tren me quedo dormida y mis sueños me llevan de vuelta a las montañas. El libro se me cae de las manos, pero no hay nadie ahí para verlo caer.

CAPÍTULO 8

En el mes de abril de nuestro quinto año en el pueblo desapareció Omar. Hubo rumores de que se lo habían llevado los talibanes, o los soldados de la Alianza del Norte. De algunos de los jóvenes, desconocidos que habían venido al pueblo el día de mercado, que habían hablado con todos los chicos mayores, se decía que eran, o bien guerrilleros, hombres de Massoud, o espías de los talibanes. Era imposible saberlo, saber cuál era la verdad. Baba Bozorg tenía miedo de que Omar se hubiera perdido en la montaña, pero Baba observó que faltaba algo de ropa y que no estaban sus botas. Así que empezamos a creer que los rumores eran verdad y que se había marchado a luchar contra los talibanes, que parecían estar cada vez más cerca, incluso aquí, en el techo del mundo, tan lejos de todo. No podíamos ni pensar en la alternativa a eso, que se lo pudieran haber llevado por ser un agitador, que pudiera estar languideciendo en una celda en alguna prisión, o que le hubieran dado una paliza, que estuviera herido, incluso muerto. No podíamos permitir que ninguna de esas posibilidades fuera la verdad.

En los días y semanas que siguieron a su desaparición todos aguardamos, esperando verle volver en cualquier momento. Su *patu* estaba abandonado sobre el arcón al fondo de la casa cueva, así que a mí me dio por envolverme en él e imaginarme a mi hermano volviendo y ordenándome a gritos que lo pusiera en su sitio.

89

—Volverá pronto, ya veréis. —Esta era Maman Bozorg intentando calmarnos a Ara y a mí—. Es un buen chico, un chico sensato, volverá.

Madar en aquellos tiempos hablaba poco. Si penaba por la pérdida repentina de su hijo mayor, no dejaba que se le notara; de hecho, era como si supiera a dónde había ido, pero no quisiera asustarnos comentándolo. Baba parecía sorprendido, indeciso sobre si sentir orgullo o miedo. Baba Bozorg estaba melancólico. El único que no parecía afectado era Pequeño Arsalan.

—Deberías haberle obligado a quedarse —se quejaba Javad junto a la boca de la casa cueva. Sin su hermano mayor se había vuelto introvertido y rabioso, y nos contestaba mal a todos—. Va a conseguir que le maten, ¿y para qué? —Nadie era capaz de responder a su pregunta ni de tranquilizarle.

—¿Omar volverá algún día? —le pregunté a Ara un día mientras estábamos sentadas afuera, contemplando el valle.

—No lo sé. —Me apretó la mano. Yo no era capaz de imaginar nuestra vida sin Omar. De todos mis hermanos, él siempre había sido el que más me había animado, el que me ayudaba a estudiar, a aprender sobre el mundo más allá de lo que conocíamos. Sus esperanzas y sueños, de convertirse en un gran ingeniero, de construir hermosos puentes, de labrar su propio camino en el mundo, se me habían contagiado, a mí y a todos. Y ahora no estaba. La tristeza nos invadió a todos, pero como no sabíamos, no podíamos estar seguros de lo que le había ocurrido, cada uno de nosotros guardó la pérdida de Omar pegada al corazón, calladamente, temerosos de dejar que desapareciera para siempre.

Era más fácil imaginar que su ausencia era temporal, así que todos hablábamos de él en esos términos. «Cuando vuelva Omar», decíamos, decididos a que un día lo haría.

Empezaron a cambiar otras cosas con el pasar de los meses. Los aldeanos charlaban menos, se mostraban más vigilantes. Todo el mundo tenía miedo de los espías, de que sus vecinos los denunciaran ante los talibanes. Cualquier pequeña ofensa adquiría un nuevo significado. Los que habían apoyado a los muyahidines dejaron de hablar públicamente de resistencia. Massoud ya no iba ganando y sus hombres se habían retirado, decían.

En aquel momento los talibanes controlaban ya amplias zonas del país y estaban a punto de tomar Kabul. Había otros que decían que ya habían conquistado la ciudad y que era cuestión de tiempo antes de que el país entero se sometiera a la Sharia. De todo esto me enteré por Baba Bozorg. Volaban los rumores sobre lo que se podía decir y lo que no, sobre cómo había que comportarse, sobre lo que estaba permitido y era decente y honraba a Alá, y lo que acarreaba deshonra. Baba guardó la radio. Se hablaba de escuadrones de pistoleros, brigadas de orden público que vigilaban los apaleamientos callejeros, las amputaciones por supuestos robos. Empezaron a producirse apedreamientos. Rumores de desapariciones. Personas queridas perdidas. «Se trata de la promoción de la virtud», nos decían. A la gente había que controlarla. Este era el nuevo orden. Las chicas mayores y las mujeres empezaron todas a ponerse el burka. Ya no podían salir sin ir acompañadas por su marido o por su padre. Así eran los nuevos edictos que se iban filtrando hasta llegar al pueblo, donde no podíamos distinguir lo que era verdad y lo que no eran más que rumores. Incluso aquí arriba en las montañas, donde sin duda no importaba, donde no tenía la menor trascendencia, había que obedecer estas leyes. Madar empezó a preocuparse más por nuestro aspecto. Nos entrenaba para saber qué decir, qué no decir en la escuela, cómo comportarnos.

Aquí arriba en las montañas, lejos de los combates, nos habíamos sentido muy apartados del caos que se había apoderado del resto del país. No creímos que fuera a perseguirnos hasta aquí. En los días de mercado nos enterábamos de qué grupo se había hecho con qué sector de Kabul, de cómo avanzaban los soldados de la resistencia, de cómo ahora eran los talibanes los que iban ganando. Parecía que los bombardeos se habían intensificado. La gente estaba muriendo a causa de la violencia y muchos habían empezado a abandonar la ciudad, escapando de este nuevo orden y de todo lo que traía consigo. Las mujeres ya no podían trabajar, ya no podían ir a la universidad, las chicas mayores no podían ir a la escuela. Estas noticias nos resultaban increíbles pero remotas. Por ahora no nos afectaba ni a nosotras ni a Nayib, nuestro profesor, que creía que todo el mundo, tanto los niños como las niñas, debían recibir una educación decente y hacer algo con sus vidas, aportar algo a su país. Esto era lo que nos decía una y otra vez cuando nos atascábamos con las tablas de multiplicar o las conjugaciones verbales, o la memorización de los datos de las historias de otras gentes.

Entonces, un día, Nayib nos reunió a todas las chicas, excepto a las muy pequeñas, y nos explicó, disculpándose, que de entonces en adelante ya no podríamos venir a la escuela, que no sería seguro para nosotras y que si queríamos seguir estudiando (y aquí sonrió con tristeza) tendríamos que hacerlo en casa. Añadió que esperaba sinceramente que este lamentable estado de cosas no durase mucho y que todas volviésemos pronto a estudiar con el resto de la clase.

Para mí nada de esto tenía sentido alguno. ¿Y ahora qué íbamos a hacer durante todo el día? ¿Cómo íbamos a convertirnos en abogadas o en médicos o en escritoras como nos habían animado a hacer Madar y Baba si no íbamos a estudiar, si no podíamos? Esto tenía que ser una especie de error ridículo.

—Ja —dijo Robina. A ella la escuela nunca le había transmitido gran cosa, aunque sí le gustaba la compañía. Nas, igual que yo, se quedó desolada, hasta que Nazarine empezó a intentar dar clase a las niñas del pueblo, a escondidas de la mirada vigilante del nuevo maestro de escuela. Masha y Ara no decían nada, pero parecían más asustadas con cada día que pasaba, porque ellas estaban abandonando la infancia para convertirse en mujeres en un país en el que ser mujer parecía un crimen.

Javad, sin embargo, siguió yendo a clase todas las mañanas. Echaba la vista atrás y nos miraba a Ara y a mí, primero con aspecto culpable, y luego, más adelante, triunfal. Nayib fue sustituido por un adusto viejo de un pueblo vecino que enseñaba al estilo de las madrasas, con nuevas ideas, ideas favorecidas por el nuevo régimen.

Las cosas que Javad aprendía empezaron a cambiar. En lugar de geografía y matemáticas, volvía a casa hablando solo de sus estudios religiosos, de las nuevas reglas. Intentaba darnos charlas, suspirando, diciendo que nunca lo comprenderíamos porque solo éramos chicas, y que ahora su responsabilidad era dirigirnos, guiarnos hacia el bien. Ara resoplaba de risa ante su santurronería, y en los ojos de Javad se despertaba un brillo de odio y certidumbre. Este niño agradable a quien tanto habíamos querido todos y que era tan amable y divertido estaba cambiando ante nuestros ojos. Todo cambió.

Hasta los juegos en el pueblo por las tardes cambiaron. Los niños se fueron marchando, porque no querían que les vieran mostrando demasiada alegría, haciendo demasiado ruido, estando demasiado activos. Montar en bici y volar cometas fueron actividades que se acabaron del todo. El campo de voleibol que había junto a la plaza se fue vaciando. Las niñas se quedaban más en casa. Empezamos a buscar las sombras. Nos contaban historias de terror de otros pueblos del valle, de visitas de matones de los talibanes que entraban en las casas y sacaban a la gente de sus camas. Había historias de desaparecidos, de gente a la que se llevaban para juzgarla ante nuevos tribunales locales, a confesar pecados que no recordaban haber cometido. Las líneas que separaban lo que estaba bien de lo que estaba mal estaban tan emborronadas y se movían tanto que ya no estábamos seguros ni de nosotros mismos.

Los ancianos del pueblo hablaban hasta altas horas de la noche, discutiendo qué hacer. Baba, que parecía temeroso una vez más de elegir el bando equivocado, guardaba silencio mientras los demás hacían planes y enviaban a sus hijos a luchar contra este enemigo invisible: el miedo. Un miedo tan profundo que penetraba hasta el fondo de nuestras almas; notábamos su sabor hasta en el agua que bebíamos.

Para Baba las cosas eran aún peores. Ahora los aldeanos murmuraban a sus espaldas sobre su rumoreado apoyo a los soviéticos en el pasado, y sobre su celo revolucionario.

—¿Cómo va a extrañarnos que el hijo le saliera malo? —comentaban sobre la desaparición de Omar.

Madar cargaba con la mancha de las mismas opiniones que se sospechaban de Baba. Nadie se paró nunca a preguntarle a ella directamente, entonces no. No la creían capaz de sostener sus propias ideas. Las mujeres se estaban convirtiendo en sombras; sombras que no hablaban, porque ni podían ni querían. Como las demás, también Madar se volvió pensativa y callada, palideciendo de ira ante lo que le estaba pasando a su país.

Solo Ara se mostraba impenitente. Echaba a correr montaña arriba y chillaba «¡Bárbaros!» a pleno pulmón, hasta que el eco podía oírse por todo el valle. Se negaba a ponerse el burka. Se negaba a que la silenciaran.

—Todo esto —repetía una y otra vez, escupiendo de asco en la tierra—, toda esta estupidez. —Sus ojos centelleaban de ira. Madar la intentaba callar, o por lo menos meterla en casa, darle ocupaciones como coser o leer (lejos de la puerta, a la débil luz de una vela que titilaba al fondo de la cueva). Pero era inútil. La voluntad de Ara no se podía encoger. Yo lo observaba todo con indecisión acerca del bando al que apuntarme, sin saber a quién consolar, sintiendo que el peligro se acercaba cada vez más a nosotros, sigilosamente.

Los pronunciamientos de Javad se volvieron aún más fervorosos. Aquel niño que en su día había bromeado y reído con tanta facilidad, que tenía tiempo para cualquier persona o criatura, el niño que una vez habló de ser veterinario, que quería arreglar las cosas que estaban rotas, ahora hablaba solo de la religión y del deber. Se volvió duro y sentencioso. Le enfadaba haber perdido a Omar, aunque jamás lo hubiera admitido. Todos estábamos enfadados y tristes a nuestra manera, pero en el caso de Javad, él culpaba de esta pérdida no a los talibanes, a sus múltiples reglas y a su crueldad, sino a Baba y a Madar, que de alguna manera se las habían arreglado para dejar marchar a Omar.

Cuando Javad se marchaba a sus clases, Madar nos juntaba a Ara y a mí y nos sentábamos las tres apiñadas en el fondo de la cueva

94

mientras ella intentaba enseñarnos todo lo que sabía, todo lo que recordaba de sus propios años escolares y del tiempo que pasó en la universidad. Nos enseñaba en susurros. Ahora ya no podíamos dejar nada por escrito, no podíamos guardar nada en otro sitio que no fuera nuestra propia mente. Por si acaso.

La desconfianza crecía en el pueblo.

Un día los talibanes, jóvenes con largas barbas que conducían camionetas marca Toyota con las lunas tintadas, con banderines blancos que revoloteaban en la brisa, subieron a las montañas y llegaron al pueblo. Amin le había dicho a Baba con varios días de antelación que esto iba a suceder. Le dijo que él había organizado la visita. Todos nos preguntábamos por qué. Amin era un personaje raro, solitario. Nunca se había casado. Tal vez ninguna de las mujeres de la aldea le encontraran lo bastante atractivo como pretendiente. No era que fuera feo exactamente, sino que era dado a ataques de ira y a extrañas rabietas que quizá hicieran difícil quererle. Y luego estaba el tema de su arma, que llevaba colgada del hombro a todas horas.

—Primero disparas y luego preguntas, ¿eh, Amin? —Baba le hacía bromas. A todos se nos escapaban risitas. Últimamente Amin estaba viniendo más a visitar a Baba en la casa cueva. Se pasaba horas sentado fuera con Baba, conversando, viendo el ir y venir de las casas vecinas. Según los rumores, era espía de los talibanes. No sé quién lo habría dicho por primera vez ni cómo empezaría el rumor, pero sí que me acuerdo de que Ara y Masha murmuraban sobre el tema, y que Nazarine una vez las mandó callar y les dijo: «Es un alma triste. No es más que un bicho raro».

Bueno, pues ahora este bicho raro había invitado a los talibanes al corazón de nuestro pueblo.

Baba no sabía qué decirle a Amin. Tenía afecto por su viejo amigo, que de niño había sido un compañero leal, poniéndose de parte de Baba en las peleas con los niños mayores, los dos unidos en la adversidad. Pero ahora estaba claro que sus vidas habían seguido derroteros distintos. A veces pillaba a Amin con la mirada clavada en Madar mientras ella trabajaba en casa. Esto no me sorprendía, puesto que era muy hermosa, pero era indecente mirarla así, y él se cuidaba de no hacerlo cuando Baba o Baba Bozorg andaban en las inmediaciones. A veces, cuando no estaba por ahí en lo alto de las montañas, lejos de la gente del pueblo, enseñando a Javad a disparar, o hablando con Baba mientras contemplaban el valle a sus pies, ayudaba a Nazarine a traer agua del pozo. Algunos aldeanos no veían esto bien; después de todo, ¿qué era él para ella? Había habladurías, como las hay cuando la gente necesita historias sobre las que cotillear, pero en verdad no había indecoro alguno que juzgar. Al fin y al cabo, Nazarine sufría por su corazón roto, y, además, era evidente que no tenía el menor interés por Amin, y más que alentarlo se limitaba a tolerar su comportamiento.

En los días que precedieron a la visita, los hombres del pueblo se reunieron para decidir quién recibiría a los visitantes talibanes y cómo sería tal recibimiento. Se organizó una comida. Pero la atmósfera se fue volviendo tensa y desagradable; nadie los quería allí, excepto, al parecer, Amin, y sin embargo, había que demostrar hospitalidad. Baba Bozorg, como anciano respetado, sería el líder del grupo. Baba y Amin irían con él. Algunos hombres más accedieron a unirse al comité de bienvenida. Se estableció un puesto de vigilancia para tener controlada la carretera de la montaña, y que así los aldeanos pudieran estar preparados para la visita.

—Acabemos ya con esto —le dijo Baba Bozorg a mi padre la noche anterior a la visita—. Sea lo que sea lo que tenga que ofrecerles… no puede traer felicidad alguna.

Aunque no mencionaron ningún nombre, estaba claro que se refería a Amin. Empecé a temer por Baba y por Madar y a preguntarme qué sería lo que podría ofrecerles a estos hombres airados que querían gobernarnos a todos, por qué buscaba el exponernos a todos a tales terrores. Esa noche nadie durmió bien en el pueblo, excepto Amin.

Era muy temprano cuando los camiones que traían a los hombres empezaron a subir serpenteando por el valle. Había hombres de pie en la parte trasera de los vehículos, sosteniendo rifles, vigilando el valle, trayendo la guerra consigo.

—Ya vienen. —Se oyó el grito, y todas las mujeres se escondieron dentro de las casas, llevándose a sus niños. Los hombres del pueblo formaban un comité de bienvenida no muy acogedor, esperando en la plaza. Se posó sobre la mañana una sensación de pesadumbre, y todas empezamos a escudriñar con ansiedad detrás de las harapientas cortinas que había junto a la puerta.

Los hombres pasaron mucho tiempo intercambiando saludos, presentaciones, compartiendo comentarios amables e información, noticias sobre lo bien que marchaba la campaña talibana en el resto del país. Había que demostrar hospitalidad. «No dejemos que haya derramamiento de sangre», había advertido Baba Bozorg.

Estaba claro que los visitantes no se fiaban de nosotros. Se había preparado una comida y los talibanes se sentaron todos juntos, partiendo el pan y mascando los pedazos de *naan*. Después de un rato, algunos de los hombres se dieron un paseo por el pueblo conducidos por Amin, que lucía una especie de sonrisa jactanciosa. Les oímos escalar ladera arriba para detenerse en la casa de al lado, donde nuestras vecinas. Pensé en Naseebah y en Robina asustadas en el interior, en Masha y Nazarine, incapaces de ofrecerles protección alguna. Oímos voces que se elevaban, a Nazarine llorando. Madar parecía como si ya no pudiera respirar y vimos cómo se quedaba a punto del desmayo de puro terror. El llanto continuó, luego se convirtió en chillidos. Oímos a otro hombre, creo que mi abuelo, intentando razonar con los hombres antes de que agarraran a Masha y a su madre y las sacaran de la casa y condujeran a Nazarine ladera abajo hasta la plaza, bajo la atenta mirada de todos los aldeanos escondidos. Baba entró en casa, haciéndonos a todos gestos para que guardáramos silencio.

—Nos traicionarán —susurró Madar, recorriendo la casa ahora a zancadas como una tigresa de la selva enjaulada. Baba sacudió la cabeza, intentando tranquilizarla.

97

—Está todo bien —le dijo—. Pase lo pase, que los niños se queden dentro.

Ella asintió, casi catatónica de miedo. Javad mostró una sonrisa glacial. A Pequeño Arsalan le dio por correr a toda prisa por la cueva haciendo pequeños círculos, a disgusto por estar encerrado en la casa. Maman Bozorg había ido a la casa de al lado a consolar a las mellizas. Ara y yo nos limitábamos a mirar al suelo de tierra, pensando en Masha y en su madre, mordiéndonos las uñas, nerviosas y calladas.

¿Cómo podían tener estos desconocidos tanto control sobre nuestras vidas? Parecía irreal. Entonces oímos los gritos de Masha, que se elevaban desde la plaza.

—Van a apedrear a Nazarine —dijo Javad, y añadió—: Se lo merece. Lo dice Amin.

El brazo de Madar se levantó de repente y abofeteó a Javad con todas sus fuerzas. Baba la agarró por la muñeca, pero no le levantó la voz, sino que la apartó de Javad y le rodeó los hombros con los brazos mientras ella sollozaba.

Javad se frotó la mejilla enrojecida, pero no parecía ni enfadado ni reconvenido.

—No se puede ir contra la ley de lo que es correcto —dijo Javad, y entonces salió de la casa, con Baba apresurándose tras él para asegurarse de que no hiciera nada impulsivo. Yo le observé marchar, a este hermano a quien ya no reconocía, tan lleno de odio y de venganza.

—Es joven —le dijo Baba a Madar mientras le miraban irse, con un gesto lleno de vergüenza—. No sabe nada, excepto las necedades con las que le llenan la cabeza.

Se oyeron sonidos de cavar. Estaban haciendo un agujero en el que meter a Nazarine. Iban a enterrarla viva. Vimos su burka azul revolotear en la brisa cuando los hombres la llevaron a rastras hacia el agujero. Había dos hombres, uno a cada lado de Masha, que sollozaba incrédula, chillando para que liberaran a su madre. Un grupo de hombres se reunió para mirar, atraídos por el espectáculo.

Los gritos se elevaron una vez más y nos pusimos a escudriñar la plaza. Habían atado a la madre de Masha a un poste hundido en el suelo a martillazos; era imposible que escapara. Le habrían dicho que era libre de irse, pero evidentemente ella no podía soltarse, no podía escapar. No iba a haber clemencia. Uno de los hombres estaba leyendo en alto una serie de cargos y de afrentas a la decencia. La llamaron adúltera y puta. Amin sonreía con suficiencia junto a los extraños. Las lágrimas recorrían la cara de Masha; yo podía verla, sostenida entre dos de los hombres. Pero su madre, Nazarine, una joven viuda tan frágil que no era capaz de gritar, ni bajó la mirada ni rogó clemencia. Ella no había hecho nada malo. Eran estos hombres los que hacían el mal. Eran ellos a quienes habría que juzgar, y sin embargo nadie les detuvo. Yo no podía entender por qué no intervenía nadie. Era como si el pueblo entero se hubiera quedado congelado bajo su embrujo. Madar nos apartó de la puerta. Los hombres empezaron a tirar piedras a la cabeza de Nazarine. Los oímos gritarle a Masha. Le ordenaron que tirara piedras, que era la voluntad de Alá, que si no ella cargaría con los pecados de su madre. Masha se negó. Lo único que se oía eran sus chillidos y el golpe de las piedras contra el suelo. De repente, Masha se escapó y echó a correr para cubrir a su madre, para intentar protegerla. La vi corriendo a toda velocidad alejándose de los hombres, y cruzar la plaza. La vi rodear con sus brazos la cabeza de Nazarine, manando sangre, con los ojos apagados. Los gritos de Masha llenaban el aire. Amin levantó el brazo. Los otros habían parado momentáneamente. Vi a Amin elevarlo en alto, y algo que centelleaba en su mano. Lanzó una roca por el aire; era grande y serrada; dio a Masha en la nuca, y la chica se desplomó junto a su madre. Sucedió deprisa. El grupito de mirones dio un paso atrás. Amin se quedó allí de pie, con una sonrisa enferma en la cara, teñida de una expresión de sorpresa.

No podía hacerse nada para salvar ni a la madre ni a la hija. Los talibanes, tan jóvenes pero ya tan acostumbrados a escenas así, se limitaron a quedarse allí riendo, bromeando entre ellos, observando a los aldeanos. Nadie dio un paso adelante. Luego, por fin, los hombres se fueron despidiendo, palmeando a Amin en el hombro antes de encaramarse de nuevo a sus camiones y marcharse, disparando al aire. Todo el mundo permaneció en silencio, conmocionado por lo que había sucedido.

La madre de Masha seguía atada al poste, y su burka, empapado de sangre, atrapaba el viento. Masha yacía ahí en la tierra, a su lado, con el pañuelo suelto sobre los hombros y los brazos aún alrededor de su madre.

En la casa de al lado oímos los alaridos de las mellizas. Yo ansiaba ir con Nas y con Robina, abrazarlas. Sabía que mi abuela estaba con ellas. Sabía que no lo habrían visto, ella no las habría dejado, pero lo habrían oído todo. Yo no tendría que haber mirado, pero lo había hecho… Ahora lo sabía. Sabía cómo era este mundo en el que estábamos entrando. Así que me aferré a Ara. Estaba pálida, en silencio. No decía nada. Pude ver que algo se había roto en ella. Había perdido a su única amiga. Había abandonado la esperanza. Parecía como si el tiempo se hubiera detenido a nuestro alrededor, y lo único que podía oír era el oleaje de la sangre en mis oídos.

No comprendía nada. No era capaz de imaginar lo que podría haber hecho Nazarine, qué crimen podía ser tan terrible como para merecer morir asesinada. ¿Era por su belleza? ¿Era que no podían soportar su belleza? ¿Su juventud? ¿Era porque enseñaba a las niñas pequeñas en secreto, calladamente, cuando aprender estaba prohibido? ¿Era porque no creía en su mundo, en sus mentiras? ¿Era por Amin? ¿Por no poder querer a Amin? ¿Por haberle rechazado? En mi corazón yo sabía que la verdad era esa.

Mi madre bajó las escaleras hasta la plaza. Fue la primera de las mujeres en llegar; algunos de los hombres seguían allí, con aspecto avergonzado, sin saber qué hacer. Madar fue hasta Nazarine y tiró de la cuerda para desatar su cuerpo. La oí llamar pidiendo ayuda. Nadie la quería ayudar. Entonces Baba dio un paso adelante y entre los dos tendieron aquellos cuerpos rotos sobre el suelo.

Mi abuelo llamó a los demás para que ayudaran. Ahora la gente empezó a afanarse; encontraron una manta para envolver los cuerpos. Una mujer lavó la cara de Masha. Un hilillo de sangre le caía por la cabeza, donde una de las piedras le había destrozado el cráneo. Ara y yo temblábamos en el umbral de la puerta de la casa, mirando hacia abajo. Sentí que Ara caía al suelo, y luego dejó escapar un grito, solo uno, antes de arrastrarse de vuelta al interior, donde se quedó sentada, encorvada junto a Pequeño Arsalan, observándole dar vueltas y vueltas en el suelo de tierra.

Tercera Parte

Del este al oeste, del oeste al este.

CAPÍTULO 9

Napoleón me ha escuchado contar esta historia de nuestra vida en el Hindu Kush ya una docena de veces. Cuando se la cuento me mira con ojos muy tristes. Hablamos a menudo de la guerra y de la estupidez de los hombres. Compartimos nuestras historias, Napoleón y yo; muy tarde, por la noche, cuando todo el mundo está durmiendo, me dejar salir y sentarme con él en el alojamiento del personal, el cuartito en forma de caja que para él es su hogar, al final del vagón. Aquí es donde jugamos a las cartas, normalmente al *Durak*, y hablamos de política y de la vida. Los naipes se le dan mejor a él que a mí, y además tiene más práctica, pero a veces me deja ganar. Todo el mundo duerme. Nadie nos molesta. Él no cree que yo sea demasiado joven para estas conversaciones, debido a todo lo que he visto. No me habla con paternalismo, solo me escucha y, a veces, cuando se ha tomado algún que otro vaso de vodka, con esa misma mirada triste, me cuenta su propia historia y cómo ha acabado de *provodnik* en el ferrocarril transiberiano. También su historia es complicada, y él necesita contarla, tener a alguien que le escuche. Así que, en esas noches, yo le escucho lo mejor que puedo, escucho las palabras y lo que hay entre las palabras, hasta que soy capaz de ver a Napoleón de joven, o de niño, y puedo comprender que también él tiene un pasado que prefiere mantener oculto. Esto es lo que hacemos el uno por el otro, sostenemos nuestros mutuos secretos. Escuchamos.

—Nací en Siberia hace mucho tiempo, en invierno, en los bosques, en la taiga —me dice—. ¿Te puedes creer que este viejo arrugado haya podido alguna vez ser un niño? —Ríe.

Siempre empieza su historia de la misma manera. Luego, cada vez que la vuelve a contar, añade otro detalle; le llegan flotando otros recuerdos, o elimina algunas partes, dependiendo de cómo se sienta. Yo solo he compartido con él parte de mi historia, tanta como soy capaz de contar por ahora, hasta donde mi mente me permite. Así que nos contamos el uno al otro estos recuerdos terribles con la esperanza de que si compartimos nuestras historias las suficientes veces, dejaremos de ser presa de ellas y podremos seguir adelante con el asunto de vivir.

—¿Y dónde era que te habías criado? —le pregunto, aunque conozco la respuesta porque esta historia se la he oído repetir varias veces.

—Era uno de los campos de trabajo de Stalin, un lugar a donde enviaban a los llamados «enemigos del Estado». No era un lugar agradable donde nacer. Yo era un niñito extraño, salvaje, medio muerto de hambre, medio muerto de frío. Pero sobreviví. —Ante este hecho, ríe como si aún le sorprendiera y le llenara de gozo. Sus ojos centellean cálidamente, las arrugas se entrecruzan en su rostro.

—Enviaban allí a familias enteras. Los arrancaban sin más de sus vidas normales, les daban media hora para juntar unas cuantas pertenencias y los arreaban como si fueran ovejas hasta unos largos trenes; muchas veces me he preguntado si no sería entonces cuando me aficioné a los viajes en tren. Mi madre me habría llevado en la barriga en uno de esos viajes.

No sabría decir si está bromeando o no. Napoleón tiende a hacer muchas bromas sobre su pasado.

—El sentido del humor ayuda —me dice cuando me siento llorosa y agotada—. Eso, y la distancia.

—¿A dónde iban los trenes? —le pregunto.

—Los trenes… eran vagones para ganado en su mayoría, no eran como esto, ya sabes, sin lujos. —Mira a su alrededor en el vagón, señalando el pulido samovar con orgullo—. Les llevaban a los extremos del país, a Siberia, donde no podían crear problemas, donde los prisioneros podían ser destruidos y olvidados sin que a nadie le importase. El lugar donde yo nací, concretamente, era un centro de tala de árboles: un trabajo helador en medio del bosque. Mantenían a la gente casi en la inanición. Les destruía, ¿sabes? Veías cómo se iban desvaneciendo. Yo fui el único bebé que sobrevivió de todos los que nacieron. ¿Te imaginas? Un niño en medio de todo aquello. —Suspira—. No era lugar donde pasar una infancia.

Napoleón mira hacia otro lado mientras cuenta su historia.

Intento imaginarme a este hombre adulto, con todas sus arrugas y su piel curtida por el sol, como un bebé recién nacido, atado a su madre, a merced de la nieve, el hielo y el viento, arrojado sin ceremonia a un lugar tan remoto y tan falto de vida. Los bosques pasan como centellas al regresar al lado del lago, y me pregunto qué sentirá cuando atravesamos Siberia y también por lo cerca que pasamos, si es que pasamos, por este lugar del que habla.

—A mi madre la mató —dice, y sacude la cabeza y permanece en silencio largo rato. Da un trago a su vodka y llena el vasito una vez más.

—No, fui yo —dice al final sin vacilar—. Fue culpa mía. Mantenerme a mí con vida la mató a ella. Es que, verás, era imposible. Mi padre se ofreció para trabajar el doble, y bueno… de eso se rieron. Él no quería que ella tuviera que hacer este trabajo que te rompe la espalda, talar, cargar. Pero se rieron a carcajadas. Tampoco les importaba que estuviera embarazada. Lo único que deseaban era vernos muertos.

Deja la cabeza colgando y se queda mirando la botella medio vacía de vodka.

—Era muy guapa mi madre, tenía veinte años. Mi padre estaba loco por ella. Ella pensaba que se había casado bien. ¿Ella qué iba a saber? —Sonríe. Es una mueca triste.

—Era de la NKVD, uno de los matones de Stalin. Habría hecho cosas espantosas.

107

—¿Pero entonces por qué le cogieron? ¿No era uno de ellos?
—No entiendo cómo puedes estar en el bando correcto, o en el bando equivocado pero en el momento adecuado, y aun así perderlo todo.

—Por paranoia. Stalin mandó matar a muchísima gente. No se pueden encontrar razones a las acciones de un loco como él. Mi padre pensaba que estaría a salvo, que él estaba en el círculo interior. Fue un tonto.

Napoleón mira sus cartas y las coloca sobre la mesa. «*Durak*».

Esta parte no la había oído antes, este asunto del NKVD. Yo había pensado que sus padres tal vez fueran unos alborotadores, pero esto no, esto de estar dentro no. Entonces pienso en Javad, en lo rápidamente que se convirtió en alguien frío y cruel, y entiendo que puede pasar.

Napoleón se remueve en el asiento. Se limpia los ojos.

—Llevaban solo un año de casados cuando se los llevaron, arrojados a un vagón para ganado. Tuvo que ser terrorífico ese viaje en tren. —Se estremece—. Sin ventanas, sin aire, sin comida. Y cuando paraban, sacaban a los muertos. En cada estación.

Pongo mi mano pequeña en la suya, y tiembla, ya sea por la bebida o por la indignidad de sus recuerdos, no sabría decirlo. Suavemente echa mi mano a un lado.

Pienso en todos esos cuerpos atemorizados, apretados, encerrados en vagones de altas paredes, sin mucha idea de a dónde se dirigían ni qué les esperaba a su llegada. Y miro a mi alrededor en el vagón y siento, no por primera vez, una felicidad inmensa ante el espacio, el calor, el poder ver cómo se va desarrollando el paisaje en la oscuridad. Hace que me sienta menos atrapada. Me siento casi a salvo, o al menos más a salvo de lo que he estado desde el día que Omar desapareció y todo empezó a ir mal.

—¿Cómo sobrevivisteis, ellos y tú? —le pregunto. A pesar de saberlo, porque he oído la respuesta otras veces, sé que él necesita contármelo otra vez.

Napoleón se gira como para mirar por la ventana, pero yo puedo ver que está observando mi reflejo en el cristal, comprobando que le estoy escuchando. Doy vueltas a la baraja que tengo entre las manos. Él baja la voz.

—Ella… ella se ofrecía a los soldados, a los guardias. Le daban comida y a mí me dejaban jugar dentro un rato junto al fuego mientras ellos… Mi padre no lo pudo soportar. Se quitó la vida. Dijeron que había sido un accidente. Pero no fue ningún accidente. Nada de nada. Solloza un poco, pero se limpia las lágrimas rápidamente con el dorso de la mano y yo me quedo allí sentada a su lado.

—El resto de los prisioneros la despreciaban. Nos escupían, a ella y a mí. —Napoleón aparta los ojos y su mirada se enreda en las sombras de los pinos mientras atravesamos un bosque. Me doy cuenta de que debe de sentir miedo cada vez que el tren atraviesa la taiga; le deben de volver todos los recuerdos. Intento imaginármelo de muy niño, como con la edad de Pequeño Arsalan en la casa de la montaña, reptando por el suelo, sin entender nada.

—Uno de los guardias se encaprichó mucho de ella. Era un grandísimo hijo de puta, pero ella le reía las gracias. Consiguió que al final nos sacaran de allí. Eso me salvó la vida, estoy seguro de ello. Ella tenía el corazón roto, y no paraba de llorar por mi padre, y por su propia vida. Pero también la recuerdo sonriendo a veces, abrazándome y arrullándome antes de dormir. Recuerdo eso a pesar de que ella debía de estar volviéndose loca por dentro.

Yo asiento y le doy una palmadita en el hombro mientras me levanto para irme. No sé qué más hacer.

—¿Meterás eso en tu libro? —me pregunta.

Me está animando a que lo ponga todo por escrito, para darle sentido a las cosas.

—Es un viaje largo —dice—. ¿Qué otra cosa vas a hacer? —Me mantiene un suministro de bolígrafos y cuadernos que compra en las estaciones en las que vamos parando, y me deja sentarme en vagones vacíos donde puedo escribir o leer en paz.

Pienso en Napoleón, que normalmente es tan animoso, siempre sonriente, corriendo de un lado a otro de los vagones o sacándole brillo al samovar, ocupado revisando billetes, charlando con los pasajeros. Pienso en este hombre amable, con sus ojos brillantes y su sonrisa abierta. Y luego miro a este mismo hombre, aquí sentado, roto, derramando lágrimas en el vodka, deshaciéndose por las costuras, viéndolo anegarse en el pasado, y me doy cuenta de que tengo que mantener este círculo cerrado. Por mi familia, por mí, por lo que sea que venga ahora; no puedo dejar que todo se descosa.

Le doy un abrazo a Napoleón, dejándole tranquilo con su copa, y me vuelvo a mi compartimento a dormir, metiéndome en la camita plegable y arropándome con las mantas, en silencio para no despertar a nadie. Ya sé que en esta historia hay mucho más, pero esta noche estoy cansada. No tengo la energía necesaria para escucharle como él necesita que le escuche, absorbiendo la tristeza de otra persona. Normalmente me sentiría reconfortada por poder ayudar, pero esta noche mis propios recuerdos vienen empujando y los gritos de Masha resuenan en mis oídos. Las veo, a Nazarine y a ella, veo a Javad riendo. Sus caras empiezan a mezclarse. Rezo por dormir. Rezo para olvidar.

Por la noche sueño con Ara. La tengo delante, me sacude para que me despierte. Yo estoy profundamente sumida en el sueño y no me puedo despertar. En su cara hay desesperación. Está intentando decirme algo, pero no consigo entender las palabras. Está intentando decirme dónde se encuentra. Me despierto con la espalda cubierta de sudor frío y miro a mi alrededor. Es obvio que no está aquí. Es obvio que me lo estaba imaginando. ¿Cómo explicárselo a Madar y a Baba, cómo les digo que Ara se marcha? Y entonces caigo en la cuenta de que ya se ha ido. No tengo que contarles nada. Sollozo por primera vez desde hace meses. Dejo que las lágrimas me caigan por la cara. Me meto el puño en la boca para no despertar a los que están dormidos. Pero las lágrimas siguen derramándose. «No es culpa tuya», me digo a mí misma. Pero esto no es verdad. Sí que es mi culpa. Todo es culpa mía y ahora no puede deshacerse. Me quedo despierta hasta que sale el sol.

El tren se ha parado para aprovisionarse y cambiar de vagones. Estamos viajando hacia el oeste una vez más. En Ulan-Ude esperábamos que Ara volvería a unirse al tren, que existía la posibilidad de que recuperara la sensatez. Pero no estaba allí, así que el tren siguió su camino. Ahora hemos llegado a Irkutsk, que algunos han llamado el París de Siberia. Pienso en Ara y en su deseo de ir a París. A lo mejor está aquí, razono. Desde el vagón puede verse el ajetreado andén. Napoleón me lo ha dicho: treinta minutos, no más. Me levanto apresuradamente, llevando conmigo mis papeles y algo de dinero, y me bajo del vagón a explorar, a ver cuánto puedo averiguar antes de que el tren eche a rodar de nuevo. El júbilo de separarme del tren se apodera de mí. Yo podría volver a empezar aquí. Este podría ser el sitio. Podría echar a andar y marcharme. La libertad me lleva en volandas, mareada de pura expectativa. El sol brilla con fuerza, partiendo el día en dos, y hago visera con la mano. No estoy acostumbrada a que el suelo esté quieto bajo mis pies, así que me balanceo un poco para recuperar el equilibrio, de tan habituada que estoy al movimiento constante del tren.

Las ocasiones para explorar, para pisar terreno nuevo, son raras. Muchas veces no he querido ni bajarme por miedo a quedarme atrás, pero ¿cómo quedarte atrás si no hay un destino final? Así que salgo prácticamente brincando de la estación de Irkutsk buscando... no sé lo que estoy buscando... paz; tal vez pertenencia. Me está resultando difícil ahora esto de preocuparme por los demás. Pertenecer también es difícil. Intento sacudirme la tristeza de encima.

Me apresuro hacia el puente que cruza el río Angara, al este de la ciudad. Me imagino que soy una turista, una fantasía recurrente que tengo últimamente. Hago las cosas que hacen los turistas en Irkutsk. Contemplo la arquitectura. Me detengo en el puente y adopto una actitud contemplativa, pensando en que alguien que pase por allí me saque una foto. No a propósito, sino que cuando lleguen a casa y miren sus fotos esté yo allí, en el borde del encuadre, una chica de pie mirando el agua. Hago la forma de un encuadre con los índices y los pulgares, un visor por el que escudriñar cualquier señal de los decembristas; Napoleón me ha estado hablando de ellos, almas bien educadas exiliadas en esta ciudad hace muchos años, trayendo consigo conocimiento e ideas, enseñando a la gente del lugar a leer. Él me ve de maestra cuando sea mayor, dice.

—Por ahora solo tienes que ser tú misma, Samar.

He olvidado cómo vivir para el futuro. Lo único que puedo hacer para estar presente en este momento es no dejar que el pasado me absorba de nuevo. Corro por las calles; hay una iglesia, más allá un monumento a los constructores del ferrocarril, por allí una oficina de correos. Me gustaría mandar una carta, una postal, ¿pero a quién se la podría mandar?

Deshago mis pasos de regreso a la estación y el tren está listo para partir conmigo o sin mí. Tengo que volver a subirme al tren. Napoleón está de pie en los escalones del vagón con gesto preocupado, hasta que me ve.

—¡Date prisa, Samar! —grita, y me hace gestos frenéticos para que me suba de un salto, porque estamos otra vez en marcha.

CAPÍTULO 10

Después de la muerte de Nazarine, las cosas mejoraron entre Madar y Baba. Dejaron de discutir y daban largos paseos juntos por las montañas como una joven pareja enamorada. Era como si estuvieran planificando su futuro juntos, y con ello, el nuestro. Ni siquiera la reciente desaparición de Omar nublaba la felicidad que empezaba a burbujear entre ellos. Pasara lo que pasara con Arsalan en la casa amarilla, ya estaba olvidado, perdonado. Se había quedado en el pasado y Azita y Dil volvían a ser un equipo. Yo no sabía si asustarme o alegrarme de esta nueva locura. No sabía que algo tan triste pudiera hacer que se sintieran tan vivos. No entendía cómo la muerte podía recordarles que merecía la pena vivir. ¿Cómo podían hacer planes de futuro cuando los talibanes se colaban por todas partes, arrebatándonos toda esperanza?

Ara estaba destrozada. Se quedaba sentada guardando luto por su hermosa amiga Masha y se negaba a abandonar la casa cueva. Ni siquiera Maman Bozorg era capaz de convencerla de salir. Ara se quedó pálida y flaca; dejó de comer, dejó de dormir. Si me despertaba por las noches, me la encontraba muchas veces sentada junto a la puerta, contemplando la casa de Masha, llorando en silencio.

Madar y Baba habían asumido el cuidado de las niñas. ¿Quién si no iba a velar por ellas ahora? No les quedaba familia alguna. Era como si yo hubiera ganado dos hermanas nuevas. Pero las mellizas seguían conmocionadas y ya no jugábamos como antes.

Pasaban mucho tiempo sentadas en silencio, sin más, dejando que Ara les trenzara el pelo o les cantara; nanas tarareadas en susurros, con un hilo de voz, porque incluso cantar estaba prohibido. Otras veces nos reuníamos en torno a Madar, que recitaba poemas o compartía historias de esperanza sobre otros lugares y otras gentes, hablándonos de tierras extrañas, de científicos y músicos y bailarines, y nuestra imaginación levantaba el vuelo con la suya. Aquí había algo que no podían quitarnos: la libertad de imaginar, de crear mundos más allá de este.

Las sombras parpadeaban sobre las paredes de la cueva.

—*Mizogarad*, las lágrimas pasarán —repetía Maman Bozorg una y otra vez a nadie en particular mientras iba repartiendo humeantes vasos de chai dulce y espeso, y le ponía la mano a Ara en el hombro para recordarle que la vida seguía aunque su amiga se hubiera ido.

En el pueblo se había abierto una herida que se estaba infectando con la división entre los que sentían que las acciones de los talibanes estaban justificadas, frente a los que solo sentían culpa ante su propia falta de acción (o, peor aún, complicidad) y horror por haber permitido que tal cosa sucediera, por haber sido presas del miedo. La vergüenza nos perturbaba a todos.

Fue en esta época cuando Madar se quedó embarazada de Soraya. Si bien su embarazo de Pequeño Arsalan fue difícil y estuvo lleno de tristeza, este parecía más alegre. Madar se conducía como si estuviera llena de felicidad. Baba se volvió aún más atento. Y empezamos a prepararnos para esta nueva incorporación a la familia.

Hubo además otras celebraciones ese año.

Yo cumplí once años allí arriba en las montañas, y Madar propuso que celebrásemos la primera fiesta de cumpleaños de mi vida. «¿Por qué no?», proclamó. Nos habló de unas chicas americanas, amigas de su familia, a las que había conocido hacía años, cuando era niña, en Kabul. Que las habían invitado a Amira y a ella a una fiesta, y que en la celebración había una tarta, velas y canciones. A mí esto me resultaba de lo más exótico.

Así que preparamos un pícnic que llevamos envuelto en mantas ladera arriba. Baba metió la radio transistor al fondo del hatillo y todos subimos más allá del pueblo a encontrar un sitio lejos de las miradas y los oídos fisgones, a algún lugar donde pudiéramos bailar y cantar y ser libres. Los únicos que no se apuntaron fueron Javad y Maman Bozorg, ella quejándose de que la subida era muy empinada, pero yo no me lo creí. Aunque era vieja, era como una cabra montesa, de pisada segura. Sabía que se quedaba para echarle un ojo a Javad, de quien no había que fiarse. Estaba intentando que él recuperara el buen juicio, hablándole para que escapara de la locura que le había sobrevenido. Me di cuenta de que él era su favorito, y de que verle tan frío debía de asustarla hasta el tuétano. Les dejamos atrás, despidiéndonos con la mano. Javad se limitó a encogerse de hombros y a meterse de nuevo dentro a estudiar. Era otro punto que anotar en nuestra contra. Su juicio constante cada vez era más difícil de soportar. Me ponía triste. Hay cosas que hay que soltar. Una vez que te rindes y las dejas marchar, pierden su poder sobre ti. Así es cómo estaba empezando a sentirme respecto de Javad.

Superficialmente las cosas mejoraron. Seguíamos sin poder ir a la escuela. Siguieron llegando nuevos decretos y reglas que se propagaban de pueblo en pueblo, desde las ciudades del valle, aunque era imposible saber cuáles eran rumores y cuáles reales. Lo más seguro era seguirlos todos por si acaso. Las prohibiciones incluían la música, bailar, cantar, el esmalte de uñas, el cerdo, las antenas parabólicas (en la montaña: ¡ojalá!), el cine, el ajedrez, las máscaras, el alcohol, la televisión, las estatuas, los ordenadores, los catálogos de costura, la pintura, los petardos. Luego nos enteramos de que habían prohibido también las cometas y me dio pena, porque me acordaba de subir al tejado de la casa amarilla para ver cómo se llenaba el aire sobre Kabul de estas coloridas creaciones, que surcaban los cielos, atadas a ras de suelo pero libres para bailar en la cálida luz de Kabul.

Pero de alguna manera, aunque la lista de cosas y comportamientos prohibidos se hacía cada vez más larga y más ridícula, encontramos como pudimos la forma de vivir dentro de esas nuevas restricciones. Encontramos la manera de esquivarlas. Encontramos formas de ser libres.

Según nos alejábamos del pueblo cuesta arriba, con el sol brillando sobre nuestras cabezas, la vista se ensanchaba ante nosotros, y yo me sentía despreocupada y feliz.

Si hubiéramos podido tener a Omar con nosotros, entonces el día habría sido perfecto. Para entonces ya no creíamos que fuera a volver a casa sin más, pero no nos había llegado la noticia de su muerte, así que teníamos que seguir creyendo que estaba vivo. Madar y Baba hablaban ya menos de él; al principio todos hablábamos de nuestro hermano con frecuencia, como si eso pudiera traerlo más cerca. Aquello cesó a medida que fueron pasando los meses. La pena era demasiado grande para dejarla salir a la superficie, de modo que cada uno cargaba con ella en su pensamiento, en silencio, anhelante, deseando que regresara sano y salvo. Al mirar alrededor y ver a mi familia, me imaginaba a Omar caminando junto a Baba Bozorg, riendo con Ara, cargando con la comida, dejando que Madar se apoyara en su brazo. Me di cuenta de que ya apenas podía visualizar su cara, o imaginarle más alto, ya más mayor, así que aparté esos pensamientos de mi cabeza.

Plantamos nuestro campamento improvisado muy en lo alto, junto a los pinos azules que tapaban las cumbres más elevadas. Baba se bajó a Pequeño Arsalan de los hombros y le dejó caer en medio de las mantas, donde empezó a abrir todos los paquetes de comida que Madar había envuelto con tanto cariño.

—¿Ya no vas a ser el bebé mucho más tiempo, eh? —rio Ara, cogiendo en brazos a Pequeño Arsalan y separándolo de la comida, haciéndole girar hasta que una vez más cayó sobre las mantas exclamando con indignación: «¡No soy un bebé! ¡Deja de llamarme eso!».

Y todos nos reímos porque era verdad. Pequeño Arsalan ya no era tan pequeño y pronto dejaría de ser el bebé de nuestra familia.

Madar se sentó a la sombra de los árboles que se agarraban a la tierra roja. Le pesaba bastante la barriga y ya no podía correr tan alegremente detrás de Pequeño Arsalan, que se volvía más y más intrépido con el pasar de los días, buscando nuevas libertades y peligros. Robina y Naseebah también estaban con nosotros, ya como parte de nuestra familia, y a las tres niñas pequeñas nos dio por cantar, al principio en voz baja, escuchando el eco de nuestras voces por las montañas, pero luego más alto, animadas por Ara, que marcaba el ritmo y guiaba la canción. Baba Bozorg, Madar y Baba nos contemplaban, al principio cautelosos y suspicaces, y luego poco a poco relajándose, al darse cuenta de lo lejos que estábamos del pueblo.

Había pasado ya la mitad de mi vida en las montañas y me costaba cada vez más trabajo acordarme de Kabul y de la casa amarilla, especialmente porque ya no hablábamos de ese tema. Antes, Madar solía recordarnos cómo era todo. Nos hablaba de las plantas, de las flores, del parque. Nos contaba cómo habíamos sido. Pero ahora ya no. Esa vida se había ido para siempre. Aquí no teníamos gran cosa, pero lo que teníamos lo compartíamos, y además nos teníamos los unos a los otros. Antes, cuando Baba estaba trabajando o estudiando o haciendo lo que fuera a que dedicara sus días en Kabul, no nos sentíamos como una familia. Aquí, con nuestros abuelos, y ahora además con la suma de Nas y Robina, incluso sin Omar (cuya pérdida todos lamentábamos constante y silenciosamente en privado), éramos una familia.

Madar había traído uvas y ciruelas, *shish* kebabs, zanahorias, tomates, empanadillas de *ashak*, ensalada de patata, grandes panes *naan* planos y mi *bichak* preferido: un banquete de cumpleaños. Después de mucho cantar y bailar y correr libremente por los montes, todos nos dejamos caer amontonados sobre las mantas y comimos, soltando risitas y carcajadas, mareados de tanta libertad. Hasta Ara sonreía y reía, algo que no recordaba haber visto en muchísimo tiempo.

Baba nos hizo un gesto para que callásemos, y entre Baba Bozorg y él pasó una mirada.

Se puso de pie, con un vaso de chai en una mano, y, sonriendo y alborotándome el pelo, dijo: «Mi querida Samar, eres una niña tan seria, siempre mirando. Esto lo vemos, ¿sabes?».

Todos se rieron, viendo cómo yo me retorcía incómoda por haberme convertido en el centro de atención.

—Un día crecerás y te convertirás en una buena doctora, o en una científica, o tal vez en una ingeniera. O a lo mejor una maestra, ¿eh? O incluso una escritora.

Sonreí imaginando por un segundo esas exóticas posibilidades, y luego se me nubló nuevamente el panorama al pensar «Nunca, jamás me dejarán, aquí no».

Madar alargó las manos para acogernos a todos, acercándonos hacia sí.

—Queremos deciros algo a todos. No se puede contar a nadie más. Es un secreto. —Baba intercambió con Madar una sonrisa cómplice mientras hablaba.

—¿Lo entendéis? ¿Todos vosotros? Lo prometéis.

No era una pregunta, más bien era una orden.

Nos acercamos más, sobresaltados.

—Cuando llegue el bebé y sea lo bastante fuerte... —Hizo una pausa—. Entonces nos iremos. Empezaremos una nueva vida. Fuera de Afganistán. —Me entregó esta idea a mí, a todos nosotros, como un regalo envuelto en papel brillante, esta ensoñación perfecta a punto para desempaquetar.

Yo no sabía qué pensar. Mi mente era una nube. Lo único que veía era la falta de mi hermano.

—Pero Omar, ¿cómo sabrá él dónde encontrarnos? —solté, enfadada porque hubiesen escogido mi día especial para, una vez más, volcarlo todo hacia la incertidumbre.

Baba frunció el ceño.

—Samar, tu hermano ha tomado sus propias decisiones.

Madar añadió, con más suavidad:

—Nos encontrará. Cuando él esté preparado, se reunirá con nosotros. *Inshallah*.

Me di cuenta de que nunca volvería a ver a mi hermano. Todos nos habríamos ido; si él regresara, ¿cómo iba a encontrarnos?

—¿Y Baba Bozorg y Maman Bozorg? —preguntó Ara, con los oscuros ojos húmedos y ardientes.

—No. —Baba sacudió la cabeza, mirando a su padre, que bajó los ojos—. Ellos no quieren marcharse.

—¡Yo no quiero marcharme!

Se lo grité y luego me puse en pie y eché a correr, asustada ante mi propia ferocidad. Corrí más arriba, hacia los peñascos y las peñas, más allá del brezo y lejos de los árboles. Corrí intentando aplacar las emociones que parecían empujar mi corazón fuera de mi cuerpo. Este era mi país. Esta era mi casa. ¿A dónde iríamos? ¿A dónde?

Seguí escalando, empujando piedras sueltas con los talones hasta refugiarme en las cuevas que había en lo alto de la montaña. Me senté al fresco en la sombra mirando a mi familia, que seguía sentada sobre las mantas levantando la mirada hacia mí. Parecían diminutos en la distancia. Contuve el aliento y eché un vistazo a las cumbres. Lo único que veía era tierra y las cimas de las montañas extendiéndose hasta el infinito. ¿Era ahí donde tenían pensado llevarnos? ¿Algún lugar por ahí? Me estremecí de horror, pensando en el primo Aatif que había desaparecido hacía años.

—No me iré. Me niego a irme.

Enterré los talones apoyándome en la fresca pared de roca y me esforcé en no llorar.

Fue entonces cuando oí que algo se movía detrás de mí en la cueva. Sorprendida, escudriñé el interior. Nos sabíamos todas las historias de osos y el miedo se me agarró al pecho al darme cuenta de lo mucho que iba a tardar en bajar a trompicones hasta donde estaban los demás. Entonces se oyó una tos, en voz baja, corta pero inconfundible. Esto era mucho peor. Aunque un oso pudiera partirme en dos, una persona que nos estuviera espiando, mirándonos bailar y cantar y escuchar la radio, esa persona podría destruirnos a todos. El miedo se apoderó de mí y no supe si acercarme a los sonidos o echar a correr. No podía hacer ninguna de las dos cosas, así que me quedé ahí conteniendo el aliento. Se oyó otra vez, una tos en voz baja, contenida. Ya no podía aguantarme más, así que agarré una piedra y la arrojé al interior de la cueva delante de mí. Rebotó contra la pared. Cogí otra, y luego un puñado de piedrecillas y las fui tirando una detrás de otra al interior de la cueva.

—Eh —llamó una voz masculina—. Para ya. —Tenía la voz rota, ronca y áspera.

Paré y esperé. Abajo veía a Ara haciéndome gestos con la mano y diciéndome que volviera. Baba estaba allí de pie dándome la espalda, tal vez furioso. Era imposible saberlo desde tan lejos.

—Eh, ven aquí —dijo la voz. Hubo otra tos, esta vez más alta. Entré, sabiendo que estaba cometiendo una estupidez, pero curiosa de todas maneras. En el interior mis ojos tuvieron que acostumbrarse a la penumbra de la cueva. Olía a algo podrido que me daba arcadas. Luego vislumbré un destello de movimiento en un lateral. Avancé despacio.

—¿Quién eres? —pregunté—. ¿Qué estás haciendo aquí?

El hombre empezó a reírse, una risa incómoda, jadeante.

Seguí caminando hacia el sonido de su respiración hasta que me choqué contra un cuerpo echado en el suelo de la cueva. El hedor era ahora mucho más fuerte y casi me doy la vuelta y salgo corriendo, pero él estiró una mano y me agarró por el tobillo.

—Necesito ayuda —dijo. Se me estaban acostumbrando ya los ojos a la luz tenue del interior de la cueva. Veía que estaba herido y que gemía de dolor. Me relajé un poco, al darme cuenta de que no podía habernos visto bailando. Asentí, aunque en la oscuridad él no pudiera verlo.

—Puedo traerte ayuda —le dije, dando un tirón para alejarme, pero su mano seguía apretándome fuerte el tobillo.

—¿Quién? Nadie puede saber que estoy aquí.

Su voz sonaba ahora más débil, no como la voz de un hombre adulto. Era un chaval; mi estimación era que tendría diecisiete o dieciocho años, que no era mucho mayor que Omar. Y por eso quise ayudarle.

—Mi madre, está justo ahí abajo, es… ella era médico… estudió… ella… te puede ayudar. —No estaba segura de nada de esto, pero lo dije de verdad, y para este desconocido fue suficiente, porque me soltó.

—Espera aquí —dije sin pensar. Después de todo, ¿a dónde podría ir? No se podía mover. Calculé los minutos que tardaría en volver a bajar a brincos a encontrar a Madar. «Ella lo comprenderá, ella le ayudará», pensaba. En ese momento me sentí muy orgullosa de mi madre y me olvidé de la discusión con mis padres. Me olvidé de las amenazas de marcharnos. Mi mente estaba centrada en ayudar a este desconocido, a este chaval de las cuevas.

Los demás me observaban bajar deslizándome y perdiendo el equilibrio, dando volteretas montaña abajo, apresurándome hacia ellos. Esquivé la mirada curiosa de Baba y me fui directamente a Madar, tirándole de la ropa, sin contener el río de palabras.

—En la cueva… hay un chico… está enfermo… tenemos que ayudarle.

Parloteaba delante de mi madre, tirándole sin parar del chador. Ella me miró, confusa, y luego, al ver el pánico en mis ojos, se puso en pie, arreglándose el pañuelo alrededor de la cabeza. Los otros siguieron sus pasos.

—No, espera. —Baba le hizo un gesto a Ara y a Baba Bozorg—. Quedaos con las niñas y con Pequeño Arsalan.

Ellos accedieron y Baba, Madar y yo subimos de nuevo hacia las cuevas de la cima, llevando agua y el *patu* de Baba, de lana color barro.

No nos llevó mucho tiempo, diez o quince minutos, tal vez menos, pero me pareció una eternidad, porque Madar hizo unas cuantas paradas por el camino para descansar y recuperar el aliento. Les enseñé la boca de la cueva y señalé al interior. Madar entró primero, sin miedo. Baba echó un vistazo alrededor para asegurarse de que esto no era una trampa, de que no corríamos ningún peligro. El chico seguía allí. Hizo una mueca de dolor. El olor irradió hasta mí y me tapé la boca y la nariz con el pañuelo. Baba me pi-

121

dió que le levantara los pies y lo arrastramos hasta la boca de la cueva para que Madar pudiera observarlo bien. Temblaba conmocionado, y cuando vi que algo se había ido comiendo su pierna, con grandes pedazos de carne desgajándose del hueso, me tuve que dar la vuelta. Tenía la piel seca, cubierta de dolorosas llagas y ronchas. Estaba demasiado débil como para gritar de dolor cuando le arrastramos por las piedras y la tierra. Estaba muy malherido, y se había enganchado la pierna en un alambre, o en algo diseñado para herir e incapacitar.

Madar le hablaba en voz baja y tranquilizadora. Fue arrancando tiras de su chador para, después de lavarle las heridas, vendárselas con fuerza. Solo le ofrecía sorbos de agua, nada más.

—Está conmocionado —le susurró a Baba.

—¿Va a…? —le preguntó Baba, sin terminar de cerrar el pensamiento. Ella sacudió la cabeza.

—¿Pero y si le llevamos al pueblo…? —Aún tenía esperanza.

Madar miró al chico una vez más y se encogió de hombros. No podía hacer nada más por él. Habíamos llegado demasiado tarde.

Yo sentía náuseas, así que salí de la cueva y respiré profundamente varias veces. Ella no podía salvarle. Había estado completamente convencida de que sí podría. Creía que ella le iba a salvar. No sabía qué pensar.

Baba estaba sentado dándole la mano al chico cuando me volví a mirarles. Le estaba haciendo muchas preguntas: ¿quién era, quiénes eran su familia, dónde estaban, qué hacía aquí arriba, había más como él, conocía a alguien llamado Omar? Las preguntas caían sobre el chico moribundo como lluvia fina. Estaba con la Alianza del Norte, con los hombres de Massoud. Eso fue deduciendo Baba.

Yo había oído hablar a la gente de este tal Massoud como si fuera un gran guerrero, una especie de gran héroe: el León de Panjshir. Alguien dispuesto a luchar contra los talibanes. ¿Era allí a donde había ido Omar? ¿Estaría también él tirado en el polvo en algún sitio, desangrándose? La idea me vació el aire de los pulmones.

Madar estaba haciendo lo que podía. Le temblaban las manos. Yo nunca la había visto temblar así. Sabía que estaba pensando en Omar, o en la madre de este chico. Tal vez fuera eso: en algún lugar del valle estaba su familia. Me dolía pensarlo. Me dolía que pudiéramos hacer tan poco por él. Cuando hubo hecho todo lo que podía, Madar se quedó sentada y rezó. Yo agaché la cabeza y recé también. No sabía qué más hacer.

El sol estaba bajando. Si no emprendíamos el camino de regreso, pronto nos tendríamos que quedar aquí perdidos en las montañas a pasar la noche. Baba le hizo una seña a Madar para que se fuera. Me empujó para que me fuera con ella.

—Me quedaré yo —dijo.

Nos fuimos, con reticencia, mirando hacia atrás, deslizándonos por la empinada ladera hasta donde estaban Ara y los demás. Madar se apoyaba en mí de vez en cuando para no resbalar y hacer daño al bebé. Yo me pregunté si habría hecho algo más por él en caso de no estar embarazada. Aparté la idea de mi mente. Al llegar una vez más abajo con los demás, Pequeño Arsalan se agarró al chador hecho jirones de Madar chillando de alegría por verla otra vez. Baba Bozorg levantó una ceja, pero no nos preguntó nada. No quería asustar a Nas y a Robina. Ya habían visto suficiente pérdida y muerte. Me miraron, inquisitivas, pero, escarmentadas por la expresión de Madar, se pusieron a ayudar a Ara a recoger sin decir palabra. Todos desandamos el camino de regreso al pueblo en silencio, ya sin alegría y sin cantar. El ocaso nos fue persiguiendo por el desfiladero hasta que llegamos una vez más a la casa cueva, habiendo dado las celebraciones por concluidas.

Cuando Baba volvió por la mañana, con el *patu* empapado de sangre, estaba lívido, helado hasta los huesos. Madar le envolvió en un abrazo y le vi llorar como un niño entre sus brazos. Era la primera vez que veía llorar a mi padre, y supe que el chico había muerto.

Ese fue mi décimo primer cumpleaños.

CAPÍTULO 11

El tren prosigue su viaje hacia Moscú. Ya lo único que quiero es que el viaje se acabe, poder empezar de nuevo en algún sitio seguro, soltar el lastre de todo lo que ha ocurrido y encontrar mi camino a casa.

Casa. Ya no sé lo que significa eso.

Pienso en Napoleón y en la historia de sus padres, en su viaje en tren a Siberia. Y siento agradecimiento. Me río, una risa extraña y vacía que no reconozco. Estoy agradecida. Después de todo lo que ha pasado, sigo aquí. Lo que le pasó a Napoleón no me ha pasado a mí. Otras cosas, sí. Pero esos pensamientos los aparto de mí.

Por ahora sigo aquí.

Napoleón y yo somos bastante similares. Los dos somos supervivientes.

CAPÍTULO 12

Los días fueron pasando en las montañas, las estaciones mudaron y pronto fue hora de que llegara el bebé. A Madar le dio por limpiar la casa cueva con brío. El torbellino de actividad y preparación que puso en marcha nos absorbió a todos. Ara y yo la ayudábamos golpeando las alfombras en la calle, mirando cómo el polvo se iba flotando por el aire, lavando ropa, limpiando, lavando más, recogiendo, abriendo espacios como mejor podíamos. El abuelo y Baba habían echado abajo una pared para hacer un pasillo a la casa de al lado, que desde los apedreamientos permanecía vacía. Muchas veces seguíamos optando por acurrucarnos todos juntos, porque nadie se sentía cómodo sentándose en la vieja casa de Masha, excepto Javad, a quien no parecía importarle y además le gustaba estar separado de nosotros cada vez que podía. Pasaba cada vez menos tiempo con la familia y más con el mulá que ahora daba clase a los chicos. Javad hacía lo posible por mantenerse lejos de la desaprobación de Baba.

Hasta que por fin un día Javad dejó de estar con nosotros completamente. Se fue a estudiar a una de las madrasas cerca de la frontera. Se había peleado amargamente con Baba, pero al final fue Madar quien dijo: «Déjale marchar. Que vea con sus propios ojos lo necios que son».

Cuando se marchó, ella observó cómo desaparecía sendero abajo en una camioneta abierta conducida por tres talibanes, solo unos años mayores que él, hasta que se convirtió en un punto en la distancia, y ella se quedó con cara de incredulidad y horror. Había perdido a dos hijos en dos mundos diferentes. Con la mano posada sobre su tripa cada vez más grande, Madar se dio media vuelta y regresó adentro.

Cuando Javad se fue, me alegré de verle marchar, pero me torturaba la idea de desear su marcha con tanta naturalidad. Era cierto que reñíamos a menudo, pero él era parte de mí, de mi vida. Ahora... se había vuelto imposible, todo el día mirándonos con odio, criticándonos, echándonos sermones. Tenía solo un par de años más que yo, pero repetía las ideas de los hombres a los que admiraba, sin entender lo que estaba diciendo. Baba sacudió la cabeza con tristeza. Ni Omar ni Javad iban a aprender de sus errores.

Por las noches, nos sentábamos junto al fuego y Madar nos leía del *Libro de Reyes* y nos contaba historias (las llamaba historias para el bebé) de príncipes, princesas, espíritus y extraños sucesos, y nos reuníamos a sus pies para escucharla hilando magia en el aire nocturno.

—El *Shahnameh*, estas historias guardan los secretos del corazón de un hombre —nos decía—. Toda su avaricia, su heroísmo, sus esperanzas.

Recitaba la historia del Padre Tiempo, sobre la tristeza de la muerte y de la pérdida, y de cómo, no obstante, el sol volvía a salir una vez más. Su voz se elevaba y descendía, triste y alegre al mismo tiempo, el mundo entero en el cuenco de sus manos, y yo me quedaba allí embelesada, imaginándome épocas diferentes, historias diferentes a la mía.

Estos eran mis momentos de mayor felicidad. Ahora los recuerdo y es como ver a otra persona sentada a la luz baja de la lámpara de keroseno, las llamas del fuego danzando en el cielo nocturno, esa niña con la cabeza ladeada, apoyada en el hombro de Nas, sintiendo la belleza de la voz de su madre y las imágenes que conjuraba en la casa cueva.

Cuando echo la vista atrás ya no sé quién es esa niña.

El bebé llegó en mitad de la noche. La respiración de Madar era espesa, un sonido de gruñido animal ahogado en la oscuridad, mientras Baba la sostenía. Maman Bozorg me sacudía para despertarme y que fuera a buscar ayuda al pueblo. Luego tuve que echar a correr otra vez a traer agua. El fuego estaba bien provisto y pudimos observar, presa del asombro y del horror, cómo esta nueva vida se abría camino, entrando en el mundo aullando y a empujones. Cuando por fin salió, la envolvieron en una tela previamente calentada y se la entregaron a Madar y a Baba, cuyos ojos relucían llenos de felicidad y esperanza.

—Soraya —llamó Madar al hatillo maullante que tenía en brazos—. Soraya.

—Nuestra pequeña estrella Soraya —confirmó Baba.

Teníamos una nueva hermana. El pueblo terminó celebrándolo con nosotros. Las celebraciones se sucederían durante cuarenta días, se anunció haciendo disparos al aire que resonaron por todo el valle. Un río constante de visitantes vino a hacerle arrumacos al bebé, a traer comida, a ofrecer ayuda. Nuestra familia pareció expandirse para incorporar a cualquiera que viviera en la ladera de la montaña. No podía haber ni música ni canciones ni baile, pero hubo risas y alegría para dar la bienvenida a este nuevo ser que se añadía al mundo.

El nacimiento de Soraya para mí fue agridulce. Por un lado, amaba a ese bebé de ojitos negros que aullaba y gorgojeaba y te mantenía la mirada con tanta seguridad y confianza. Pero luego, día a día, se fue haciendo más robusta, y, día a día, Madar iba recuperando sus fuerzas, y yo sabía que cada día que pasaba nos acercaba más al día de nuestra partida. Desde aquella jornada de pícnic, Baba no había vuelto a decir nada, ni siquiera sobre mi estallido, pero se entendía que el plan estaba decidido. Empecé a ver la felicidad de mis padres de otra manera. Estaban contentos porque nos íbamos. Nunca se habían comprometido en esta vida con los abuelos. Esto nunca fue más que una parada en el camino.

Yo estaba obsesionada con las noticias sobre la resistencia. Intentaba reunir cualquier información que pudiera extraer de las conversaciones en el pozo, en la plaza, en el mercado. Escuchando, siempre estaba escuchando. Atrapaba retazos de conversación entre Baba y Baba Bozorg muy entrada la noche. Los hombres estaban en las montañas… estaban poniendo a los talibanes en retirada en varios frentes. El mundo despertaba a nuestros problemas.

Baba Bozorg compartía conmigo lo que sabía, percibiendo mi interés. Sabiendo que todo tenía que ver con Omar, intentaba tranquilizarme con sus relatos heroicos y su optimismo.

Por las noches soñaba con Omar. Me lo imaginaba en lo más profundo de las montañas rodeado de otros chicos y hombres como él: todos agotados de combatir, con los hombros hundidos de tanto cargar con el rifle. Esto es lo que me imaginaba. Le oía llamarme: «¡Samar!». Era como si estuviese tan cerca que pudiera tocarle con solo alargar la mano. Pero no estaba cerca en absoluto y cuando me despertaba su voz y su imagen desaparecían. No sé si Ara o Madar compartían estos sueños; si no estaríamos las tres ahí tumbadas por la noche hablando en las sombras con Omar, cuya ausencia crecía como un dolor en mi pecho.

En el verano, Javad volvió de la madrasa. Llevaba una ropa diferente y ahora se conducía más deliberadamente, pero seguía siendo un niñito probándose ropas de mayor. Le dio a Madar la enhorabuena por Soraya y se sentó en el suelo y jugó con ella un poquito, y con Pequeño Arsalan, a quien le dio por colgarse de las piernas de este hermano pródigo. En aquellos momentos yo hubiera sido capaz de perdonar el odio en la voz de Javad cuando mataron a Masha, perdonarle sus amenazas y reprimendas. Podía acordarme de cuando nos sentábamos juntos en Kabul a ver bailar a las cometas. En esos momentos, Javad seguía siendo mi hermano, el regresado.

Pero también era un espía. Baba nos lo dejó claro a todos. No había que fiarse de Javad. Se veía que le dolía el corazón por decirnos esto. Así que llevábamos una doble vida, sin mencionar nunca delante de nuestro hermano los planes de marchar.

—No se lo podéis decir —nos dijo Baba.

No hacía falta preguntar por qué. En este punto, Robina y Nas ya eran parte de la familia. Jugábamos juntas, lo compartíamos todo, nos peleábamos.

—¿Vendrán ellas con nosotros?   le pregunté a Madar, que asintió en silencio.

—No las dejaremos atrás —me dijo, y yo la creí. Siempre la creía. ¿Por qué no habría de hacerlo?

CAPÍTULO 13

El tren prosigue su marcha hacia Tayshet y luego a Krasnoyarsk. Hemos dejado atrás el «Ojo Azul de Siberia», el lago Baikal, e Irkutsk (y no, no encontré allí a Ara). El tren ha estado recorriendo unos paisajes bellísimos: las altas montañas y los acantilados junto al río Yenisey provocan una frenética serie de clics fotográficos de los pasajeros que se asoman a la ventana.

Baba se ha marchado a dar su paseo diario en el tren. Javad se ha ido con él. Madar está hablando con una pareja sentada en otra parte del vagón. Qué aspecto tan elegante tiene, con el sol centelleando en su larga melena oscura. Parece tan segura de sí misma, tan regia. La observo desde detrás de las páginas de mi libro, cómo gesticula y ríe, y puedo ver cómo hechiza a estos viajeros, lo exótica que les debe de parecer, a ellos, con sus apagadas camisetas y sus vaqueros europeos. No pueden ver cómo lucen ellos para nosotros, también extraños, con sus pálidas pecas y su piel quemada, sus grandes voces y esa sensación de tener derecho a todo, de que el mundo les pertenece y pueden viajar a donde les plazca, pueden explorar. Son libres de ir a donde quieran. No están huyendo. Cuando este viaje termine en Moscú, viajarán hasta su próximo destino y luego se irán a casa, con fotografías y relatos de su gran aventura. Para ellos no hay preocupaciones, no hay decisiones que tomar acerca de a dónde ir, de dónde vivir. Y, sin embargo, aquí estoy yo pensando, ¿dónde nos acogerán? ¿Cómo podremos empezar otra vez?

Mientras observo a Madar, que hace círculos en el aire con sus manos de huesos finos, que sonríe con facilidad y dedica toda su brillante mirada a estos turistas, me doy cuenta de que no conozco muy bien a mi madre. Sé lo que ella me ha contado, lo que ha decidido compartir conmigo, pero hay muchas cosas que se han quedado sin ser dichas. Para mí es una persona ajena. ¿Es así como la ve Baba, como la veía Arsalan? Este pensamiento me hace trastabillar. Cada vez más me pregunto por Arsalan y su papel en las vidas de todos nosotros. Recuerdo su presencia en la casa amarilla. Su mirada mientras seguía constantemente a Madar. Cómo hablaban cuando estaban juntos. Me pregunto por qué quería ayudarnos tanto. Solo sé lo que nos decían, sobre su deuda con Baba, sobre que Baba le había salvado la vida. Y sin embargo… tenía que haber otra razón. Estoy segura de ello. ¿Qué éramos para él? No tengo respuestas, solo preguntas y dudas.

Algunas personas creen que naces en tu familia y entonces ya los tienes endosados para toda la vida, para bien o para mal. Otros van creando su familia conforme viven. Así es Napoleón, que nos ha adoptado, que me ha acogido bajo su protección. ¿Era eso lo que éramos para Arsalan? ¿Una familia de adopción porque no podía tener la suya propia? Observo a Madar y es como si una gran parte de quien ella es permaneciera escondida a mi mirada y a la de todos los demás.

Con todo, me reconforta verla aquí, especialmente ahora que los recuerdos vuelven en oleadas; me ayuda el sentir el movimiento del tren y el visualizar a Madar hablando con estos extraños, recavando información sobre la vida que estamos a punto de vivir, en algún sitio nuevo del extranjero, en algún sitio donde nos acojan. Está reuniendo por el camino amigos que nos puedan ayudar. Esto es lo que me ha enseñado: a saber cómo buscar ayuda, y saber cómo aceptarla.

Estoy leyendo otra vez a Tolstoi. Anna le acaba de decir a su marido Alexei Alexandrovich que está enamorada de Vronsky y que su vida en común ha llegado a su fin; es todo una mentira y ella no puede vivir más en una mentira. Separan su vida en una sola conversación, por medio de una serie de verdades inquebrantables que nunca podrán desdecirse, y yo estoy hipnotizada.

Cuando hago una pausa y levanto la mirada de nuevo, Madar no está. Está solo la pareja, con la mirada clavada en las montañas al otro lado de la ventana. Miro a mi alrededor buscando a Madar. Se ha ido. La mujer levanta el brazo y me sonríe. Yo le devuelvo el saludo y vuelvo a mi libro. Aunque sé lo que va a pasar, aunque lo he leído ya un millón de veces, siempre descubro ahí algo inesperado.

Sigo adelante, escribiéndolo todo con el entusiasmo sin desfallecimiento y las bendiciones de Napoleón hacia el proyecto. «Cuenta tu historia, Samar», me sonríe al pasar. Me trae bolígrafos nuevos y más papel cada par de días. Es él quien me regala la enciclopedia, un ejemplar viejo y manoseado que ya se ha quedado un poco anticuado. Pero él bien que se ha ocupado de leerla en sus largos viajes, y ahora me la ha pasado a mí. No sé cómo darle las gracias. Hace mucho tiempo que nadie me muestra semejante amabilidad sin esperar nada a cambio. Él no le da importancia.

—Tú sigue escribiendo —ríe.

No hablamos mucho sobre lo que escribo; basta con que escriba. Le cuento las partes que puedo contar, las que necesito decir en voz alta.

Puedo oír a Soraya y a Pequeño Arsalan riñendo en nuestro compartimento. Están peleándose por la radio, girando los diales para acá y para allá. Pronto Madar cortará el asunto, les separará, los envolverá en amor y reprimendas a partes iguales. Baba y Javad vuelven con tazas de chai caliente del samovar. El ruido se desvanece y yo vuelvo a mi escritura; los pensamientos llegan más deprisa desde que Ara desapareció.

Ponerlo por escrito me ayuda a sujetarme al pasado, a darle sentido. Aunque algunas cosas no tienen sentido alguno. No puede haber ninguna razón, ninguna justificación, ninguna explicación. Estas cosas solo hay que soportarlas.

CAPÍTULO 14

En la casa cueva habían comenzado los preparativos para la «gran escapada», como la llamaba Ara en broma. En sus ojos veía que estaba preparada para abandonar las montañas. Para encontrar un nuevo hogar. Esto para ella nunca había sido un hogar. Nos había observado a todos como una forastera, viendo cómo su mundo se encogía y se hacía más pequeño, temerosa de lo que le esperaba en el futuro. Llevaba mucho tiempo más que preparada para irse.

A mí me seguía costando creer que fuéramos a dejar atrás a Baba Bozorg y a Maman Bozorg. Después de tantos años separados, tener finalmente a su familia con ellos, haber sido aceptados por el resto del pueblo, incluso que hubieran olvidado diplomáticamente los devaneos comunistas de Baba, ahora había que salir corriendo otra vez.

Madar parecía más contenta con cada día que pasaba. Soraya se estaba convirtiendo en una niña feliz y fuerte. Baba parecía nervioso, preocupado por abandonar nuevamente a sus padres. Se sentaba en la entrada de la casa con Baba Bozorg hablando en voz baja hasta bien entrada la noche. No querían que nos fuéramos, pero no pensaban impedirlo.

Madar intentaba tranquilizarme.

—Robina y Nas estarán contigo —me decía, como a modo de consuelo, y aunque era cierto que tener estas dos amigas me animaba, siempre iba a estar fuera del círculo.

—Si vuelve Omar, tu abuelo sabrá a dónde hemos ido —me dijo Baba una noche.

Fue sin venir a cuento, y me sorprendió que no se hubiera olvidado. Me encogí de hombros, sin saber cómo contestar. Pero entonces supe que la decisión era definitiva, que pronto nos habríamos ido y que esta vida en las montañas había llegado a su fin. Me estaba haciendo mayor. Las cosas iban a tener que cambiar. Podía verlo en los ojos de Madar cuando nos observaba a Ara y a mí con ansiedad, y sabía que era cierto. ¿Cómo iba a tener aquí la esperanza de ser médico, profesora, ingeniera o lo que fuera? ¿Qué clase de futuro podíamos tener? Madar nos había enseñado a Ara y a mí todo lo que sabía. Necesitábamos un cambio, así lo deseáramos o no. Y le ponía nerviosa tener que mantener a Pequeño Arsalan lejos de la escuela, temerosa de lo que pudiera aprender allí, con miedo de que los talibanes se lo robasen como le habían arrebatado a Javad.

Este era el único punto de desacuerdo entre mis padres en sus conversaciones, y la razón de nuestro retraso: Javad. Madar era de la opinión de que tendríamos que llevarle con nosotros, que finalmente recuperaría el juicio y que teníamos que apartarle del veneno de estos hombres. Baba la dejaba hablar, la escuchaba como hacía siempre, pero luego negaba con la cabeza.

—No podemos llevarlo con nosotros contra su voluntad. Nos traicionaría antes de que hubiéramos conseguido salir del país. Tienes que darte cuenta. Está perdido para nosotros.

Ella no se podía creer que eso fuera cierto, y así se quedaban en tablas, con Madar aguardando alguna señal de cambio de Javad. No llegó nunca.

Y aun así, fue Javad al final el que me salvó.

Había planes de una segunda visita de los talibanes al pueblo. La habían cancelado varias veces debido a las fuertes lluvias ahora que llegaba el deshielo, pero ya quedaba poco para que aparecieran los talibanes. La gente volvió a ponerse nerviosa, acordándose de Masha, de Nazarine y de la última visita oficial. Quisieran lo que quisieran, no podía traer nada bueno. Los ancianos se reunieron para ver cómo gestionar el asunto. El viejo mulá lo escuchaba todo allí sentado. Javad se había mantenido cerca de las conversaciones, siguiéndolo todo con emoción.

Las mellizas se volvieron calladas y asustadizas. Ara también empezó a llorar y a sacudirse incontrolablemente a la mínima mención de la inminente visita. Solo Baba Bozorg y Maman Bozorg parecían impasibles.

—*Een ham mogozarad* —decía Baba Bozorg—, esto también pasará. —Su rostro estaba surcado por muchos años de calor del sol y del viento que soplaba sobre el Hindu Kush.

—No pueden venir —dijo Ara—. No podemos dejarles. Haz algo, Baba —suplicó.

Yo miré a Baba, que estaba sentado con el ceño fruncido, contemplando las nubes de tormenta agrupándose en el valle. Aunque hubiera oído la súplica de Ara, hizo caso omiso. Madar estaba mimando a Soraya, haciéndole cosquillas en la barbilla y mirando cómo su gran sonrisa se abría una y otra vez cada vez que el bebé reía, inconsciente de lo que había en el valle y que cada vez se acercaba más.

—Por supuesto que vendrán nuestros hermanos, y les daremos la bienvenida —dijo Javad, desafiándonos a todos.

Madar se alejó de su hijo, tal vez temiendo lo que pudiera decir o hacer. Yo vi la tristeza con la que Maman Bozorg contempló ese día a Javad. Se estaba convirtiendo en un extraño incluso para ella, que con tanto ahínco se había aferrado al nieto amable y alegre que una vez fue. De eso hacía mucho tiempo ya, de cuando llegamos a las montañas, de cuando los talibanes no eran más que un rumor lejano.

Oímos un rugido sordo que venía del valle. El cielo se había oscurecido y las nubes de tormenta se perseguían en el horizonte.

—No habrá bienvenida —dije, con voz temblorosa, mirando fijamente a Javad—. Mira lo que hicieron… ¿has olvidado a Masha? ¿A Nazarine? ¿Te has olvidado de lo que pasó? —le grité.

135

Javad estaba atónito, no estaba acostumbrado a que yo le atacara con semejante ferocidad. Ara se había echado a llorar, y se fue hacia Madar, que le dio a Soraya para que la tuviera en brazos. Entonces Madar vino hacia Javad y yo, dispuesta a intervenir pero sin decir nada, solo observando cómo su familia se partía en dos.

—Debería darte vergüenza —le dije.

—¡Samar! —Baba me dio un grito seco. Madar se acercó a mí con los brazos extendidos.

—Samar —me llamaba para que fuera con ella. Pero yo no pensaba ir con ninguno de los dos. No pensaba rendirme. Ara se había ido afuera con Soraya. Javad me miraba fijamente, pero era como si no me viera, como si yo ya no estuviese allí.

—No los puedes parar —me dijo—, pero aprenderás.

Madar soltó un grito de horror.

Los truenos retumbaban por el valle, y, abajo, los aldeanos de la plaza empezaron a volver corriendo a sus casas, preparándose para las fuertes lluvias.

Nos quedamos de pie en la boca de nuestra casa cueva contemplando el húmedo valle, de un humor tan oscuro y pesado como las nubes que se cernían sobre nosotros. Me coloqué sobre los hombros el *patu* abandonado de Omar, envolviéndome en él.

—Ahora veréis —nos amenazaba Javad, con una sonrisa de regocijo bailándole en los labios—. Ahora vais todos a ver.

Abajo, un pequeño convoy de vehículos ascendía serpenteando por la empinada pista de montaña, con las ruedas mandando despedidas piedras sueltas que bajaban dando brincos por la montaña a medida que se iban acercando los camiones, con los banderines agitándose en el viento. Abajo en el valle todo parecía estar muy lejos.

—¡Para! —grité a Javad, lanzándome contra él, deseando arrancarle de la cara esa sonrisita satisfecha, recordando a la madre de Masha, recordando sus chillidos y la expresión de su cara cuando la desataron.

Me juré no volver a tener miedo.

—Tú no sabes nada —le dije a gritos—. Estás vacío. Dices lo que dicen que digas, repites las palabras que ellos te dan. No eres capaz de pensar por ti mismo.

En ese momento despreciaba a Javad y no veía nada más que debilidad en mis padres, que se quedaban ahí de pie mirando, dejándole extender el odio y el miedo mientras ellos, esperando el momento adecuado para dejarle atrás, sin decir nunca nada, le dejaban creer que tenía razón. Les miré con estupefacción.

—¡Parad ya! —grité una vez más, a Javad y a todos ellos. Los ojos de Madar me rogaban que me callara, que no dijera nada más.

—No puedes pararlo, nadie puede —me dijo.

Ante aquello, algo se rompió dentro de mí y me descubrí huyendo de él, de todos ellos, subiendo a todo correr por los senderos de las montañas detrás de la casa cueva, cruzando las cumbres peladas hacia los pinos que crecían a más altura. Que vengan, cuando lo hagan no me encontrarán, pensé, y seguí corriendo, tropezándome con las rocas, sobresaltando a las cabras y a las ovejas que salpicaban las laderas, dejando que mi furia echase a volar en todas direcciones.

Oí a Ara llamarme pidiéndome que volviera, y entonces ella se puso también a escalar, cargando aún con Soraya, que se agarraba a su costado. El viento lanzaba su voz de acá para allá, y sus palabras no me llegaban. Yo seguía adelante, escalando cada vez más alto, ya alejándome del pueblo. Hice caso omiso de las oscuras nubes. Sabía a donde iba, volvía a la cueva y al soldado muerto al que habíamos fallado. Iba a encontrar a la Alianza del Norte, a los guerrilleros, a unirme a ellos, a encontrar a Omar. En realidad no sabía lo que estaba haciendo, pero sí sabía que no iba a volver, que Javad no podía tener razón. Había que pararles. Este era mi hogar y yo ya no tenía miedo. Nadie podía arrebatármelo: ni Javad, ni los talibanes, ni Madar y Baba con sus sueños de volver a empezar. Yo iba a ser libre. Encontraría a Omar. Me quedaría aquí en las montañas. Todo iba a salir bien.

Me repetí estas palabras una y otra vez mientras subía, con el sudor recorriéndome la espalda, escondiendo mi cara del sol que ahora asomaba entre las nubes, que se iban a toda velocidad, llevándose consigo la amenaza de tormenta. En la distancia se oyeron una serie de rugidos intermitentes que el eco iba repitiendo por el valle. Al final la tormenta nos esquivaba, nos había perdonado, pensé. El suelo embarrado estaba empezando a secarse en la superficie. Varios días de pesadas lluvias primaverales habían hecho que las pisadas chapoteasen y fueran rompiendo el suelo. Yo iba resbalando y deslizándome al alejarme del pueblo, el barro se me pegaba a la ropa, la teñía de un rojo parduzco, me empapaba las sandalias.

Al echar la vista atrás apenas llegué a ver a Ara forcejeando con Soraya, pero sin rendirse; seguían llegándome sus gritos, aunque ya distantes. ¿Por qué no me dejaba marchar sin más? Seguí escalando.

Ya casi había llegado a las cuevas más altas. Qué distinto se veía el mundo desde aquí arriba. Nada más que cabras y águilas, buitres, el rojo de la roca bajo mis pies, el aire tan limpio y las vistas… un solo horizonte, asombroso e ininterrumpido. Apoyándome para superar el borde del último de los acantilados voladizos, llegué a la boca de la cueva. El chico ya no estaba, enterrado por Baba hacía mucho tiempo, pero agaché la cabeza y recé por él, porque hubiera encontrado la paz. Eché una mirada al valle, buscando el pueblo tan abajo y la carretera serpenteante que llegaba allí. En algún punto allí abajo estaban llegando los talibanes, trayendo consigo su odio y su miedo. Ahora no me pueden tocar, aquí no, pensé. Así que les maldije: por prohibirme estudiar, por partir a mi familia en dos, por hacer que Omar se fuera, por poner a Javad en nuestra contra, por destruir a Masha y a Nazarine. Les maldije por el miedo que infundían a todo lo que tocaban.

Contemplé el valle, que se había quedado en silencio. Los pájaros dejaron de trinar y después, con gritos sobresaltados, echaron a volar en todas direcciones. La tierra empezó a moverse despacio bajo mis pies y perdí el equilibrio, y lo recuperé apoyándome contra el muro de la cueva. Al principio hubo un pequeño temblor, luego uno más fuerte. Empezaron a caer piedrecillas ladera abajo.

Oí un retumbar sordo, no más largo que un trueno, pero que venía de las tripas de la tierra. Se hizo más fuerte hasta que lo único que se oía era un torrente de piedras que rodaban y estallaban. Las montañas se estaban moviendo.

Abajo en el valle vi cómo la pared del acantilado que se elevaba detrás del pueblo empezaba a resquebrajarse, luego empezaron a derrumbarse enormes masas de roca y tierra, y se desató un río de barro que echó a correr hacia el pueblo. Yo les llamé a gritos, pero evidentemente no me pudieron oír. No podía correr más rápido que la riada, no podía avisarles, y la tierra temblaba y crujía bajo mis pies. Me agarré a la pared de roca. Llovieron piedras y me golpearon. Detrás de mí, en los muros de la cueva, se formaron profundas grietas. Me puse a andar cuesta abajo. Resbalando, rodando, cayéndome. Ahí estaban Ara y Soraya, que me habían estado persiguiendo. Ahora estaban paradas a medio camino, en la ladera que había frente al pueblo, en el último barranco. Ara se había desplomado con Soraya en brazos, intentando protegerla, horrorizada ante la contemplación de cómo las olas de barro se iban llevando el pueblo.

—¡Madar! —grité. Dije su nombre a chillidos una y otra vez y no era consciente de otra imagen que no fuera la suya, y luego las caras de Baba y de Maman Bozorg y Baba Bozorg, y después Pequeño Arsalan y Javad. Visualicé a Omar, pero él no estaba. Sentí una oleada de pánico.

Me acordé de las mellizas, tan diferentes entre sí y, sin embargo, ahora casi idénticas: ¿por qué no estaban con Ara? Intenté pensar: ¿dónde están todos? ¿Estarán a salvo? Por favor, Alá, que no les haya pasado nada. Iré a donde sea, haré lo que sea, pero que no les haya pasado nada, por favor… por favor…

Otro rugido profundo y un crujido, y se derrumbó otra pared de barro, desgarrándose del voladizo que sobresalía encima del pueblo, levantando nubes de polvo y piedras pulverizadas. Me llevé la mano a la boca, pero no llegó sonido alguno. No quedaba nada: el pueblo entero estaba sumergido. Eché a correr a donde estaba Ara. Los temblores continuaban, sus ondas seguían extendiéndose por el valle, pero eran más débiles. Me caí y me hice cortes en las piernas, en los brazos, en la cara. Me ponía en pie y seguía corriendo, casi rodando montaña abajo, poseída por la voluntad de volver con ellas.

Ara se había puesto de pie con la conmoción, tapándole los ojos con las manos a Soraya. Aunque Soraya fuera demasiado pequeña para comprender lo que estaba ocurriendo, aun así, la protegía. Agarré a Ara y la sacudí.

—Venga —exclamé, medio empujándola por la montaña.

Era como si se hubiera quedado allí congelada.

—Tenemos que irnos —tironeaba de ella—. Ara... están ahí abajo, tenemos que ayudarles.

Ella me siguió cuesta abajo completamente aturdida.

Cuando llegamos allí, la casa cueva había desaparecido, todo había desaparecido. No podíamos poner el pie en lugar seguro. La tierra seguía deslizándose bajo nuestras pisadas, recomponiéndose. Se veía a algunos aldeanos, aquellos que por algún milagro similar también habían escapado, de pie, con los ojos como platos, o cavando, quitando piedras. Yo perseguía algún rastro de Madar o Baba. Iba gritando sus nombres. Estos gritos fueron creciendo y creciendo hasta que ya fui incapaz de reconocerlos como mis propios gritos. Me subí a las piedras, intentando averiguar dónde tendría que estar la casa debajo de todo eso. Era imposible saberlo.

Una tira de tela amarilla asomaba entre las rocas. ¿Podría ser Madar? ¿Era eso lo que llevaba puesto esta mañana? Intenté hacer memoria. Me maldije por no haber prestado más atención, por no saberlo. Llegué hasta allí y empecé a tirar, sin parar de chillar. Las piedras eran pesadas. Yo no podía moverlas sola. Llamé a Ara para que viniera a ayudarme y juntas empujamos los escombros lo que pudimos, intentando separar las rocas. ¿Era Madar? Yo no podía mirar, tenía miedo de hacerlo. Pero no era ella. Era la madre de otra persona, de una mujer que vivía más allá, en una de las casitas de adobe junto a la plaza. Soraya seguía agarrada a la cadera de Ara; se echó a llorar.

Estábamos cubiertas de polvo y barro, nos ahogábamos. Nadie podía ayudarnos a buscarlos. Contemplé a los otros supervivientes con la mirada vacía. Todo el mundo era presa de la conmoción. Había un hombre sentado sobre un pedazo de muro roto que ahora no era más que un escombro, sollozando.

Yo grité: «¡Madar… Madar!».

Nada.

Ara me miraba sin verme. Soraya aullaba en medio del polvo. La tierra seguía temblando bajo nuestros pies. Estábamos solas y Madar no podía oírnos.

Cuarta Parte

¡Migozarad! También esto pasará.

CAPÍTULO 15

Dejo esto escrito y cierro el cuaderno. Ha llegado el ocaso y estamos cerca de Tomsk. Napoleón me trae té humeando del samovar y lo coloca en la mesa que tengo al lado. Asiento para darle las gracias, casi sin ser consciente de que está a mi lado. En el tren, ahora, se ha hecho el silencio, porque todo el mundo se está metiendo en sus estrechas camitas plegables a pasar la noche. Estoy temblando. Napoleón me pone la mano en el hombro, pero yo apenas me doy cuenta de lo que hace. Dentro de mi mente, sigo en las montañas.

Cuando miro una vez más las palabras que hay sobre la página, no puede haber vuelta atrás.

Observo el vagón en el que me había imaginado a Pequeño Arsalan y a Soraya regañando hace un rato, el lugar por donde Baba y Javad habían pasado a mi lado, riendo, con vasos de té caliente, hace solo unos instantes. Miro a donde había visualizado a Madar sentada hablando con otros viajeros y ahora me siento vacía, como si tuviera que dejarles marchar. Ya no soy capaz de visualizar a mi familia a mi lado, pero todavía no estoy preparada para decirles adiós. Me han traído hasta aquí.

Y, sin embargo, ya no están aquí.

—¡Quedaos conmigo! —exclamo, y mi voz suena muy fuerte en el vagón vacío—. Quedaos —suplico. Les necesito conmigo para empezar de nuevo, en algún sitio nuevo y seguro.

No estoy preparada para hacer este viaje sola.

—Yo me quedo, Samar. —Levanto la mirada y Napoleón sigue ahí, observándome, mientras me dice—: Ponlo por escrito, ponlo todo por escrito.

Así que abro el cuaderno una vez más y sigo escribiendo, para dejarlo todo negro sobre blanco. No sé si estoy intentando expulsar a los recuerdos, echarlos fuera de mí, o atraparlos entre las páginas.

CAPÍTULO 16

Ara y yo sosteníamos el silencio en tensión entre nosotras, temerosas de romperlo, con miedo de la verdad, incapaces de decir: «Se han ido». Nos miramos la una a la otra. El llanto de Soraya era cada vez más lastimero. Estábamos cubiertas de polvo del terremoto y de haber estado cavando, y teníamos las uñas del mismo rojo del barro.

—¡Ara! —gritó una mujer. Era Jahedah, una mujer solitaria que le caía mal a casi todo el pueblo. Se decía que estaba maldita, así que vivía en el borde del pueblo lejos de todos. Igual que nosotras, ella se había librado. La reconocimos por una cojera que intentaba esconder caminando despacio, arrastrando los pies. Nos hizo un gesto para que la siguiéramos y nos condujo más allá de lo que había sido el pueblo, escalando por las rocas, los peñascos, los muros derrumbados. Nos íbamos abriendo paso con cuidado por las ruinas destruidas de lo que había sido nuestro hogar. No había señales de vida. Nada. Era como si la tierra se los hubiera tragado enteros.

Jahedah nos llevó a su casa de adobe, apartada de la destrucción. Vivía al otro lado de la alameda plantada por el viejo. Los árboles estaban arrancados de cuajo, con los troncos quebrados por la fuerza del temblor. No pude ver al viejo entre los supervivientes. Esperaba que se hubiese encontrado lejos, en la zona baja del valle, que no pudiera ver lo que había sido de su trabajo. En las paredes de adobe de la casa de Jahedah había fisuras y grietas, pero seguía en pie. En el rostro de Ara vi una expresión indecisa, porque no tenía intención alguna de estar enterrada debajo del barro en el caso de que llegara al valle otro temblor. Pero Jahedah, que ya había cogido más confianza con nosotras, le ofreció agua para Soraya. Bebimos todas, saliendo momentáneamente del fulgor del sol, agradecidas de que alguien cuidara de nosotras. Ella veía que también nosotras estábamos conmocionadas. No le quedaba ninguna familia, tras haber perdido a todos sus parientes, que eran de constitución débil y se habían mostrado incapaces de superar los gélidos inviernos de la montaña. Y como les había caído tan mal a todos los aldeanos, no tenía a nadie a quien perder en un terremoto. Esto le daba un aire de invencibilidad. Hizo de madre con nosotras, haciéndole mimos a Soraya, que seguía agarrada a Ara, sin quererse soltar. Veía que estábamos intentando encontrarle sentido a haberlo perdido todo, sin conseguirlo.

Había un brillo en los ojos de Jahedah que me inquietó. Tiré de la manga de Ara, diciéndole que debíamos marcharnos. Ara me dirigió una mirada intensa cuando rechacé la hospitalidad de Jahedah. Luego se dio cuenta de la súplica silenciosa que le estaba haciendo, le dimos las gracias y nos fuimos. Jahedah tenía la mirada fija en Soraya, y le echaba los brazos. Dimos un paso atrás y una vez fuera echamos a correr. No nos iban a separar, y no íbamos a perder a Soraya a manos de una loca maldita. Seguía teniendo esperanza de encontrar a Madar o a Baba o a Javad vivos, o a Pequeño Arsalan: se me encogió el corazón porque no era capaz de pensar en todos ellos, en mi abuelo y en Maman Bozorg enterrados bajo el barro, las piedras y el polvo. El miedo que debieron de sentir cuando la tierra se derrumbó. ¿Habrían tenido tiempo de reaccionar, de darse cuenta incluso? ¿Lo habrían visto venir por la ladera?

No habían tenido tiempo de escapar. Yo lo sabía, y aun así tenía esperanza.

Recordaba que la pared de barro se había roto, sin más, barriéndolo todo al pasar por el pueblo. Lo veía una y otra vez en mi mente. La esperanza y la náusea me llegaban juntas a la garganta. Ara estaba hablando con uno de los hombres, que estaba de pie gesticulando en dirección al valle. Era Nayib, nuestro antiguo profesor.

—Vendrá la ayuda —nos dijo, sin mucho convencimiento. ¿Qué otra cosa iba a decir, en qué otra cosa podíamos nosotros creer?

Lo habíamos perdido todo. Solo unas horas antes había estado dispuesta a irme para siempre, a marchar en busca de Omar, a dejar a todo el mundo atrás, y ahora esto. ¿Qué es lo que había hecho? Apenas podía mirar a Ara. Soraya no era más que un pequeño fardo de barro y polvo en sus brazos. Miramos a nuestro alrededor, a lo que antes había sido el pueblo. ¿Por dónde empezar? ¿Dónde podrían estar debajo de todo esto?

Me quemaba la garganta; sentía flojedad en las piernas y sudor frío en la frente. Sentía que me apagaba, que me derrumbaba en el suelo hasta que Ara se apareció junto a mí, palmeándome las mejillas, llamándome, «¡Samar, Samar!». Me estaba poniendo en pie. Nayib estaba sentado detrás de mí, sujetándome por la espalda para que no me cayera.

—Está bien, Samar.

Sus rostros preocupados escudriñaban el mío. Yo quería que me tragara la oscuridad. Se me pusieron los ojos en blanco.

—¡Samar! ¡No! —Ara me abrazó de tal modo que oía el latido de su corazón. Para que yo supiera que seguíamos vivas. Estuvimos sentadas juntas mucho rato, hasta que pude volver a respirar, hasta que mi corazón se calmó y se acompasó al suyo.

Allí las casas cueva se habían deslizado mucha distancia ladera abajo, arrojadas a un lado y arrastradas por el torrente de barro y piedras. Mi familia ya no existía. La casa de mis abuelos. Todas nuestras pertenencias. Desaparecido. Todo había desaparecido. No tenía nada, solo lo que llevaba puesto encima, la ropa vieja de Javad y el *patu* de Omar alrededor de los hombros.

Me arrodillé en la tierra roja, arañando el polvo con las uñas.

No sabía lo que estaba buscando. Abrí la boca, pero no salió ningún sonido. Me metí un puñado de tierra en la boca abierta y lo saboreé, sentí su peso sobre la lengua. Ara se aferraba a mí. Soraya alargó hacia mí sus brazos.

No estaba sola.

CAPÍTULO 17

Hago una pausa en la escritura y miro por la ventana del tren. El vagón está ahora más bullicioso, repleto de gente bebiendo y hablando, entablando nuevas amistades y haciendo compañeros de viaje. El aire es cálido y está cargado, porque la calefacción sale a toda potencia por los laterales del vagón, junto a los asientos. Descubro que soy capaz de abstraerme de las voces y las risas de los demás pasajeros. Cuando vuelvo con la memoria al terremoto y a todo lo que sucedió después, es como si volviera a estar allí una vez más. Salgo de este mundo y regreso a las montañas. Mi mundo, el mundo que yo conocía, terminó ese día, y siento que estoy ahí atrapada para siempre, observando, esperando una señal, algo que me diga que todo va a salir bien, que todo se puede borrar. Si arranco la página de mi cuaderno, ¿se deshará lo sucedido? Me tapo los ojos fuerte con las manos, ahuecando las palmas sobre los párpados.

Afuera la luz de la tarde es de un cálido color dorado, y rebota sobre el mar de hierba por el que estamos pasando. Se encienden las luces del compartimento. Soy consciente de los ojos de los demás posados sobre mí, observándome aquí sola, escribiendo. Así que cuando Napoleón pasa por el pasillo y me hace un gesto con la cabeza, es un alivio.

—Ten, Samar. —Me pasa un cuenco de sopa humeante—. No puedes olvidarte de comer, chica. —Me dirige una mirada de desaprobación y afecto al mismo tiempo. Lleva las mangas de la camisa raídas, con los puños gastados. Percibo eso y el modo en que tamborilea con los dedos en la mesa. Parece que le ayuda a seguir sus pensamientos hasta el final, a subrayarlos en su cabeza. Señalo el asiento que tengo al lado y se sienta una vez más.

—No puedo parar mucho rato —dice.

Cuando las distancias entre las paradas son eternas, entonces puede sentarse a charlar, a veces durante horas de una sentada, especialmente cuando se hace tarde y es de noche, cuando se pone difícil conseguir que se calle. Por ahora, el tren está parando aquí y allá, recogiendo provisiones y pasajeros. Ve que las páginas de mi cuaderno están muy escritas y asiente con aprobación.

—Veo que te mantienes ocupada —dice.

Yo también asiento. Está bien que alguien se preocupe por mí. Alguien con quien compartir confidencias. Alguien que me confía sus secretos. Los demás pasajeros me despiertan suspicacia, con sus felices caras de turista, su curiosidad intrusiva. Napoleón es diferente. Se ha convertido en mi familia. Casi.

Napoleón me ha contado más cosas sobre su infancia, sobre el guardia del campamento que acogió a su madre para tenerla para sí solo, y le daba palizas con una barra de hierro, y nadie lo sabía ni le hubiera importado en caso de saberlo. Me describe a este hombre con un odio callado.

—Un completo hijo de puta —dice—, y le encantaba obligarme a mirar, siempre quería que yo viera cómo le hacía daño… Yo cerraba los ojos y le gritaba que parase, y él me decía: «Mira esto, niño; mira o le doy de verdad». Nunca olvidaré la vergüenza en los ojos de mi madre —prosigue— por dejarle hacer eso delante de mí, dejarse dar esas palizas. Estaba rota ya para entonces, su espíritu, su cuerpo, su mente. Eso es lo que él creía. Entonces un día que él había bebido más de la cuenta y estaba pavoneándose por ahí, arrojándola contra la pared, dándole puñetazos en la cabeza, entonces yo ya no puede aguantarlo más y… agarré lo que tenía más cerca, la barra de hierro que él había soltado para golpearla con los puños mejor, y le di con ella primero en la espalda; tenía solo siete años entonces, y no tenía fuerza en los brazos, pero sí mucho odio en mi corazón. Bueno, pues eso no le gustó mucho y se giró con ella en la mano y se me vino encima directamente, echándose hacia delante y moviéndola de un lado a otro, y yo corriendo para escapar de él, escondiéndome debajo de las patas de la mesa, chillándole para que parara. Me agarró y recuerdo cómo su puño se fue hacia atrás, la peste del alcohol en su aliento, la oscuridad de sus ojos y luego su puño chocando contra mi sien. Lo único que vi fue a mi madre de pie detrás de él, sujetando su pistola con las manos firmes, y cómo le disparó por la espalda. Le hizo un agujero que le atravesó. Después de eso me desmayé.

—¿Y entonces qué? —me inclino hacia delante.

—Bueno, cuando recuperé la conciencia estábamos en la parte de atrás de un vagón con destino a la frontera, escapando a Mongolia. Es que durante todo el tiempo ella lo había estado planeando, ¿comprendes?...

Mira por la ventana hacia el paisaje que se desdibuja a nuestro paso.

—Había estado escondiendo dinero, soportando paliza tras paliza, para podernos escapar de él. Al final nos fuimos, sin más. No pensaba pudrirse por ese hijo de puta. Menuda pinta debíamos de tener, la pareja. Aunque en aquel entonces había mucha gente vagando, muchas almas perdidas, de forma que no éramos más que otros dos bichos raros.

—¿A dónde fuisteis? —le pregunto, sorbiendo lo que queda de caldo.

—Nos unimos a los nómadas, intentando pasar desapercibidos, cosa que era difícil. Incluso después de tantas palizas, seguía siendo una mujer muy hermosa. Él nunca le tocó la cara. La gente se fijaba en ella, la recordaba, y yo estaba hecho un adefesio con la cabeza llena de cortes. Sigo teniendo las cicatrices.

Observo el rostro de Napoleón desde este lado y allí veo, en la línea del pelo, un tajo que va del ojo hasta la oreja. Se ve débil y plateado contra su piel curtida, pero sigue ahí después de todo este tiempo. Yo creo que el pasado permanece con nosotros, marcándonos de maneras visibles e invisibles.

—Así que íbamos a donde fuera que nos llevaran, con quien fuera que quisiera acogernos. En el fondo daba igual, con tal de estar vivos y ser libres. Cuando te quitan la libertad, tardas en aprender a vivir de nuevo. Yo no había conocido otra cosa, pero ella sí. Solía decir que era demasiado tarde para ella, pero no para mí. Quería una vida distinta para mí. Una vida libre. Y mírame ahora. —Ríe; es una risa agridulce.

Él me cuenta esto y yo pienso en cómo se habrían sentido, su madre y él, en el miedo de estar siempre huyendo, sin saber a dónde ir, en quién confiar, cómo volver a empezar. Yo también conozco esa sensación.

—Sabes, Samar —me dice—, siempre puedes empezar de nuevo.

Nos quedamos ahí sentados en silencio. A nuestro alrededor en el vagón hay jolgorio, los rusos están cantando y bebiendo y la pareja belga se ha sumado y están probando a decir las pocas frases en ruso que han ido aprendiendo por el camino. La mujer dice: «*Etot muzcina platit za vse*» («este caballero lo pagará todo»), y el hombre sacude la cabeza y dice: «*Eta dama platit za vse*» («esta dama lo pagará todo»), y hay mucho señalarse con el dedo y mucha juerga. En el vagón reina un humor fiestero y la mujer borracha se pone otra vez a cantar, esta vez canciones desafinadas de Edith Piaf. La gente levanta las manos y hace chocar sus vasos.

Napoleón retoma su historia.

—La mayor parte de la gente se mostraba amable. Hacían lo que podían; si lo piensas, nadie tenía otra cosa que dar que no fuera amabilidad. Logramos llegar hasta la frontera… la cruzamos, y ahí nos quedamos —dice.

Asiento.

—¿Qué tal era? —le pregunto, pero él no tiene mucha necesidad de estímulo. En su mente, ya está allí de vuelta.

—No era un gran sitio para vivir. Compartíamos tiendas de campaña con desconocidos… En medio de todo aquel espacio vacío. Dicho esto, teníamos un techo sobre nuestra cabeza, un buen fuego, comida, cobijo. Sentíamos seguridad. Nos sentíamos más a salvo que antes. —Me sonríe—. A veces está bien parar y ya está, quedarse en un lugar. Y por lo menos no había nadie que nos dijera lo que teníamos que hacer. ¡Nadie blandiendo barras de hierro!

Al decir esto, ríe y se encoge de hombros, mirando a los pasajeros a su cargo.

—El tiempo sana —me dice mirándome, viendo cómo la tristeza se apodera de mí.

—No lo sana todo —respondo.

Qué vieja me siento en ese momento. Él no me contradice. Clavo la vista en la ventana, en los reflejos de las lámparas que juegan al pilla-pilla como luciérnagas contra las sombras en movimiento. Por las noches hay mucha luz dentro del vagón; están encendidas todas las lámparas a lo largo de las paredes de los compartimentos, hay lámparas de lectura que puntean el vagón, y del techo cuelgan luces azules y blancas que te deslumbran desde lo alto.

El olor a comida (patatas, croquetas, pescado, huevos fritos) llega en oleadas desde el coche restaurante y me doy cuenta del hambre que tengo. Con qué poco he aprendido a subsistir: tan poca comida, tan poco sueño, tan poco amor. Lo he rebajado todo a lo esencial para salir del paso, deshaciéndome de todo lo demás. No es bueno necesitar cosas.

En otra parte del vagón, los belgas llaman a Napoleón pidiendo café, porque aún no han averiguado cómo funciona el samovar.

CAPÍTULO 18

En los días que siguieron al terremoto, Ara y yo intentamos encontrar a nuestra familia; si al menos pudiéramos encontrar sus cuerpos, si pudiéramos estar seguras de lo que les había pasado, con eso ya hubiéramos tenido algo. ¿Podrían haber sobrevivido? ¿Si hubieran estado dentro de la casa cueva tal vez se podrían haber salvado? ¿A lo mejor? Que estuvieran atrapados, pero vivos. Esperando que llegara la ayuda. ¿Alguna vez alguien ha sobrevivido a algo como esto? Esta idea me perseguía hasta en sueños.

Soraya dejó de llorar; dejó de emitir sonido alguno. Su parloteo de bebé se secó y pasaba el día con una expresión anhelante en la cara, añorando a Madar. Ara estaba perdida, sintiéndose responsable de las dos, sin saber lo que nos deparaba el futuro ni cómo protegernos. Ella tampoco tenía ninguna respuesta. Nos limitamos a aferrarnos la una a la otra en el polvo.

Pasaron días antes de que llegara la ayuda. Construimos un refugio con lo que pudimos reunir de entre los escombros. Hurgábamos en el suelo en busca de comida. Por la noche entrelazábamos los brazos para protegernos, con miedo de dormir, sin saber lo que podría sucedernos. Rezábamos por los muertos. Rezábamos por recibir ayuda. No sabíamos qué otra cosa hacer.

Estábamos solas, prácticamente. Nayib nos echaba un ojo, siempre merodeando en la cercanía para asegurarse de que los demás nos dejaban en paz, y evitar que Jahedah, en su locura y tragedia, nos robara a Soraya. Sin embargo, Nayib también se estaba deshilvanando, murmurando para sí cada vez más con cada día que pasaba. Cada vez estábamos más asustadas.

Ara y yo intentábamos consolar a Soraya como mejor podíamos. Tenía agua y cuanta comida podíamos encontrar, o la que los otros compartían con nosotras. Solo unos pocos del pueblo habíamos sobrevivido. Nos convertimos en una reticente familia, unidos contra todo lo que el terremoto se había llevado. Las secuelas habían vuelto locas ya a dos de las mujeres mayores, que a todas horas deambulaban lentamente, aturdidas, murmurando también para sí. Las evitábamos en la medida de lo posible, llevándonos a Soraya cuesta arriba al refugio de los árboles cerca de la cima de la montaña durante el día, solo por estar alejadas del pueblo, o de lo que quedaba del pueblo. Por las tardes Jahedah nos perseguía sin parar, con los ojos fijos en Soraya. Los demás trabajaban juntos para construir refugios, rebuscar comida en la ladera o mantener un fuego encendido. Hablaban largamente hasta muy entrada la noche, compartiendo las historias de todos los que habían desaparecido. Intentábamos recordar a cada persona, a cada familia, y compartir cuantos recuerdos pudiéramos de ellos. Era una forma de enterrar a nuestros muertos, de rendirles homenaje. ¿Cómo llorar a tus muertos si no puedes enterrarlos? Sin poder limpiar los cuerpos. Sin poder siquiera encontrarlos. Sin saber si están aquí o en cualquier otro lado. Es una imposibilidad. Todo se volvió imposible.

Todos estábamos conmocionados. Funcionábamos, nos las apañábamos, pero en realidad no estábamos allí, no comprendíamos la enormidad de todo, no queríamos aceptar que aquella fuera ahora nuestra vida.

Finalmente nuestros pensamientos llegaron al punto de qué hacer ahora; la situación no podía seguir como estaba. Pronto nos íbamos a quedar sin comida, nuestro refugio en realidad no era tal, ya no sabíamos cuáles eran los puntos seguros. Nos preguntábamos por la ayuda, y por si alguien sabría o le importaría que docenas de personas yacieran muertas, enterradas en la montaña. Un día oímos el zumbido de un helicóptero en el cielo. Nos quedamos mirando hacia arriba un rato, luego dos de los hombres empezaron a saltar arriba y abajo emocionados, agitando los brazos.

—¡Nos ven! —exclamaron.

El helicóptero se quedó en el sitio y se hundió un poco antes de girar y marcharse, y nos quedamos todos preguntándonos si nos habrían visto y si les habría dado igual.

Cuando la ayuda llegó por fin, lo hizo en forma de un gran camión cubierto con una lona en el que viajaban trabajadores humanitarios, unos cuantos sacos de arroz, agua y dos hombres de aspecto cansado con armas colgando de los costados, seguido por un pequeño *jeep*. Éramos la última parada del valle. No había un verdadero doctor ni un equipo que pudiera levantar las piedras que aplastaban a mi familia y a las demás. Nada de eso. Estábamos demasiado lejos y no éramos lo bastante importantes.

Nuestra vida se volvió borrosa. Los trabajadores humanitarios nos querían ayudar. Se alegraban de habernos encontrado, de que alguien hubiera sobrevivido, y aquí tenían la historia de dos chicas y una hermanita que era un bebé. Un pequeño equipo de televisión extranjero había seguido a los trabajadores humanitarios en el *jeep* por el desfiladero, para captar la devastación y así montar más adelante las imágenes para elaborar una petición de ayuda humanitaria, de forma que colocaron las cámaras de televisión delante de nosotros como si fuéramos una especie de feliz historia milagro a despecho de toda la tragedia y las bajas. «¿Cómo os sentís? ¿Qué vais a hacer ahora?». Nosotras intentábamos contestar a sus preguntas. Pero qué hambre teníamos, qué frío, qué entumecimiento. Lo habíamos perdido todo, y a todos. A nadie parecía importarle. Habíamos sobrevivido: ¿no nos bastaba con eso?

Pero no podían dejarnos ahí. Así que nos metieron como a fardos en el remolque, a todos, y nos prometieron una vida mejor en un campamento en Pakistán. Justo al otro lado de la frontera, nos dijeron, como si hubiéramos podido ir andando de haber querido.

Ya veríamos. Allí iban a tratarnos bien, nos darían agua, comida, cobijo. Estas fueron las promesas que nos hicieron. Sí, era muy básico, pero era un comienzo. Era algo, y había que tenernos compasión. ¿No era eso lo que pensaban? Dejamos que nos llevaran. ¿Qué íbamos a decir? ¿Que no? Lo único que me venía a la cabeza cuando pensaba en Pakistán era la madrasa y Javad, y temía que nos llevaran a un sitio donde quisieran hacernos cambiar de opinión, hacernos olvidar todo lo que era cierto. Jahedah se negó a marcharse. Echó a correr hacia las cumbres y el camión se cansó de esperarla. Nayib también se bajó del camión.

—La encontraré —dijo.

—No podemos esperar mucho tiempo —dijeron los trabajadores, señalando sus relojes como si aquí el tiempo tuviera sentido.

Él asintió, lo comprendía. ¿Y nosotras? ¿Ahora qué? Ara y yo no teníamos nada. Nada. No podíamos echar a correr. ¿Qué pasaba con Soraya, cómo sobreviviría ella? Cuando me subieron al camión, me puse a chillar. Envuelta en el viejo *patu* de Omar, dejando atrás a Madar y a Baba, a nuestra familia, sentí cómo la tierra se desgajaba una vez más. No estaba preparada para abandonarles, enterrados allí, bajo el terremoto, perdidos para siempre. Ara se quedó en silencio. Mirando fijamente al frente, con Soraya en el regazo. No creo que derramase ni una sola lágrima por las mellizas, Nas y Robina, perdidas bajo los escombros, esas mellizas que tanto se habían apoyado en ella a lo largo del último año, que la habían tratado como a una hermana, como a su propia madre, como si ella fuera el mundo entero. No, a Ara no le quedaban lágrimas. Al ver que Nayib no volvía, el camión se fue. Nosotras íbamos sentadas atrás, viendo retroceder las ruinas del pueblo hasta desaparecer del todo de nuestra vista.

Al marcharnos, se abrió un dolor ancho dentro de mí. Un dolor en oleadas tan profundas que no podía tocar el fondo. Mis manos buscaron a Ara, para que me abrazara. Le clavé las uñas en el brazo mientras ella mecía suavemente a Soraya, repitiendo una y otra vez «*Migozarad, migozarad, migozarad*». La voz de Maman

Bozorg me llenó los oídos mientras lloraba y temblaba, envolviéndome más aún en el raído *patu*. El resto de la gente que iba en el camión se apartó de mis lágrimas como si fueran contagiosas. Ara me calmaba, me acarició la cabeza hasta que ya no pude seguir llorando. Alá había hecho oídos sordos a mis plegarias. Yo había provocado que esto cayera sobre nosotros.

El camión nos llevó de vuelta por la serpenteante ruta que habíamos seguido hasta el pueblo desde Kabul hacía tantos años, cuando hicimos el viaje de noche. De vez en cuando paraba, y los hombres que iban a cada lado del remolque armados con rifles se mantenían siempre ojo avizor por si había señales de peligro. El camión pasaba por los mismos lugares, las mismas vistas, las mismas curvas peligrosas en la carretera, las mismas carcasas oxidadas de tanques soviéticos, las mismas hileras de pequeñas banderas verdes, revoloteando sobre las tumbas de los soldados. Cuando llegó a las afueras de Kabul siguió adelante, llevándonos más allá de la ciudad (es demasiado peligrosa, nos dijeron), separándonos de todo lo que conocíamos y amábamos, hasta que por fin cruzó la frontera y llegamos a lo que iba a ser nuestro nuevo hogar: un gigantesco campo de refugiados, con tiendas que se extendían a lo largo de lo que parecían kilómetros sobre la tierra yerma. Estábamos en Pakistán. Nuestro nuevo hogar. El campamento. Un infierno en la tierra.

El campamento estaba formado por filas de tiendas de campaña densamente pobladas y llenas de barro, señaladas con las letras UNHCR, cada una de ellas separada de la siguiente por unos sesenta centímetros, cada una con espacio para cinco, quizá seis personas, pero alojando en muchas ocasiones a ocho, nueve o más.

—Tenéis suerte —dijo uno de los trabajadores humanitarios extranjeros, un hombre rubio con los dientes blancos—. Este lugar es mejor que algunos otros campamentos. Estaréis bien. Manteneos unidas.

Les hizo un gesto con la cabeza a Ara y a Soraya al bajarnos del camión. Detrás de nosotras había una larga fila de personas que llegaban andando, cargando con todo lo que podían, con aspecto aturdido y roto. Resulta que nosotras habíamos llegado de lujo.

—Privilegios de las víctimas de terremotos —bromeó el hombre.

Nosotras no nos reímos. Nos condujo hacia uno de sus colegas, una joven de aspecto estresado con un portapapeles pero sin bolígrafo.

—No tienen familia —le dijo el hombre moviendo los labios, pero sin emitir sonido. Ella nos miró de arriba abajo.

Nos llevaron a una larga fila de tiendas marcadas con los símbolos de las agencias de ayuda humanitaria, y luego a otra tienda gigante llena sobre todo de otros niños como nosotras, que lo habían perdido todo. Había un trabajador humanitario en la entrada y unos cuantos adultos por allí de pie vigilando. Nos dieron un espacio donde dormir y vivir, una esquina diminuta y atestada sin privacidad alguna, con las luces siempre encendidas sobre nuestras cabezas. Más adelante sabríamos que esto era para intentar garantizar nuestra seguridad, para no tenernos escondidas. El campamento era un lugar en el que hubiera sido fácil desaparecer completamente. Al fin y al cabo, a todo el mundo le daba igual. Habíamos dejado de importar. A nadie le interesaba ya quiénes éramos, cuáles eran nuestras historias. Contábamos, pero solo como números en una lista de desplazados, de refugiados.

Los días asumieron una rutina. Íbamos a buscar comida y nos pasábamos horas haciendo cola, especialmente durante los primeros días, cuando no entendíamos los sistemas y las reglas y no teníamos a quién preguntar. Con lo callada que había estado desde el terremoto, Ara se puso a hablar con todo el mundo en el campamento. Salía a Madar en su capacidad para encontrar amigos, para encontrar ayuda. Intentábamos asegurarnos de que Soraya tuviera agua y comida. Pedíamos ayuda y consejo a las mujeres mayores. Ellas nos espantaban como a moscas. Soraya aprendió a andar en aquel polvo, tambaleándose entre los palos de las tiendas y las cuerdas de tender. Cuando dio sus primeros pasos asomó a su boca una sonrisa jubilosa, y se puso a dar palmas.

En el campamento había cientos de personas, miles, un mar interminable de figuras sentadas: los chicos saliendo de alguna tienda a todo correr; las niñas, en general, metidas dentro de las tiendas por su propia seguridad. Había poca sensación de orden. Mucha gente se había rendido, incapaz de construirse ahí una vida. Los lugareños no nos recibían con agrado, considerando que traíamos problemas, enfermedades y desgracias. Tampoco los trabajadores humanitarios se alegraban de recibirnos, porque estaban abrumados y explotados, y eran incapaces de ocuparse de tantas almas perdidas. Los trabajadores nos advirtieron de quedarnos cerca de la tienda, de no andar por ahí lejos.

No había escuela, aunque sí distintas clases temporales que una u otra agencia de ayuda humanitaria intentaba poner en marcha. Nunca duraban más de unas pocas semanas antes de ser sustituidas por otras necesidades más perentorias. El personal ya no estaba disponible para ayudar a enseñar, y los niños se iban desperdigando. En cambio, había que seguir teniéndonos lástima, de forma que de vez en cuando llegaban periodistas extranjeros a filmar allí, o aparecían visitantes que se paseaban por el campamento mirándonos con fascinación y espanto. Ya no nos parecíamos a nosotras mismas. Yo me acordaba de Madar, de lo exigente que era, de las horas que dedicaba a cepillarnos y trenzarnos el pelo, y me daba un escalofrío de pensar en lo que hubiera dicho si nos hubiera podido ver.

Ara estaba siempre amargada y furiosa. Culpaba a los talibanes, a los rusos, a los americanos, a Baba, a Madar, a todo el mundo, de nuestra desventura. Yo no la desafiaba. Era lo único que me quedaba y no quería perderla a ella también.

—Tu hija es bonita —dijo una joven que pasó un día a nuestro lado, señalando a Soraya. Ara la miró, primero confundida y luego horrorizada.

—No, es mi hermana —le dijo en voz alta cuando ya se estaba yendo. La mujer, que tenía una cara amable y los ojos tristes, dio un paso atrás y se detuvo a hablar con nosotras.

—Yo soy Hafizah —dijo—, estoy ayudando aquí. —Hizo un gesto en dirección a la tienda y empezamos a hablar, a contarle nuestra historia.

—¿Así que sois de Baghlan, eh? También vivía allí mi marido, antes de… se lo llevaron los talibanes. —Nos miró—. No es bueno que estéis solas. Si necesitáis ayuda, preguntad por Hafizah.

Nos dejó tranquilas y se marchó, llevándose consigo a las dos chicas que la seguían a todas partes. Eran huérfanas, como nosotras. Las había acogido como si fueran suyas. Con el tiempo llegaríamos a conocerlas. Una de las chicas, Parwana, estaba más cerca de Ara en edad, aunque parecía mayor y era más alta. La otra, Benafsha, era más pequeña que yo, una niñita guapa de rizos rubiales y ojos verdes. Me recordaba a Robina y, cuando la miraba, me dolía el corazón. Después de aquella primera conversación, Hafizah siempre nos echó un ojo. Se aseguraba de que todos los días tuviéramos qué comer. Comprobaba que Soraya se bañaba y se mantenía lo más limpia posible dadas las circunstancias, y que conseguíamos ver a los médicos que venían. Despacio, la fuimos dejando entrar, primero con cautela y luego, al no ver en ella más que bondad y cuidado, nos permitimos creer que podría ser una nueva madre. Que podría cuidar de nosotras.

La gente hace cosas terribles cuando cree que no hay nadie mirando. Por la noche oíamos gritos, chillidos que venían de otros rincones del campamento. Por las mañanas veíamos niños aturdidos, con los ojos enrojecidos. Escuchábamos historias. Oíamos hablar de chicas jóvenes, no mayores que Ara, algunas incluso de mi misma edad, vendiéndose a desconocidos por dinero, o dejándose vender o arrebatar y violar. Lo mismo les pasó a algunos de los chicos también, a los que eran guapitos y no tenían a nadie que les protegiera. Todo esto parecía imposible, pero nosotras les mirábamos a la cara y sabíamos que era cierto. Ara me advirtió de que no me saliera nunca de las colas de comida y de que no fuera sola a los lavabos. Teníamos que hacerlo todo juntas. Teníamos que protegernos la una a la otra y a Soraya por encima de todo. Algunas de las chicas tenían las caras desfiguradas en castigo por su comportamiento, una señal que significaba disponibilidad. ¿Ahora quién las acogería? Veíamos a chicas cargando con sus propios bebés. Hafizah nos aconsejaba no hablar con ellas.

—Son historias que no queréis oír —nos decía.

Así que, en cambio, jugábamos con Benafsha y Parwana, nuestras amigas recién encontradas, que se habían instalado junto a nosotras con Hafizah en la tienda principal. Jugábamos a juegos silenciosos y esperanzados como *Sang Chill Bazi*, apañándonos con guijarros en vez de juguetes. Benafsha tiraba un guijarro al aire, recogía los que había en el suelo, luego Parwana, luego Ara, luego yo... una y otra vez hasta que alguna se declarase ganadora. O nos contábamos cuentos, compartíamos recuerdos de nuestra casa, nos inventábamos historias felices debajo de la húmeda lona. Yo le contaba en susurros a Benafsha cómo Ara, Soraya y yo íbamos a escaparnos del campamento, que nuestro hermano Omar nos iba a encontrar y que todos íbamos a volver a la casa amarilla de Kabul una vez que los combates hubieran terminado. Ella me apretaba la mano y me decía que sí, que era un gran plan.

En los días soleados, si Hafizah nos dejaba, jugábamos a *Aaqab* con algunos de los niños de nuestra tienda. Parwana estaba al mando.

—Venga, Samar. —Benafsha me arrastraba con ella. A nosotras nos tocaba ser palomas, picoteando el suelo de tierra; Parwana era el águila. Se había subido a un *container* que había al final de la hilera. Desde lo alto, contemplaba el campamento a su alrededor antes de bajar de un salto y empezar a perseguirnos a todos, pillando a tantos como pudiera, con los brazos extendidos.

—Corre, Benafsha —exclamaba yo, riendo, escapando de Parwana como si bailase, con los demás niños corriendo en todas direcciones. Tocando una esquina junto al alto palo de una bandera, estábamos a salvo en «casa». Sin aliento, riendo, libres.

En esos momentos recordaba que aún podía jugar, imaginar, hacer amigos, hasta reír, y que la vida podía continuar. Cuando el miedo me atosigaba en sueños por la noche, a veces parloteaba sonámbula, y Benafsha alargaba el brazo y me agarraba la mano.

—No pasa nada, Samar —susurraba, y yo me aferraba con todas mis fuerzas a esta niña pequeña a la que no conocía.

Los días se iban desdibujando, diluyéndose unos en otros. Pasaron meses. No parecía que hubiera probabilidad alguna de abandonar el campo algún día. Semana a semana, el número de personas crecía allí, llegaba más y más gente en camiones, en carromatos o a pie, con la misma mezcla de esperanza y miedo en la cara con la que habíamos llegado nosotras. Cada vez teníamos menos espacio en la tienda principal. Hafizah pidió una tienda para ella y las cinco niñas. Nosotras también rogábamos a los trabajadores sociales: «¡Por favor, dejadnos tener esto, por favor!», hasta que cedieron, abrumados por la desesperación en nuestros ojos, y necesitados del espacio que ocupábamos para dárselo a otros huérfanos que, a diferencia de nosotras, no tenían a nadie que mostrara interés por ellos. Le concedieron a Hafizah una pequeña tienda al final de una fila, a un trecho largo de la gran tienda abierta en la que habíamos estado viviendo, esa tienda en la que la luz de las lámparas seguía encendida toda la noche hasta el amanecer y en la que no podías cerrar los ojos en la oscuridad y olvidar dónde estabas, ni siquiera durante una sola noche. Ansiábamos la oscuridad, cerrar los ojos y apartarnos de todo.

En nuestro nuevo hogar, Hafizah nos dijo que cada una escogiese una esquina. Ninguna quería acostarse junto a las solapas a la entrada de la tienda. Al final fue Parwana la que colocó reticentemente su colchoneta más cerca de ellas. Ara y yo nos quedamos en un lado con Soraya en medio de las dos, y Ara contra el borde de la tienda. Benafsha se enroscó apretada contra Hafizah en el otro lado. Por las noches hacía un frío atroz, así que solíamos apilar todas las ropas y las mantas que teníamos encima de nosotras, y acurrucarnos juntas para mantener el calor. Había láminas de plástico para tapar la suciedad del suelo y mantenernos secas pese a la lluvia. Hafizah utilizaba el espacio que había delante de la tienda para cocinar los días que tenía combustible, y nos sentábamos dentro o justo por fuera de la tienda durante el día, conscientes siempre de las miradas de los desconocidos sobre nosotras.

En el campamento se producían robos con regularidad. Nada estaba seguro a no ser que lo ataras a tu persona, e incluso, en ese caso, ladrones de dedos ágiles te robaban lo que podían. Ara llevaba un collar de oro, regalo de Madar, de su antigua vida. Tenía que esconderse la cadena debajo de la túnica o se la hubieran robado nada más verla. Estas cosas las fuimos aprendiendo mirando lo que sucedía a nuestro alrededor. Aprendimos una nueva forma de vida, totalmente diferente de nuestra temporada en las montañas y de la libertad que allí sentimos. Incluso cuando los talibanes empezaron a restringir todas nuestras actividades, incluso entonces aún podíamos echar a correr hacia las montañas y sentirnos libres. Aquí, según iban pasando los meses, sentíamos solo desesperación.

Nos fuimos debilitando. La comida era mala y poco frecuente. El agua nunca estaba limpia. La gente estaba enferma constantemente. Muchos morían. Los enterraban en el terreno que había detrás del campo, no lejos de las tiendas. Los extranjeros, trabajadores humanitarios, hacían lo que podían, pero nunca era suficiente. Ara nos daba muchas veces su comida a Soraya y a mí.

—Come —me decía, mirándome con sus oscuros ojos, famélica, dándole igual que hubiera tierra en el arroz y moscas por todas partes.

Soraya nos preocupaba a las dos y también preocupaba a Hafizah. Tenía la tripa hinchada, sus ojos parecían más grandes y perdidos en las concavidades de sus mejillas, y ese pelo suave de bebé que tenía se le estaba cayendo a puñados. Tenía llagas negras en las piernas. Dejó de caminar y pasaba todo el día sentada sobre una manta, con una expresión en los ojos como de anciana cansada.

Por las noches, en los ratos de sueño que me permitía a mí misma, se me aparecía Madar, la veía buscando a Soraya y llamándola. No me llamaba ni a mí ni a Ara. Podía oír la risa de Javad y recordaba las últimas palabras que me dijo: «No puedes pararlo. Nadie puede».

Me despertaba empapada de sudor y de miedo. Pero no estaba. Jamás volvería. Todos habían desaparecido. Nuestra última esperanza era Omar: sabíamos que estaba por ahí en alguna parte, combatiendo en las montañas. Al menos esto era lo que queríamos creer, y nos dejábamos soñar a nosotras mismas con un tiempo en un futuro no muy lejano en el que él vendría al campo de refugiados, nos encontraría y nos llevaría con él, y podríamos volver a ser una especie de familia una vez más.

—¿Crees que se acordará de nosotras? —le pregunté a Ara.

—Por supuesto.

—¿Pero y si ahora él es diferente?

Ella se encogió de hombros.

—Podríamos volver todos, todos nosotros… a la casa vieja. —Coloqué la idea en sus manos. Ara la contempló y sacudió la cabeza.

—No podemos volver nunca, Samar. Nunca —dijo.

Eso era algo que yo no me quería creer.

Seguía acordándome de la casa amarilla y de jugar en la *kala*, del olor de las flores que había junto a la puerta.

—Eran rosales, madreselva, ¿te acuerdas, Samar? Y los árboles detrás de los que nos podíamos esconder, o el más alto, junto a la verja, ese al que Javad siempre estaba intentando subirse —decía.

Ara me lo contaba una y otra vez, me hablaba del amarillo pálido de los muros, del techo plano desde el que podía verse toda la ciudad, blanca contra el azul del cielo de Kabul. Y entonces yo nos veía a todos. Allí estaban Omar y Javad jugando, Ara riendo con ellos, todos estábamos jugando… echando carreras por el jardín, persiguiéndonos, tirándonos en el césped partidos de la risa.

Madar se sentaba a la sombra. Estaba leyendo y tarareaba una melodía para sí. Arsalan y Baba estaban junto a la puerta. Habían sacado dos sillas de la cocina y una mesita roja redonda, bebían chai y hablaban en susurros. Recordaba todo esto. Quería romper la membrana de este recuerdo y estar allí.

Necesitaba escapar del campamento. Se me puso una mirada loca, vidriosa, y me subió la fiebre. Ara estaba inquieta. Soraya también estaba débil y enferma. Pasaron las horas y me puse peor. Hafizah le dijo a Ara que fuera a buscar a un médico. Ara vaciló en la puerta de la tienda. No quería dejarnos solas. Tampoco quería ir sola. Estaba cayendo la tarde y no era seguro que saliera por ahí por su cuenta. Las demás habían ido a buscar agua. Hafizah le hizo un gesto con la mano para que se pusiera en marcha.

—Ve, Ara, ve a la tienda principal; allí habrá alguien. Es urgente, está muy caliente; está enferma, y la bebé también —le dijo, acunando a Soraya, que yacía sin fuerzas en su regazo.

«¿Quién está enferma?», me preguntaba yo, hasta que me di cuenta de que hablaban de mí.

Empecé a flotar fuera de mi propio cuerpo, girando sin parar dentro de la tienda, acercándome al mástil que llegaba al techo y sostenía la lona que nos daba cobijo. La casa amarilla ahora giraba también. Me tumbé sobre la fresca hierba y me puse a darle tirones a la hierba entre los dedos. Un águila sobrevolaba trazando círculos, y su elegante forma de volar me cautivó. Tenía sed. Llamé a Madar para que me trajera algo de beber. Ella no levantó la mirada de su libro. Ara se había marchado… ahora no podía verla. Omar y Javad estaban jugando a luchar en el césped junto a mí.

—¿Ha ido Ara a traer agua? —pregunté en voz alta.

Hafizah me estaba acariciando la frente ardiendo, pero yo ya no estaba en la tienda. Estaba arriba en las montañas con mis abuelos. Estaba en la casa cueva viendo cómo titilaba la lámpara. Maman Bozorg me tomaba de la mano y me acariciaba la frente.

—Ya, ya, Samar —decía—. Tienes que dormir. Este dolor pasará. —Pero yo no podía dormir.

Baba Bozorg me estaba sacudiendo.

—Mantenla despierta —dijo, en tono seco.

168

Oí un rumor fuera, como un trueno lejano, primero un ruido sordo que se fue haciendo más alto, luego la casa cueva se derrumbó sobre nosotros y yo me asfixiaba. No podía respirar. Intenté llevarme las manos a la garganta y la oscuridad lo cubrió todo.

Tardé días en recuperarme, y cuando lo hice, Ara no estaba.

Abrí los ojos y estaba en la tienda hospital. Una enfermera extranjera me estaba mirando, sujetándome la muñeca. Sonrió. Había gente en torno a la cama.

—Mira, está… —dijo una. Me dolían los ojos de mirar a la luz. Levanté la muñeca para protegerme los ojos, pero tenía el brazo conectado a unos cables, con un goteo que introducía un líquido en mi cuerpo. Al principio no sabía dónde estaba, y luego me acordé. Cerré los ojos una vez más. Me quemaba la garganta.

—Ara —llamé, con voz débil.

Nadie dijo nada.

—Mi hermana —dije—. Tengo que ver a mi hermana.

La enfermera me apretó la mano. Se inclinó sobre mí para que yo pudiera ver lo mucho que lamentaba tenérmelo que comunicar.

—Tu hermana murió —dijo suavemente—. También estaba muy enferma. Es un milagro que tú hayas sobrevivido, ¿sabes?

Sentí la humedad de las lágrimas sobre mis mejillas.

—Ara…

La enfermera me miró.

—No, Ara no… esa hermana no. Fue la pequeñita, está con los ángeles… Soraya era, ¿no?

Soraya había muerto. Me picaban los ojos de alivio, y luego una callada sensación de pérdida me inundó todo el cuerpo. Soraya, no Ara. Con el tiempo guardaría luto por Soraya, pero albergaba tan pocas esperanzas de que ella sobreviviera al infierno del campamento, y además ahora estaría en paz con Madar, de eso estaba segura. Era mejor que no estuviera aquí.

La enfermera volvió a apretarme la mano. Cerré los ojos. Pronto no era la enfermera, sino Madar la que me sujetaba la mano. «Está todo bien, Samar. Descansa, duerme», la oí decir.

169

—Pero Soraya... —yo necesitaba contárselo.

—Chis ahora, Samar, está todo bien. —La voz de Madar me mecía de vuelta al sueño.

Las voces a mi alrededor se convirtieron en suaves murmullos. Luego más tarde empezaron a levantar la camilla en la que me habían colocado y me estaban trasladando a otro lugar.

—Díselo a Ara —murmuré cuando la enfermera me soltó la mano.

Necesitaban la cama para alguien que estaba más cerca de la muerte. Necesitaban el hueco para otro milagro.

—Tenías fiebres, Samar, fiebre cerebral, como la pequeñita —me explicó la enfermera. Me miró—. Este virus se ha llevado muchas vidas. Fue una suerte que tu hermana, la que se llama Ara, ¿verdad? Menos mal que vino a buscarnos. Estabas a punto de... —Se detuvo y no dijo nada más, por miedo a asustarme aún más.

—Quiero irme... —Casi dije «a casa», y la palabra me sobrecogió completamente. No podía irme a casa. Ya no tenía una casa ni una familia a la que volver. Lo único que me quedaba era Ara y la esperanza de que volviera Omar.

«¿Por qué no está aquí?», pensé, mirando a mi alrededor. Había también otros niños en la tienda hospital, algunos febriles, algunos con los miembros rotos; todos ellos débiles, enfermos, tal vez peor que yo.

Me daba miedo preguntar y también me daba miedo no hacerlo.

—Mi hermana, Ara, ¿va a venir hoy?

La enfermera estaba ocupada ayudando a otra niña a incorporarse en la camilla. La niña tenía la cara cubierta por vendajes. Pude ver quemaduras en su piel. La niña se aferraba a la enfermera.

—Lleva unos días sin venir —me dijo aquella mujer—. Antes solía venir todos los días y se pasaba el día entero sentada contigo. También traía a la pequeñita, pero para ella ya era demasiado tarde.

Se me cayó el alma a los pies. Ara llevaba días sin venir a verme. ¿Qué podía mantenerla lejos de mí? Ella nunca me dejaría aquí sola. Estaba convencida de ello. Tal vez Hafizah la haya hecho tomar distancia por miedo a contagiarse de mi enfermedad. «Sí», pensé, eso es. No era más que eso. Cuando vuelva a la tienda, allí estará y volveremos a empezar las dos juntas. Esta idea me animó.

—Me temo que ya no podemos seguir ayudándote —dijo la enfermera—. Son buenas noticias; puedes marcharte. Estás recuperada, más o menos.

Yo asentí, sin expresión.

—Tuviste fiebre durante muchos días, durante mucho tiempo, y estuviste hablando mucho. Pero la crisis ha pasado. Ya vas a estar bien, una vez que recuperes fuerzas de nuevo. —Sonrió. Era una media sonrisa esperanzada, triste.

Yo no quería marcharme.

—Yo no… —Mis palabras se desvanecieron y se quedaron en nada. Estas enfermeras y médicos no podían conseguir que me quedara aquí, y Ara me estaba esperando.

Me pregunté si sería capaz de encontrar el camino de vuelta a la tienda en el interminable mar de lonas. Pregunté por la tienda de los huérfanos, figurándome que desde allí sí sabría el camino. Me señalaron en la dirección correcta y la enfermera, con el rostro surcado de arrugas por tantas noches sin dormir, me dijo: «Cuídate».

Fui medio andando, medio corriendo, débil aún e indecisa, en dirección a la tienda de huérfanos, pasando por una fila detrás de otra de tiendas más pequeñas, filas que se extendían en la distancia, tiendas azules, verdes, blancas, el blanco convertido en rojo sucio por la tierra y el polvo, delgados logos azules de UNHCR revoloteando a los lados como si ofrecieran algún tipo de protección. Los hombres y los chicos me miraban correr desde el borde del sendero. Algunos sonreían, otros se limitaban a mirar. Tuve que bajar el ritmo para recuperar el aliento. Tras pasar incontables días acostada, hacer este ejercicio me dejaba sin respiración. Las filas se fueron emborronando ante mis ojos y sentí desvanecerme.

Me doblé por la cintura, haciendo respiraciones profundas. Me dolía el pecho. Detrás del mar de tiendas se elevaban las montañas, punteadas por árboles de un verde oscuro. En el cielo se veían bandas rosadas y naranjas, sentía el aire frío sobre las mejillas. Sentí movimiento a mi alrededor, alguien que intentaba cogerme de la mano. Rompí a correr de nuevo, arrojándome hacia la seguridad de la tienda para niños huérfanos. Cuando la encontré, una mujer me metió dentro.

—Necesito encontrar a mi hermana —dije, sacudiendo la cabeza mientras seguía corriendo. Ahora conocía bien el camino y fui zigzagueando entre las últimas filas que quedaban antes de parar derrapando.

La tienda ya no estaba. Solo quedaba un pedazo de tierra aplastada y la silueta de donde una vez estuvo la tienda. Me dejé caer de rodillas y toqué el suelo. Se me quedó la mente en blanco y me eché a llorar. Luego pensé en preguntarle a la gente de la tienda de al lado; ellos tenían que saber algo. No podían haber desaparecido todas sin más. Fui a las solapas de la tienda y llamé: «¿Hola?».

Un hombre con el pelo oscuro y rizado vistiendo un *pakol* sacó la cabeza. No le reconocí. Me miró intensamente y, viendo que estaba sola, me invitó a su tienda. Me zafé de él y eché a correr de nuevo hacia la tienda de los huérfanos. Allí me acogieron. Pasé el día sentada en una alfombrilla con pintitas azules y verdes y un hilo dorado entretejido en el algodón. Me mecía hacia delante y hacia atrás, pensando: «Alguien me ayudará. Se han mudado de tienda. ¿Por qué? ¿Dónde están ahora?» Lo cierto es que allí, en el campamento, la gente de vez en cuando se trasladaba, a veces porque quedaba libre un rincón mejor, a veces porque sustituían una tienda por otra nueva, a veces porque otras personas necesitaban la tienda y varias familias se veían obligadas a compartirla. A veces la gente se marchaba. O enfermaba. O moría.

Decidí regresar. Esta vez le pedí a una de las trabajadoras humanitarias que me acompañara. Era alta, de piel pálida y una melena del color de las caléndulas. Me cogió de la mano y volvimos al lugar donde había estado la tienda, donde había estado mi casa, por provisional que fuera. Pregunté a los demás vecinos, los de la tienda situada detrás de donde había estado la nuestra, a dónde habían ido.

—Ah, Hafizah dijo que se volvía a Afganistán. Se hartó del campamento. Cuando murió la niña pequeñita, creo que se derrumbó —nos dijo.

Yo estaba conmocionada. Me quedé mirando a la mujer. ¿Cómo podía haberse ido sin mí?

—¿Y Ara? ¿Mi hermana? —le pregunté, mordiéndome el labio.

—Oh… —La mujer bajó la mirada—. Desapareció.

—¿Cómo que desapareció?

—Hafizah la estuvo buscando, pero no la encontró. Una tarde se suponía que tenía que volver de la tienda hospital. No la dejaban pasar la noche contigo, así que iba y venía para verte. Pero una noche… sencillamente no volvió —dijo la vecina, que para ser una mujer tan joven parecía muy vieja.

—¿Qué le vas a hacer? —me dijo, viéndome la cara—. Ten esperanza. Ya aparecerá.

Miró a la otra mujer que iba conmigo, la trabajadora de la tienda grande. Vi la mirada nerviosa que intercambiaron. Ara no iba a volver. Le di las gracias. Me dio un abrazo flojo y volvimos de nuevo a la tienda principal.

Esa noche, bajo las intensas luces, apenas dormí. Me di cuenta de que tenía que encontrar a Ara. Tenía que encontrarla. Así que por la mañana empecé por preguntarles a los demás niños. Hablé con todos los niños con los que pude. Les preguntaba por Ara, la describía, sus ojos oscuros, su bonita cara, sus risotadas, su carácter fuerte, sus hermosa voz de cantante. Todos sacudían la cabeza y miraban para otro lado. Le pregunté a un grupo de chicas que eran conocidas por entregarse a los hombres del campamento. Me pidieron que me quedara con ellas, pero yo rehusé. No la habían visto. Sentí alivio; no podía imaginarme eso para Ara. Ella nunca se entregaría así. Antes se hubiera muerto de hambre.

Pregunté a un grupo de chicos. Una mirada de reconocimiento brilló en los ojos de uno de ellos, que era más joven y más bajito que los demás, cuando les hablé de Ara. Me miró durante más rato que los otros. Luego, sin decir nada, me cogió de la mano y me hizo un gesto para que le siguiera.

—Ese es Aaqel —dijeron los demás—. Es mudo. No habla. —Yo asentí.

Este niño silencioso no me daba miedo, y veía que sabía algo. Me condujo lejos de las filas de tiendas, pasadas unas casas de adobe que los hombres habían empezado a construir en el extremo del campamento, al caer en la cuenta de que regresar a casa no era algo que fuera a suceder pronto. Había otros niños jugando en el lecho del río. El agua estaba gris y embarrada, casi no había. Las nuevas lluvias estaban por venir. Había chicos saltando por encima del riachuelo de agua turbia, brincando de una piedra a otra, y uno saludó a Aaqel cuando le reconoció.

Seguimos avanzando por el río y entonces señaló algo que flotaba en el agua, una tela inflada, enganchada en las rocas y en las ramas de los árboles.

Me atravesó un rayo de miedo. Vislumbré por un instante una tela como la del pañuelo de Ara. Fuimos abriéndonos camino por el humedal, mis pies iban chapoteando en el barro, tenía los tobillos mojados. El chico se retiró cuando yo me agaché y le di la vuelta al cuerpo. Era Ara. Tenía la cara amoratada e hinchada, pero era ella. Le di la espalda, me subió a la garganta un amargo sabor a vómito. Aaqel apartó la mirada.

—Es ella —le dije, aunque él ya lo sabía—. Ayúdame... por favor.

Juntos levantamos su cuerpo hinchado y lo tendimos en la orilla. La expresión de su rostro era de absoluta conmoción. Yo no era capaz de pensar en lo que le habrían hecho, en cómo habría llegado aquí, en a quién tenía yo que culpar. La furia me quemaba. Solo podía abrazarla y sollozar. El dolor me salía por todos los poros. Lloré por mi hermosa hermana que quería ver el mundo, que soñaba con vivir en París, con enamorarse un día y caminar libremente por los bulevares, que soñaba con convertirse en una cantante famosa. Lloré por Madar y Baba, por mis abuelos, por Javad, por las mellizas, por Pequeño Arsalan, todos enterrados y perdidos en la montaña. Lloré por Soraya, arrebatada por la enfermedad, y lloré porque no sabía si Omar estaba vivo o muerto. Lloré por mí y por Aaqel y todos los niños atrapados allí, en ese lugar infernal y maldito.

No derramé lágrimas por Hafizah, a quien culpaba por la muerte de Ara y que me había abandonado. Era bueno tener a alguien a quien echar la culpa.

Estuvimos allí sentados durante lo que me parecieron solo unos momentos, pero debimos de estar horas, porque el cielo se fue oscureciendo. Aaqel me miró. La enterraríamos. Recordé la cadena de oro de Madar y me arrodillé delante del cuerpo de Ara para que no me viera comprobar si la llevaba, recorriendo con mis dedos la base de su cuello. Ara la tenía puesta aún. De alguna manera no la pudieron descubrir cuando fue atacada. No era su oro lo que querían. Mis dedos buscaron el cierre y se la saqué del cuello.

Entonces decidí que no me iba a quedar allí a pudrirme y morir. El collar no podía salvar ya a Ara, pero me iba a salvar a mí. Me serviría para llevarme muy lejos del campamento.

La enterramos junto al lecho del río y Aaqel se quedó conmigo. Algunos de los niños nos ayudaron. Todos cavamos con las manos, no teníamos mucho más. El barro se me resbalaba, frío, entre los dedos. Cuando lo terminamos de hacer, me arrodillé junto a la tierra removida, ahora cubierta de piedras. Coloqué un palo entre las piedras y en lo alto até un jirón del pañuelo de Ara, que revoloteaba en la brisa. Rezamos por que pudiera encontrar la paz. Aaqel me tomó de la mano y los dos nos quedamos allí de pie mientras caía la noche.

Le dije adiós a Ara. Le dije adiós al campamento. Estaba hueca por dentro; insensibilizada. Las lágrimas me habían vaciado. Era hora de irme a casa.

Quinta Parte

Después de toda oscuridad hay luz.

CAPÍTULO 19

Llegar a un campamento de refugiados es fácil. Te trae un camión, la necesidad, la desesperación. Sigues largas columnas de otras almas perdidas que cargan sobre la cabeza, los hombros y la espalda con todo lo que han podido rescatar de sus antiguas vidas. Abandonarlo es más difícil. Muchas personas se quedan años, viven sus vidas enteramente en el campamento. Han perdido toda esperanza de volver a casa algún día. Olvidan para poder sobrevivir.

Yo iba a tener que encontrar la manera de escapar. Por la noche soñaba con la casa amarilla de Kabul. Era mi última esperanza. Era el lugar donde estaba segura de que iría Omar si intentara encontrarnos una vez se diera cuenta de que el pueblo había desaparecido. Volvería. Yo tenía fe en que lo haría. Me lo decía a mí misma una y otra vez. ¿A quién más podía considerar familia? Los padres de mi madre nos habían repudiado a todos hacía tiempo. Allí no sería bien recibida.

Solo me quedaba mi tía Amira. Había huido a Moscú o a San Petesburgo en Rusia. Madar hablaba de un lugar en Moscú donde viven los afganos, donde en las calles huele a pan *naan* recién horneado, según Amira le había contado en una carta enviada hacía mucho tiempo a la casa amarilla. Decía que un día la visitaríamos en Rusia. *Inshalla*. Algún día. A lo mejor era allí a donde Madar y Baba planeaban llevarnos. Amira podría ayudarme, podría acogerme, pero parecía casi imposible. ¿Cómo iba a reconocerla, cómo iba siquiera a encontrarla? No, la casa amarilla era lo único que me quedaba.

Me uní a la escueta fila de personas que se iban a la mañana siguiente después de la oración. Esperamos haciendo cola bajo la primera luz del alba. No éramos tantos, y yo me mezclé con una familia situada delante que tenía muchos hijos, esperando pasar desapercibida, con la mirada baja y manteniéndome lejos de los guardias. Seguía siendo demasiado pequeña para andar sola sin llamar la atención. Querrían mantenerme en el campamento hasta que alguien pudiera hacerse responsable de mí. Yo no podía dejar que pasara eso. Me envolví el pañuelo con fuerza alrededor de la cara y mantuve la mirada fija en las barreras. Los adultos hablaban con los guardias.

—¿A dónde? A Bamiyan… allí es donde vamos a ir. Correremos los riesgos —dijo el padre, y los guardias se encogieron de hombros. Al otro lado había una fila de gente esperando que les dejaran entrar. El padre les dijo a los guardias que el campamento había sido un error. Los hombres asintieron; les daba igual, y además esperaban vernos de regreso más temprano que tarde. Nos hicieron pasar haciendo un gesto con el brazo. Yo mantuve la mirada baja hasta que salimos del campamento y avanzamos un buen trecho por la carretera de tierra. La madre se dio la vuelta y, al ver cómo les iba pisando los talones, me separó de sus hijos.

—Ya has salido —me susurró—. No *puedes* quedarte con nosotros. ¿Entendido? —Me hablaba despacio como si yo fuera imbécil o no la comprendiese. Me detuve y les dejé caminar, sobresaltada por la furia de esta madre.

Muy pronto llegó otro grupo y uní mis pasos a los suyos. Había un viejo con un *chapan* a rayas verde y rojo; su hijo, un hombre que aún no era viejo, pero parecía derrotado por la vida en el campamento; y la mujer del hijo, con una melena salpicada de mechones plateados y los ojos aún llenos de calidez.

—Somos de Hazarajat, ¿y tú, niña? ¿Dónde está tu casa? —me preguntó el anciano, en voz baja y suave—. ¿Cómo es que estás viajando sola? —Por un momento no supe cómo responder a esta pregunta. ¿Qué podía decir?

—Kabul —dije—, soy de Kabul. Vuelvo a la casa de mi familia, a donde solíamos vivir.

Asintieron, levantando la barbilla, como si de alguna manera me hubieran entendido. Ya no sentían tanta curiosidad sobre cómo había terminado sola en el campamento. Habían oído demasiadas historias tristes. No hacía falta que yo les contara la mía. Bastante era que camináramos todos juntos. Yo no quería ni sus preguntas ni su lástima.

Seguía débil por la enfermedad y me dolía el corazón por dejar atrás a Ara y a Soraya, pero cada paso me llevaba más cerca de Kabul, más lejos del campamento, y seguí adelante poniendo un pie delante del otro, parando solo para beber agua y hacer breves descansos. El sol apretaba y era difícil seguir adelante con tanto calor, pero yo no me iba a dejar vencer. Cada pocas horas pasaban camiones de ayuda humanitaria en dirección contraria, y a veces paraban para darnos más comida y agua, recogiendo a cualquiera que quisiera rendirse y regresar al campamento.

Estos extranjeros formaban un grupo extraño; provenían de muchos países diferentes, y todos habían escogido estar aquí en medio de la suciedad y el polvo, mirándonos con compasión en el mejor de los casos, y desesperación en el peor. Me preguntaba cómo sería eso de poder entrar y salir de los problemas de un país, pasar por ahí a echar una mano como pudieras y sentir gratitud o culpa porque esta no fuera tu vida. Había gente buena en el campamento, algunas personas. Yo sabía que eso era cierto. Pero todos podían marcharse. Todos podían decepcionarte. Estaba furiosa con ellos por haberle fallado a Ara. Estaba furiosa en general.

Al principio me daba terror que estuviésemos caminando en la dirección equivocada, yendo hacia el interior de Pakistán, pero los trabajadores humanitarios nos señalaron la dirección de Kabul. Acordándome del largo viaje en camión hasta el campamento, solo podía hacer una estimación aventurada sobre el número de kilómetros que quedaban por delante, los largos días que tendría que andar para cubrir la distancia.

—¿Cómo están las cosas ahí en la ciudad, en Kabul? —preguntaba a los trabajadores que pasaban trayendo a los últimos refugiados al campamento, y que se quedaban un ratito esperando por si nos animábamos a volver con ellos. Ahora que estábamos más lejos de los límites del campamento, me sentía más valiente.

Ellos sacudían la cabeza.

—No van bien.

Nos advertían de que nos mantuviésemos vigilantes por si hubiera bandidos, francotiradores, animales salvajes que pudieran atacarnos, que no fuéramos por la carretera principal, que era demasiado abierta, y nos aconsejaban que atajáramos cuando pudiéramos por los senderos de montaña, y que nos mantuviéramos ojo avizor por si hubiera minas. Nosotros asentíamos, por ahora limitándonos a poner nuestra fe en Alá.

Empecé a preguntarme: «¿Seguirá ahí en pie la casa amarilla, o habrá sido bombardeada y destruida como tantas zonas del país?». Tenía que confiar en que siguiera ahí, intacta, en que algunas cosas no cambian. Tenía que creer en algo.

Caminar durante el día resultaba tedioso, pero parábamos solo para compartir la poca comida que acarreábamos entre todos o para encontrar agua en los arroyos de montaña. El horizonte era una línea borrosa delante de nosotros, pero al menos nos movíamos. Las noches eran aterradoras. Nos apiñábamos para mantener el calor y sentirnos protegidos. El anciano era amable y se aseguraba de que su familia me hacía sentir bienvenida. Ellos iban a seguir hacia Hazarajat, me dijo, y caí en la cuenta de que tendríamos que separar nuestros caminos antes o después. Ellos no querían acercarse demasiado a los combates de la ciudad. Pero, por ahora, estaba bien no estar aquí fuera sola en la larga carretera de regreso.

El anciano me recordaba a mi abuelo. Me permití recordar a Baba Bozorg y Maman Bozorg y la manera como nos habían recibido a todos en su mundo. Pensé en Baba Bozorg reuniendo a sus cabras en la ladera, moviéndose a zancadas seguras y orgullosas por el terreno montañoso y desigual, y las muchas preguntas que tenía para Baba, cómo quería saber todo lo que su hijo había aprendido y podía contarle, creyendo que Dil viviría una vida mejor, más fácil. Sentí un nudo en la garganta al pensar en Baba. El ansia por verlos a todos, por hundir la cabeza en el cuello de Madar y oler su pelo y su aroma cálido y reconfortante era tan fuerte que me picaban los ojos.

Empecé a hablar con ellos, con mi familia ausente. Al principio en silencio, en mi cabeza, mientras caminaba, tenía largas conversaciones con Madar, Baba, incluso con Javad. Había muchas cosas que me di cuenta que le quería preguntar. Me imaginaba jugando con Pequeño Arsalan, persiguiéndole por la ladera. Recordaba a Madar leyéndonos a todos, cómo su voz se alzaba en la noche. No podía pensar en Ara ni en Soraya, todavía no. Empujé esos recuerdos al fondo de mis pensamientos y me concentré, en cambio, en crear un mundo en mi mente en el que todos seguíamos juntos, donde había risa y esperanza. Eso fue lo que me impulsó hacia delante, y sentí que me iba haciendo cada vez más fuerte, día a día, apoyándome en ellos cuando me cansaba, buscando aliento en ellos. Era la voluntad de ellos la que me empujaba.

La carretera estaba llena de socavones, la superficie estaba rota y tenía algunas zonas de asfalto agrietado. Pero, en general, no era más que una pista de tierra con poca señalización. A ambos lados y hasta el horizonte se extendían los páramos, y al fondo había colinas de colores púrpura y rojizo. Yo iba atravesando este vacío apresuradamente, ansiosa por llegar a Kabul, a una vida que había bañado en un dorado y cálido fulgor de esperanza.

Caminar por las pistas de montaña no era fácil. El anciano no podía ir muy deprisa y progresábamos lentamente. A cada paso sentíamos la sombra del hambre. Yo intentaba no pensar en Ara ni en Soraya ni en el campamento, ni en los ojos de Aaqel allí de pie, solo, viendo cómo me marchaba. Lo aparté todo de mí. Lo único que mantenía en mi pensamiento era la casa amarilla.

El hijo y su mujer hablaban de la vida que iban a construir juntos, de una vida sencilla en las montañas, en algún lugar tranquilo donde pudieran vivir y cultivar comida y estar lejos de los combates. Serían una familia. Era como si hubieran decidido pasar por alto todo lo que estaba sucediendo a su alrededor y que la vida sería sencilla simplemente porque ellos así lo querían, así lo necesitaban.

Empecé a hablarles de Madar y de Baba, de mi familia.

Todos queremos creer que estos finales felices son posibles. ¿Es tanto pedir el ser feliz? Eso era lo que yo pensaba.

Las cosas se habían puesto peor, según nos contaban otros viajeros. Había muchos soldados en la ruta hacia Kabul. Íbamos a tener que andarnos con mucho cuidado al cruzar el puerto de montaña entre Khost y Gardez. Nadie cruzaba por allí a no ser que no tuvieran más remedio. Hicimos una parada en una aldea del camino; el anciano necesitaba descansar. Todos lo necesitábamos. Nos sentamos a la sombra de un grupo de cedros y el hijo fue a buscarnos más comida y más agua. Dependíamos de la amabilidad de los demás. Un anciano de la aldea salió a vernos; tenía preguntas sobre el campamento, sobre cómo era la vida allí. Le sorprendía vernos, nos dijo; la mayor parte de la gente se mantenía lejos de la carretera que llevaba a la ciudad.

—¿No lo han oído? —preguntó—. Kabul ya no existe. Todo el mundo se está marchando, en dirección a las montañas, a los campos, a Tayikistán, a Irán, a donde quiera que puedan escapar.

Ellos no pensaban abandonar la aldea, nos dijo, aunque había oído hablar de jóvenes partidarios de los talibanes que se dedicaban a incendiar pueblos enteros hasta reducirlos a cenizas.

—¿A dónde iba yo a ir? —dijo.

Aunque tenían poco, se mostraron hospitalarios, nos dieron de comer y pudimos descansar. Este contacto con otras personas, sin miedo ni peligro, me aturdía un poco. Cómo se me había endurecido el corazón en el campamento.

Me descubrí pensando en Ara y en Soraya. Quería enroscarme y hacerme una bola y dejar de moverme. Esperar hasta que las olas de tristeza pasaran sobre mí y pudiera volver a ver.

Los dos ancianos discutían sobre rutas. El viejo de la aldea nos dijo:

—Eviten Khost si pueden. Allí hay unas milicias diferentes. Esos soldados… son violentos. No se lo piensan dos veces a la hora de matar a la gente normal. A las mujeres, a los niños. Les da igual. Es imposible pasar por la garganta sin que ellos les vean. Serían un blanco muy fácil. Y toman reclutas.

Elevó una ceja, mirando al hijo del anciano.

—Y raptan a las mujeres.

Me recorrió un escalofrío.

Si no íbamos por la carretera de montaña hacia la ciudad, entonces ¿cómo íbamos a llegar? Los demás seguirían viajando más allá de Kabul, pero yo tenía la sensación de que el anciano había querido ayudarme como podía. Sus ojos se empañaron y se sentó a intentar resolver el problema mientras descansábamos protegidos del sol de mediodía.

Después de hablar con el viejo de la aldea durante un rato, y levantarse con esfuerzo del suelo, el anciano dijo:

—Entonces iremos por Sharana y Ghazni. Incluso en una montaña, siempre hay un camino. Tardaremos más, pero al final será más seguro. —Todos sonreímos con aprobación, sin ganas de ponerle fin prematuramente a nuestro viaje a manos de bandoleros de la montaña o de milicianos.

Yo sabía que me iban a llevar consigo lo más lejos que pudieran. Después, me quedaría sola.

Agradecimos al viejo su hospitalidad. Los aldeanos nos dieron *naan* relleno de *qabuli pulao* y agua para el camino, y nos desearon buen viaje. Un pequeño grupo de chicos nos dijo adiós con la mano, levantando polvo. Y empezó de nuevo la larga caminata.

Las montañas se cernían a ambos lados de nosotros, y avanzábamos lo más rápido posible, ansiosos por poner distancia entre nosotros y Khost. Ahora nos alejábamos de Kabul para poder llegar allí. Pensé en lo extraño que era el mundo, lo muy del revés que estaba. Me consolaban los pasos de los demás a mi alrededor.

185

Nadie se quejaba, aunque todos estábamos agotados y teníamos los pies resecos y machacados por el suelo de piedras, y nos sangraban los talones por las baratas sandalias de plástico que se repartían en el campamento. Estábamos ya muy lejos de allí, de nuevo en suelo afgano. Sentí que se me relajaban los hombros y que caminaba más erguida. Me sentía libre otra vez y me embebí profundamente de esa sensación, utilizándola para seguir adelante incluso aunque mi cuerpo quisiera parar.

Caminamos durante varias horas más y la carretera estaba tranquila. No vimos camiones humanitarios ni controles. Solo polvorientos caminos rojos, cada vez más estrechos, extendiéndose hacia los puertos de montaña; arbustos y árboles nudosos que punteaban el paisaje. En las laderas de la montaña había grandes rocas pegadas a la tierra seca y arenosa. La primavera casi había llegado, pero aún no se habían producido lluvias intensas. Pensé en la aldea de mis abuelos y apuré el paso. No quería que en este viaje me atrapase una gran roca al caer, o un corrimiento de tierras húmedas. No pensaba morir de esa manera. Bastante había perdido ya a manos de la naturaleza.

La respiración del anciano se había hecho pesada y trabajosa. Se llevaba la mano al pecho. Nos paramos. Se apoyó en su hijo, un amistoso agricultor con la expresión abierta típica de las montañas, flaco y cansado tras meses en el campamento.

—Tenemos que parar —dijo el hijo.

El viejo no podía caminar más. Abajo, a bastante distancia, se veía otra carretera.

—Descansemos aquí… recemos. Llegará la ayuda —dijo la mujer.

Yo no quería parar, pero tampoco quería abandonar a estas personas que me habían permitido viajar con ellos. Oteé el horizonte buscando algún vehículo, alguien, cualquiera a quien pudiéramos pedir que parase a ayudarnos. No había señal alguna de vida. Y entonces, tras lo que parecieron horas, mientras el día se enfriaba camino del ocaso, vimos que llegaba algo por la carretera de abajo, levantando una pequeña nube de polvo tras de sí. Era un camión con hombres armados. Se nos cayó el alma a los pies; no podíamos escondernos y además el anciano estaba mal, demasiado débil para moverse. Así que el hijo me condujo con él, ladera abajo, hasta el centro de la carretera.

—Les pediremos que paren —dijo—. No te preocupes. No dispararán a una niña.

Yo no lo tenía tan claro, pero fui con él y esperamos, agitando las manos en el aire hasta que el camión, que se iba acercando, nos vio y fue frenando.

El conductor nos escudriñó con cautela. Entonces bajó de un brinco de la parte de atrás otro hombre, que se nos acercó. Nos miró a los cuatro; vio al anciano tendido en el polvo más arriba, en la montaña. Juzgó la situación.

—Por favor —dijo el hijo.

El hombre levantó la mano haciendo una seña cansada. No quería hablar. Seguía evaluando si ayudarnos o dejarnos aquí en la cuneta. No dirigirnos la palabra hacía que la decisión fuera más fácil, porque era como si no existiéramos. El anciano lanzó un grito de dolor. Yo me llevé la mano debajo del pañuelo para palpar la cadena de oro de Ara. El conductor calentó el motor, ansioso por proseguir la marcha. Todo el mundo tenía miedo de una emboscada, de convertirse en un objetivo.

—Ayúdennos —dije—. ¡*Komak*!

Miré al hombre fijamente a los ojos. Volvió a mirarnos a todos una vez más. Dio una patada a la tierra y luego subió con nosotros a donde yacía el viejo y nos ayudó a levantarle. Entre el hijo y él llevaron al anciano abajo y lo montaron en el camión, echado sobre una lona. El camión estaba lleno de cajones de embalaje. Semillas de amapola. Opio. A nosotros nos daba igual. No diríamos nada y nos la jugaríamos. El hombre lo sabía, así que nos subimos todos con el viejo.

—Vamos a Ghazni —nos dijo.

Yo di las gracias a Alá. Este era nuestro segundo golpe de buena suerte. El conductor nos pasó naranjas para comer. Yo me dormí enseguida, mecida por el bamboleo del camión, agotada de la caminata, exhausta por el miedo tanto como por la esperanza. Me imaginaba a Madar acariciándome la cabeza, tranquilizándome. Cuando me desperté, el camión se había parado en Ghazni. Era de noche. Los demás se habían ido, abandonándome a mi descanso, y estaba sola de nuevo.

Me daba pena que se hubieran marchado sin decirme adiós. Querría haberles agradecido su bondad por haberme dejado caminar con ellos, pero tal vez fuera más fácil de esta manera que despidiéndonos a la luz del día. Yo sabía que el anciano no quería dejarme marchar sola hacia Kabul. Me pregunté si habría sobrevivido al viaje. La gente no paraba de desaparecer. Me estaba insensibilizando ante ello.

Levanté la lona y bajé resbalando del camión, que ya tenía los cajones vacíos; no quedaba ni el conductor. Levantándome el pañuelo para taparme la cara, empecé a explorar la ciudad de los minaretes. Los edificios seguían dormidos y mis pasos eran leves para no hacer ruido. No quería sobresaltos en esas calles vacías.

Encontré un pozo y, apoyándome en la palanca, estuve bebiendo un buen rato. Me lavé el pelo y la cara para quitarme el polvo del largo camino. Aquí no parecía que hubiera combates. Estuve sentada otro largo rato contemplando los antiguos muros de la ciudad y el cielo nocturno. Pensé en Ara, en su cuerpo boca abajo en el arroyo. Qué fácil era desaparecer. Un temblor me recorrió por dentro al recordar su cara, el horror que había en sus ojos. No era así como quería acordarme de mi hermosa hermana. Quería recordarla riendo, con la mirada encendida; Ara cantando y bailando, llena de amor y de esperanza. Eso era lo que escogería recordar, y esta fue la promesa que me hice a mí misma. Llevaría a mi familia conmigo, ellos me guiarían. Mis dedos recorrieron la cadena de oro que me rodeaba el cuello. Desde Ghazni se tardaba dos o tres días en llegar a pie a Kabul.

Decidí no separarme de la cadena a no ser que fuera realmente necesario; iría andando hasta la ciudad. Ya había llegado hasta aquí.

Alá o la buena fortuna me habían protegido. Yo iba a estar a salvo, y llegaría a la casa amarilla. Convencida de ello, busqué las señalizaciones en las calles, perdiéndome por callejuelas hasta que encontré el punto en que la calle se ensanchaba y conducía, en un sentido, a Kandahar, y en otro, a Kabul. Aunque era una noche cerrada y no se veía nada aparte de las estrellas, me puse a caminar hacia la ciudad. La noche era fría, así que sentaba bien moverse, poner un pie delante de otro. Cada paso me llevaba más cerca.

CAPÍTULO 20

Levanto la mirada de lo que estoy escribiendo y me froto los ojos, que me duelen por la claridad de los focos del techo. El tren se bambolea un poco, de lado a lado, inclinándose sobre las vías. El aire del interior del vagón está caliente, húmedo, pero afuera hace frío; es el final de los meses de invierno. A mi alrededor en el vagón, los otros viajeros juegan a las cartas, beben y se cuentan historias para pasar el rato. Por las noches la atmósfera del tren cambia. Se carga de vivacidad. En lugar de mirar al exterior, la oscuridad de la noche nos obliga a todos al compañerismo y a la intimidad. Algunos de los viajeros (los belgas, uno de los rusos) han intentado que me ponga a hablar con ellos, pero yo me quedo callada, con la cabeza escondida en mi libro o en mi cuaderno. Evito todo contacto visual. No quiero tener que compartir mi historia con esta gente para quien no seré más que una curiosidad por la que sentir lástima. Napoleón es diferente. A él le importa. Él muestra sus propias heridas. No ofrece falsas esperanzas ni promesas vacías. Bastante es que venga a sentarse cerca de mí y que yo sepa que no estoy sola.

Cuando pienso en mi viaje, en cómo he llegado a estar aquí sentada en el tren, en que tengo una oportunidad para vivir una nueva vida lejos de todo lo que ya ha pasado, echo la vista atrás y a quien veo es a esa chica en las afueras de Ghanzi. Está de pie en medio de la carretera contemplando las estrellas en lo alto, escuchando, aguardando por si le dicen algo, por si pudieran guiarla en

190

caso de que ella fuese capaz de oírlas. Si fuera capaz de detener el rugido de mi corazón durante el tiempo suficiente como para oírlas.

Es raro unir los pedazos de tu pasado; redactarlos como una serie de impresiones, acontecimientos, momentos en el tiempo. Al principio, durante mucho tiempo, no pude escribir nada. Solo podía contemplar lo ocurrido de reojo, imaginando que era cualquier otra alma infortunada a quien le había ocurrido todo aquello. Y sin embargo, no todo es tristeza. Todavía no me ha destruido. Con la ira solo recorres un trecho del camino. Así que cuando más perdida me siento, escojo recordar esas cosas que me ayudan a sobrevivir. Escojo el amor.

CAPÍTULO 21

Esa noche no me atacó ningún animal ni se me acercó ningún extraño. La carretera era solo para mí y, desde el cielo, las estrellas, silenciosas, dirigían el camino. Caminé con paso firme, y cuando la luz de la mañana se llevó la noche, estaba ya muy lejos de Ghazni, escalando cada vez más alto en las montañas hacia Kabul.

La carretera era abierta, y yo sabía que a la luz del día mi presencia no iba a pasar desapercibida. Una chica joven caminando sola en mitad de ninguna parte iba a atraer la atención seguro.

Mi paso se fue ralentizando porque a cada rato me salía de la carretera para esconderme detrás de rocas o de arbustos, cuando oía el sonido de vehículos acercándose. Como no tenía a nadie que me protegiese, escogí protegerme a mí misma. La muerte de Ara me había enseñado que no había que confiar fácilmente en los desconocidos. Me pasé el día así, saliéndome de la carretera a esconderme cada vez que aparecía un coche o un camión. Al llegar la noche me sentía agotada y débil, pero no había cubierto mucho camino, así que decidí buscar refugio durante unas horas para descansar y dormir. Busqué un arroyo de montaña donde beber y fui comiendo mordisquitos pequeños y cuidadosos del *naan* que llevaba encima desde la parada que hicimos en aquella aldea de camino a Khost. Me dolía el estómago, pero ya no me importaba. Cuando desperté varias horas después, fría y agarrotada, me sentí protegida por la oscuridad, y emprendí el camino de nuevo, ahora apresuradamen-

192

te, sin que me molestaran los vehículos al pasar ni las miradas curiosas.

Mientras caminaba en la oscuridad me imaginaba a Madar y a Baba a mi lado, animándome, cada uno cogiéndome de una mano y balanceándome entre ellos con suavidad.

—Venga, Samar, ya no queda mucho. —Me alzaban en alto, sacudiéndome la tristeza de encima.

Tiraron de mí por las noches. Por el día dormía, buscando algún refugio apartado de la carretera. Madar y Baba no se movieron de mi lado.

Así fue como llegué a las afueras de Kabul dos días más tarde. Me sangraban los pies, los tenía llenos de cortes, y las sandalias se me clavaban en la piel. Estaba a punto de derrumbarme, después de haber comido tan poco durante tantos días. La ciudad parecía un espejismo allí en el valle, acercándose y alejándose según avanzaba hacia ella.

Se oían tiros y bombas en todos los puntos de Kabul. Había edificios incendiados o abiertos en canal al cielo. Caminé durante horas para alejarme de las arterias principales de la ciudad, acercándome cada vez más a Shahr-E-Naw, al viejo parque y a la casa amarilla que estaba detrás. Me dolía el cuerpo y quería parar, pero el sonido de las bombas en el otro extremo de la ciudad no me dejaba estarme quieta. Hacía tiempo que no había árboles, y encontraba poca protección al moverme entre las sombras de un edificio al siguiente, corriendo por calles abiertas ahora casi vacías de coches, autobuses y bicis. Kabul ardía, todo el mundo huía o había huido ya, y los que permanecían allí se aferraban a las sombras. El corazón me golpeaba el pecho con fuerza. Si la casa no estaba en su sitio, ¿qué hacer? ¿A dónde ir?

Al aproximarme por fin a mi antiguo barrio, eché a correr, sin importarme ya quién pudiera verme. Tenía que saber. Pasé lo que en su día fue el parque en el que yo jugaba con Javad, Ara y Omar. Seguí adelante hasta que por fin la pude ver: la casa amarilla todavía estaba ahí, contemplando Shahr-E-Naw desde su altura.

Solo cuando llegué a los muros de la *kala* se me ocurrió pensar que ahora tal vez viviera alguien allí. Hice una pausa durante un momento, mientras mi mano abría silenciosamente la verja. La casa estaba en silencio. No vi señal de que hubiese sido ocupada, aunque sí parecía estar dañado el techo y una de las paredes. Una vez en el patio, di la vuelta por un lado del edificio hasta dar con la ventana baja, y recorrí el marco con los dedos. La ventana se abrió con un ligero empujón y yo me levanté y entré por ella, aterrizando en el otro lado. La habitación estaba a media luz. Una espesa capa de polvo cubría las baldosas y el alféizar de la ventana. Avancé de puntillas por la casa, de habitación en habitación. La habían saqueado, la mayoría de los muebles habían desaparecido años atrás, y las cosas parecían haberse ido quitando de un modo casi ordenado, retirándolo todo sin revolver. Había polvo por todas partes. No vi señal de que hubiera habido alguien allí en mucho tiempo. En la cocina, el polvo flotaba en el aire, en la luz que entraba por el agujero del techo. Caminé con cuidado. Lo sabía todo sobre las minas gracias a los niños y a los adultos que veías con muletas por el campamento, con los miembros arrancados a causa de un solo paso en falso. La puerta de la cocina al jardín crujió sobre sus goznes cuando la empujé.

El jardín estaba más crecido y salvaje de lo que lo recordaba; la hierba estaba alta y los árboles le daban ahora más sombra al patio. Una fina película de polvo también lo cubría allí todo. Y en el centro se erguía el almendro, a rebosar de flores, con pétalos blancos y rosa pálido, y en la base del árbol, sin tocar, las hojas de las flores de azafrán que Madar había plantado hacía tantos años.

Fui y me senté debajo, abrazando el tronco, dejando que la tierra se levantara bajo mis dedos. Reí. De mi interior salía puro júbilo. Era casi demasiado que la casa siguiera en su sitio, con el árbol, el jardín. Me tendí sobre la tierra roja mirando al cielo como había hecho antes tantas veces, y sentí que la felicidad y el amor fluían por mi cuerpo dolorido. Ahora que estaba en la casa amarilla, mi cuerpo se derrumbó sobre sí mismo, al dejar de luchar por conseguir un objetivo. Me quedé dormida al aire libre, medio escondida en la alta hierba, una figurilla enroscada bajo el cálido sol de la mañana. Seguía teniendo el viejo *patu* de Omar enrollado alrededor de mi cuerpo, y cuando me desperté no estaba lejos el ocaso.

Decidí que seguiría durmiendo fuera. La mayor parte de nuestras pertenencias habían desaparecido, pero quedaban unas viejas mantas, y también me enrollé en ellas. Debajo del árbol, aunque se oyeran disparos en la ciudad, me sentía más segura que en ningún momento desde el terremoto.

Cuando dormí, soñé con una época en la que estábamos todos juntos en la casa y Madar me cantaba una nana dulce y grave, y sus manos me acariciaban la cabeza. Luego, en el sueño, ella se ponía a cavar en el suelo, arrancando las flores y escarbando con las manos, llenándose las uñas de tierra. Me desperté sobresaltada por el sonido de algo que se movía entre las hierbas. Observé y entonces vi a un gato de ojos dorados escalar por el muro y desaparecer por el otro lado. Me alivió que se fuera.

Las manos de Madar cavando… La imagen se me había quedado alojada en la cabeza y me puse a pensar en aquellos últimos días antes de marcharnos de la casa amarilla. Ocurrió la discusión entre Madar y Baba, y luego ella se puso a recoger… ¿qué cosa? Imposible estar segura.

Levanté la mirada hacia la ventana que daba al patio y me vino una imagen de mí misma de muy pequeña, de pie en la ventana contemplando el árbol a la luz de la luna. Había una caja. Junto con las flores, ella tenía también una caja. ¿Qué había pasado con aquella caja?

Empecé a arrancar el azafrán, para encontrar los sitios donde la tierra estuviera más floja y pudiera moverse. Al principio la tierra estaba dura y tuve que dar con los talones para soltarla. Luego cavé por las raíces del árbol sin saber muy bien por qué, hasta que mis nudillos chocaron con la superficie de madera dura de una caja grande. Esto era lo que estaba haciendo. Esto era lo que quería esconder. Ahora sí lo recordaba: la dejó caer en un agujero, se limpió la cara con el antebrazo, y plantó las flores encima. ¿Qué podía ser tan preciado para ella que había de protegerlo, pero no quería llevarlo consigo? Ahora me temblaban las manos. Apenas podía creer que, en medio de todo el caos y la destrucción, este lugar hubiera quedado intacto. Algo real que poder tocar. Un pequeño milagro.

Saqué la caja de su agujero a la luz solamente de las estrellas, y de los destellos intermitentes de las deflagraciones. La caja era pesada. El candado se me resistió, y al final tuve que coger una piedra del suelo para hacer palanca y poder abrirla. Al levantar la tapa, vi una tela envuelta alrededor de… Vacilé. ¿Aprobaría esto Madar? ¿Querría ella que yo encontrara esto, fuera lo que fuese? Pensé en ello por un momento.

Cuando mueres, yo no creo que desaparezcas en el polvo. Te entierran, sí. Pero qué hay de tu alma; no estoy tan segura de que esa parte pueda aprisionarla ni la tierra más pesada. Aunque Madar estuviera perdida para mí, aunque todos hubieran desaparecido, yo seguía sintiendo la presencia de mi familia conmigo. Y en ese momento una brisa liberó nubes de pétalos que cayeron del árbol. O estaba allí Madar sacudiéndolo para pedirme que parara, o lo sacudía para decirme que me diera prisa y abriera esa caja, o no estaba allí en absoluto. Tras dedicarle un rato a pensar en este asunto, decidí que ella querría que la abriese.

Desenvolví la tela, raída y amarillenta, lo más deprisa que me permitían mis dedos, agarrotados ya por el aire frío de la noche. Del hatillo salieron bolsitas de plástico con fotografías, cartas, papeles, dinero. Era una caja de tesoros ocultos. Madar había enterrado sus secretos allí, debajo del almendro.

Incluso con la luna en lo alto del cielo y los destellos ocasionales de los cohetes, no había suficiente luz para leer las cartas. Las puse a un lado. Abrí una de las bolsas de fotografías y escudriñé las imágenes. Algunas eran antiguas, de color sepia; otras eran fotos de nosotros, de los niños, de pequeños, y de Baba y Madar, algunas de Arsalan. Era difícil distinguir las imágenes. Recorrí con los dedos los bordes de las fotos y tracé el contorno de las figuras. Cada capa de los contenidos de la caja desvelaba nuevos hallazgos. Había dinero, fajos gordos de billetes atados, nuevamente cubiertos de plástico para protegerlos. Un dinero que, por la razón que fuera, había decidido no llevar consigo a las montañas. Me sentía confusa y exhausta. Estas eran cosas que ella quería guardar, proteger. ¿Pensaba que iba a volver? ¿Por qué no se había llevado esta caja consigo? Arrastré la caja hasta el interior de la cocina, justo al otro lado de la puerta, fuera de miradas fisgonas. Por el día los vecinos, los que quedasen, podían asomarse al interior del jardín. Yo no quería llamar la atención. Volví a aplastar la tierra a patadas, llenando el agujero otra vez, colocando las flores que se habían soltado.

No podía dormir a pesar de estar agotada, demasiado cansada y también demasiado emocionada por el hallazgo. Me senté junto al árbol, con los ojos semicerrados, esperando la luz del alba, para poder leer las cartas y ver qué era aquello que no podía llevar consigo. Quería ver qué era aquello que no era capaz de destruir. Me sentí cerca de ella sosteniendo esos papeles, cerca de los demás al ver sus siluetas borrosas en las fotografías. Algo era. Era una felicidad inesperada.

Durante toda la noche se sucedieron los estallidos de los bombardeos, como un espectáculo de fuegos artificiales sobre la ciudad. Al final, exhausta, dormí durante las últimas horas de oscuridad.

La luz abrió el día. La casa amarilla emitía un fulgor rosado y oro al entrar el sol oblicuamente entre las montañas. El aire era fresco, pero no tenía demasiado frío, envuelta como estaba todavía en el *patu*. Había tenido un sueño profundo, el primero en muchas noches desde que empezó mi camino hacia Kabul.

Detrás de la casa había un pozo. Fui en busca de agua pronto para evitar ser vista. Las calles estaban desiertas y a la luz del día pude echar un primer vistazo a la ciudad: había agujeros enormes, abiertos como haciendo filas irregulares de dientes ennegrecidos donde antes hubo edificios, las humeantes carcasas de antiguos hogares, un humo gris azulado que enviaba señales por todo el valle. Las arterias principales de la ciudad, que normalmente estaban atestadas de coches y carros y gente en bicicleta corriendo al trabajo, estaban todas vacías.

Era como si la ciudad se hubiese quedado desierta. Al mirar a mi alrededor, vi que también las casas del vecindario parecían abandonadas, como si la gente que una vez vivió allí se hubiera levantado y se hubiera marchado para nunca volver. Intenté recordar a las amigas de Madar y a los niños con los que había jugado en el jardín. Visualizaba caras, recordaba voces, sombras que se agachaban para acariciarme la cabeza, risas ante nosotros, los niños, mientras jugábamos juntos en la *kala*. Todo eso ahora había desaparecido.

El agua del pozo salía fresca y limpia. Me lavé la cara y las manos y bebí. Me asombraba lo poquito que necesitaba para sobrevivir, lo acostumbrada que estaba ya a pasar días sin comer de verdad, sin apenas agua, sobreviviendo a base de ira y esperanza, una emoción alimentándose de la otra.

No había encontrado aún lo que esperaba. No había señales de Omar en la casa amarilla. Ningún mensaje, nada que indicase que hubiera regresado a Kabul, que estaba bien, vivo, buscándonos a todos. Dondequiera que estuviera, no era aquí. Esta decepción me pesaba. Tenía que cambiar de plan. Si él no había venido a la ciudad, sería yo quien tendría que encontrarle. La reunión que tanto había anticipado tendría que esperar. Yo le creía vivo principalmente porque no me hablaba como sí hacían Madar y Baba y los demás. Cuando cerraba los ojos nunca podía verle ni oírle. Así que tenía que estar en alguna parte, por ahí afuera, razonaba.

Por ahora me tendría que conformar con la caja de tesoros nada más. Me apresuré de vuelta a la casa y entré, mirando a mi alrededor para comprobar que nadie me veía. Saqué la caja una vez más y me senté en la alta hierba, retirada de la vista en un rincón sombreado del jardín.

Primero miré las fotos. Había una foto de todos nosotros con Arsalan guiñando los ojos frente al sol. Estaba de pie detrás de los niños, que estábamos todos delante en fila, y apoyaba el brazo sobre el hombro de Baba, con Madar sentada en una silla junto a nosotros. Estaba sacada antes de que naciera Pequeño Arsalan, cuando no éramos más que Omar, Ara, Javad y yo. Un amigo de Arsalan se había pasado ese día por la casa y nos sacó un rollo entero de fotos mientras jugábamos fuera, y había una de Javad sentado junto a la puerta con una expresión muy seria; una de Omar, Baba y Javad con Arsalan; una de Ara, Madar y yo; una de mí sentada en el patio riendo al sol. Toqué nuestros rostros.

Ahora sabía cuál era la razón de que hubiera tenido que volver a la casa amarilla, sabía que Madar me había traído aquí para estar cerca de todos ellos. Sentí algo que estaba a medio camino entre el dolor y la felicidad. Me llevé la mano al corazón para soltar toda la pena que llevaba encima desde el terremoto, desde el campamento. Me temblaban los hombros, y dejé que mis lágrimas cayeran sobre las altas hierbas. Las polvorientas flores de azafrán se las bebieron.

Vi otra foto que centelleaba al sol, más antigua: esta era de Madar de joven. Tenía en ella un aspecto increíblemente hermoso, y muy diferente. No llevaba pañuelo. Miraba altivamente a la cámara, con la cabeza descubierta. Tenía el pelo largo y suelto, y sus ojos, oscuros como los de Ara, estaban clavados en el objetivo. Una leve sonrisa jugaba en las comisuras de sus labios. En el reverso estaba escrito *Mi amada*. Contemplé la foto una vez más, sorprendida. Parecía joven; dieciséis años, tal vez diecisiete, no mayor de esa edad. Caí en la cuenta de que esto tenía que ser antes de conocer a Baba. ¿Cómo podía entonces ella ser la amada? ¿Quién había escrito en el reverso? ¿La abuela? Por lo que contaba Madar, no me hubiera imaginado a su madre llamando a nadie «amada», mucho menos a Madar. ¿Entonces, por qué tenía ella esta foto? ¿Y por qué esconderla? Le estuve dando vueltas, indecisa y preocupada.

La siguiente foto estaba desenfocada, pero era de un grupo de hombres jóvenes. La miré con más detenimiento. Dos de ellos tenían rifles al hombro. Vestían camisas de manga corta color caqui, pantalones y botas pesadas. Al fijarme en los rostros de los hombres, vi que uno parecía una versión más joven de Arsalan, y otro era idéntico a Baba. Y allí, en la esquina de la imagen, borrosa y difícil de distinguir, había una mujer vestida igual, que apartaba la mirada de la cámara, con el pelo recogido en una larga trenza. La imagen tenía mucho grano, pero se parecía a Madar. Esta imagen para mí no tenía ningún sentido. Le di la vuelta. El reverso no mostraba ninguna marca, no estaba fechada, pero la foto tenía una arruga en el centro, como si la hubiesen guardado durante muchos años en el bolsillo de una camisa o de un pantalón. La miré durante mucho rato, hasta que las caras se emborronaron. Eran ellos. Estaba segura.

Tomé la siguiente imagen de la pila. Era de Arsalan de joven, la misma pinta llena de fuerza e intensidad, la misma sonrisa en los ojos. En el reverso decía: *Para mi querida Zita*. El mote de mi madre, el nombre por el que él siempre la llamaba. Contemplé la imagen, dándole la vuelta una y otra vez, trazando la caligrafía con la punta de un dedo oscurecido por haber estado cavando, tan sucio que ni el agua del pozo lo podía limpiar, de tan hundida que estaba la tierra bajo mis uñas cortas y mordisqueadas. Volví a mirar la foto de Madar de joven. La letra era la misma en ambas. Me mecí adelante y atrás en la hierba y exhalé, como si me hubieran cortado el aire de un puñetazo. La cabeza me zumbaba.

¿Pero Madar y Arsalan no se habían conocido ya de estudiantes en la universidad? Eso era lo que Madar y Baba nos habían contado, una y otra vez. ¿Cómo podía ser que se conocieran de antes? ¿Y qué eran el uno para el otro? La intimidad del tono me había escandalizado. ¿Y qué había de esta otra foto, de los tres vestidos con no sé qué uniforme? Nada tenía sentido.

Yo siempre había entendido que Arsalan era amigo de mi padre. ¿No se habían conocido de niños, en las montañas? ¿No había apoyado Arsalan la educación de mi padre? ¿No lo había traído a este otro mundo? Pensé en todas aquellas conversaciones en la casa amarilla entre mis padres y Arsalan. Ni una sola vez habían hablado Baba y Arsalan de haber combatido juntos. Se burlaban de los muyahidines, de las peleas constantes entre tribus y facciones, les habían tenido cautela; ¿no era así? ¿No habían apoyado Madar y Baba en secreto a los soviéticos durante su etapa universitaria, con sus charlas sobre la igualdad y el bien común? ¿O acaso esa no era la verdad? ¿La verdad había sido alguna otra cosa? Me di cuenta de que nunca me había planteado ni había cuestionado esta parte de la vida de mis padres, nunca había tomado en cuenta que ellos tenían sus propias vidas, sus propios secretos. Nos habían contado su historia y yo me la había creído. ¿Por qué no habría de hacerlo?

Recordé la muerte de Arsalan, su cuerpo colgado del almendro. ¿Qué había pasado? ¿Por qué?

Las preguntas surgían dentro de mí ahora una detrás de otra. Se me levantó dolor de cabeza.

Rasgando la bolsa de plástico de las cartas, las vacié en una pila sobre mis rodillas. Las hojeé, temblando al sostener en mis manos las palabras y el papel, sabiendo de alguna manera que la mera acción de leerlas, de mirar estas fotos, era ilícita. Levanté la mirada. Desde mi escondrijo en la profundidad de las sombras y de las altas hierbas, estaba segura de que no me descubrirían, pero aun así me sentía inquieta. No sabría decir qué sería peor; que me pillasen leyendo los talibanes, o que Madar me viera abriendo estas cartas, cartas que ella nunca quiso que yo leyera. Con la misma dosis de ansiedad que de curiosidad, leí la primera nota que había salido de la bolsa. Era evidente que la habían desdoblado y leído muchas veces.

> *Mi amada Zita:*
> *Te echo de menos en cada momento de cada día. Cuento los días hasta poder estar juntos de nuevo.*
> *Deberías estar aquí con todos nosotros. Necesitamos tu corazón guerrero para que nos guíe. Sin ti me temo que nos falta de todo. Sin ti, tengo miedo. Tú, que siempre sabes cómo es mejor que actuemos.*
> *Mi amor,*
>
> *A*

Abrí la siguiente carta con manos temblorosas.

Mi amada:

No sé cuándo volveré a verte, ni si te volveré a ver. Las cosas aquí nos han ido mal. Hemos perdido a muchos de los hombres. A Dil y a mí nos preocupa no salir nunca de aquí. Cuento los días que paso lejos de ti. Ansío que estés aquí con nosotros, pero luego sé que es mejor que no estés. Estás a salvo. Eso es lo único que importa. Le he dado esto al muchacho. Si logra llevártelo, cuida de él. Está muy roto.

Te echo de menos, mi amor.

A

Visualicé a Arsalan, pensando en cómo miraba a Madar. Le recordaba inclinándose sobre ella en el quicio de la puerta. Aquella forma tan íntima que tenían de hablar; y esa infelicidad en el corazón de lo que había entre ellos. Les recordaba discutiendo. Lo triste que se volvió Madar cuando estaba él delante. ¿Lo sabía Baba? Tenía que saberlo. ¿Pero cómo es que se casó con Baba? ¿Y nosotros? ¿Dónde quedábamos nosotros en todo esto? Lo que me había parecido tan claro se nubló en mi mente.

La siguiente carta de la pila había sido leída muchas veces, y sus arrugas habían desgastado el papel; la caligrafía era pequeña, densa, ensortijada.

Z:

El chico trajo tus noticias. Ahora comprendo por qué no te uniste a nosotros. Perdóname. El León me necesita aquí. No debo abandonar ahora que estamos tan cerca de la libertad. Te mando a Dil para que te cuide. No puedes hacer esto sin su ayuda. Es una cuestión de honor, no de orgullo. Confía en mí. No hables con nadie acerca de esto. Haz lo que te diga. Él te lo explicará todo. Eso me lo debe y, además, ya está enamorado de ti. Ya encontraré yo la manera de arreglar esto.

A

¿Baba estaba en deuda con Arsalan? Me costaba comprender, darle sentido a todo aquello. ¿Qué había de la historia de una amistad forjada en la montaña? ¿Cómo podían estar por ahí combatiendo en alguna parte cuando Baba nos había dicho que él estaba en la universidad, que conoció a Madar en una reunión en las cuevas? ¿Qué estaba mandado Arsalan hacer a Baba? ¿Qué noticias? Le daba vueltas a unas y otras ideas una y otra vez en mi cabeza. Nunca debí abrir las cartas. Con razón las había enterrado. Todo amor tiene sus secretos.

Me dolía el estómago de hambre. Me dolía la cabeza. Quería seguir leyendo, pero también quería quemar todas las cartas, terminar con todo de una buena vez.

Al pensar ahora en la cara de Omar, veía en sus rasgos a Arsalan, no a Baba. Pero es que todos nos parecíamos mucho, al menos Omar, Javad, Ara y yo. ¿Y qué había de Pequeño Arsalan y de Soraya? Me lo preguntaba. Ellos eran más oscuros, más serios, con los ojos de Baba y su obstinada determinación. Yo ya no sabía nada. No estaba segura de nada.

Estuve repasando las imágenes de nosotros en la casa amarilla. No podía comprender el mundo de los adultos. Me sentía como si toda mi familia hubiera sido una mentira construida sobre más mentiras.

Le di una patada al árbol y tiré de sus ramas, desperdigando las flores por todo el patio. Di patadas a la tierra y a las flores, luchando contra todas las medias verdades escondidas, contra las cosas que nunca nos contaron.

¿Qué había de mi amor por Baba, y del suyo por mí? ¿Era lo mismo o no lo era? ¿Y Baba Bozorg? ¿Maman Bozorg? ¿Qué familia teníamos cualquiera de nosotros? Tenía una sensación de desdicha, pero no estaba segura de por qué. Algo precioso se había perdido para siempre.

Volví a mirar la foto de los jóvenes vestidos de caqui con la chica en el borde de la foto, sin mirar a cámara. ¿Era Madar? No podría decirlo. Pensé en Madar y en su corazón guerrero.

Esperaba haber heredado también eso. Lo iba a necesitar para lo que viniera a continuación.

CAPÍTULO 22

El tren se ha detenido con una sacudida.

Oigo a otros pasajeros que se ponen de pie, estirándose en sus compartimentos, algunos de ellos salen al pasillo a mirar por las ventanas.

—¿Qué está pasando?

—¿Por qué hemos parado?

Todo el mundo se pregunta lo mismo, esperando que alguno dé con una respuesta.

Napoleón está avanzando por el vagón. «No se asusten», va diciendo, y su voz sube de volumen al acercarse.

—No son más que unos animales cruzando las vías. El conductor los retirará muy pronto y seguiremos nuestro camino. Por favor, quédense en el vagón. No vamos a parar mucho tiempo. ¡No quiero perder a ninguno de ustedes!

Los turistas se ríen, alargando los cuellos más para ver si pueden vislumbrar lo que sucede delante del tren. Sucesos como estos se convierten en pequeños acontecimientos que hay que disfrutar durante el viaje, en sus momentos álgidos. Rompen los interminables panoramas cambiantes y unen a todos los viajeros.

—¿Lo hará?

—No lo sé; esos ciervos pueden ponerse cabezotas.

—¿Es un ciervo?

—Eso creo.

Y así siguen, todo el vagón tejiendo una historia sobre lo que está pasando, aunque ninguno de ellos, ni siquiera los que tienen binoculares, puede ver en realidad lo que hay al otro lado de la curva que traza el tren, que es la curva de la vía. De modo que nos inventamos los detalles.

Por fin el tren arranca de nuevo, primero con una lenta sacudida que lanza a algunos viajeros a chocarse contra otros, o con las afiladas manijas de las puertas. Qué incómodo para algunos, me imagino, mientras miro cómo un turista gordo hace una mueca al tropezar y caer de bruces.

—Muy bien, todo el mundo, allá vamos —dice Napoleón, bajando por el pasillo, dando pasos seguros porque hace años que viaja en tren, y contempla la torpeza de sus pasajeros con una mezcla de compasión y buen humor.

—Ahí tiene. —Le ofrece un brazo para apoyarse al hombre, que tiene los ojos enrojecidos por el vodka de primera hora.

Se oyen risas por todo el vagón y regresa el jolgorio, ahora que la aventura ha terminado bien.

Cuando el tren pasa por los pinares, en el borde de la vía veo a los ciervos galopando hacia el bosque; todos menos uno: un animal caído, herido, en mitad de un charco enrojecido. Vuelvo a mirar, pero ya lo hemos dejado atrás según el tren coge velocidad. La taiga no es lugar para los débiles o los heridos. Pienso en las carroñeras que pronto descenderán y se pondrán a trabajar en su cadáver, mordisqueando hasta dejarlo pelado.

Retomo mi historia donde la dejé, allá en la casa amarilla.

CAPÍTULO 23

Mis esperanzas de encontrar a Omar en Kabul se desvanecían. Por las noches, los bombardeos y los combates se iban aproximando. Era hora de marcharme. Decidí llevarme cuanto dinero, cartas y fotografías pudiera esconder repartido por mi cuerpo, con las bolsas enroscadas y atadas bajo el viejo *chapan* y el *salwar kameez* que llevaba. En su día perteneció a Javad, pero ya se había quedado ralo y tenía las mangas raídas. Me planteé dejar las cartas. Sentía la tentación de quemarlas, pero algo me detuvo.

—Se las enseñaré a Omar —pensé—. Él me ayudará a encontrarle sentido a todo. —Me estaba convenciendo a mí misma de que no era sino cuestión de tiempo hasta que le localizara y pudiéramos volver a estar juntos. En el piso de arriba seguía habiendo un par de botas gastadas de Omar, olvidadas en su día y abandonadas hace años. Me las puse también, soplando el polvo que las cubría. Aún me quedaban grandes, pero me recordaban a mi hermano y eran algo a conservar.

Me miré en el espejo. Iba a ser difícil pasar desapercibida en las calles de la ciudad. Me miré el largo cabello antes de apartármelo de la cara. Así me parecía más a Javad. Me subí a una silla rota en la cocina. Manteniendo con cuidado el equilibrio, me estiré para llegar a lo alto de la puerta y ahí, intacto todavía sobre el borde, estaba el cuchillo de Arsalan. Ahí es donde solía guardarlo, por si acaso se producía un ataque, decía, aunque nunca mencionaba el nombre de quien temía que viniera a por él, y además al final no le hubiera servido de nada. Mis dedos agarraron el mango y la funda de cuero, y me bajé tambaleando de la silla, sosteniendo el cuchillo lejos de mí.

Me fui al espejo, ahora manchado y polvoriento. La niña que me devolvía la mirada era una criatura pequeña, flaca, de rostro serio. Me puse a cortarme el pelo a machetazos lentos y cuidadosos, evitando las orejas. A medida que iban cayendo al suelo largos mechones, intenté no llorar. Este era un nuevo comienzo, me dije a mí misma. Después de un rato, comprobé el resultado de mi esfuerzo. El corte era basto y desigual, pero me veía idéntica a Javad. Decidí asumir su nombre. Me imaginé habitando la vida de mi hermano. Al principio me parecía fraudulento. Practiqué caminar y hablar como Javad, el Javad anterior al que se sumó a los talibanes. Me preparé para abandonar a Samar; una niña sola en el Kabul de los talibanes era demasiado difícil de proteger. Me quedaría, por si acaso, con el cuchillo de Arsalan. Mantuve la cadena de Ara tapada por el *chapan*, y me enrollé el pañuelo alrededor del cuello en vez de la cabeza, cubriéndome la parte baja de la cara, como había visto hacer a Javad en las montañas.

Decidí aventurarme afuera en busca de comida. En realidad no tenía ni idea de si seguiría habiendo un mercado en su sitio, con los hombres con carros de frutas y frutos secos, los puestos de los carniceros, los vendedores de especias, las pilas de *naan* recién horneado; eran todo ya vagos recuerdos, y si siguieran ahí, ¿tendrían algo que vender? Kabul ahora era una ciudad de sombras.

La vieja bici de Omar había sido abandonada, escondida en lo profundo de los arbustos de la parte de atrás del jardín. Estaba oxidada, la pintura verde se descascarillaba, pero todavía funcionaba. Me subí y me sentí inundada por los recuerdos de Baba Bozorg enseñándome a montar en bici en las montañas, no mucho tiempo después de nuestra llegada. Cómo me animaba a gritos cuando me caía al suelo una y otra vez, y cómo Javad se reía de mí y luego me ayudaba a colocar bien la bicicleta, que pertenecía a uno de los niños del pueblo. Pero a pesar de las risas y de mis lágrimas, había perseverado hasta poder montar por la plaza del pueblo sin caerme. Baba Bozorg me dio una palmada en la espalda como a los chicos y me dijo: «Bien por ti, Samar». Qué orgullosa me sentí.

La bicicleta de Omar me quedaba un poco grande y al principio iba insegura, pero después fui cogiendo confianza dando vueltas y más vueltas alrededor del almendro. Mientras no tuviera que parar de repente, creía que no tendría ningún problema. Una vez me sentí confiada, salí de la *kala* y bajé la cuesta, sin dar pedales, cogiendo velocidad mientras la bicicleta avanzaba a brincos, con las ruedas algo desinfladas y perdiendo además el poquito aire que les quedaba al chocar contra las piedras y los socavones.

Me detuve junto al parque, o lo que quedaba del parque. La ciudad estaba sumida en el caos. Había edificios destruidos casi en cada esquina. En las calles ahora vacías reinaba un silencio siniestro, y el rastro de las bombas era evidente en todas partes. Yo recordaba el viejo Kabul, por donde, si bien paseaban soldados soviéticos con rifles al hombro, reinaba una sensación de orden, de ciudad contenida. La gente se movía tranquilamente ocupada en sus tareas cotidianas. No había este vacío de ahora. En el horizonte se veían edificios ardiendo. Me di cuenta de que yo no conocía este Kabul ni cuáles eran las normas para conducirme por él. Necesitaba encontrar ayuda.

Me dirigí al pozo, donde había dos chicos apoyados en la palanca de bombear agua, llenando unos cubos de plástico amarillo. Me acerqué despacio. Uno llevaba un rifle. No parecían talibanes, pero nunca se puede saber a ciencia cierta. No había nadie más alrededor y parecían aburridos y poco amenazadores, así que me acerqué a ellos. Asentí a modo de saludo. Ellos me miraron con suspicacia. Una vez hubieron decidido que era evidente que yo no suponía amenaza alguna, el más alto de los chicos me saludó con la mano indicándome que me uniera a ellos.

—Bonitas ruedas —me dijo, mirando la bici. Yo sonreí, pero no mucho.

—¿Cómo te llamas? —dijo el más bajo.

Probé a decir mi nuevo nombre.

—Javad. ¿Y vosotros?

—Mati —dijo el bajito—. Él es Abas.

Estuvimos allí en silencio un rato, mientras Abas llenaba los cubos y Mati los sujetaba. Luego el mayor, Abas, bajó la palanca, manteniendo la presión para que yo pudiera beber durante el tiempo que quisiera una vez hubieron terminado. Tenía un sabor metálico, diferente al agua de las montañas. Les di las gracias.

—¿Tienes hambre? —me preguntó Mati.

Yo me encogí de hombros.

Los dos chicos se miraron, intercambiando silenciosos pensamientos.

—¿Por qué no nos ayudas con el agua? —dijo Abas—. Podrías llevarlos en equilibrio a ambos lados del manillar.

Pensé en ello. Estaba claro que eran combatientes, pero no sabía de qué bando, ni siquiera sabía cuántos bandos había. Pero sabía lo suficiente como para no preguntar. Si no les ayudaba se iban a llevar la bicicleta de todas formas. Podía verlo en los ojos de Abas.

—Claro.

Cargamos la bicicleta de Omar y la fui empujando despacio por la calle agrietada e irregular, esforzándome mucho en no derramar demasiada agua. Era un trabajo difícil y pesado, pero yo no quería parecer débil, así que no me quejé. Al cruzar una calle ancha, sentí que había gente mirándonos desde las sombras. Éramos un blanco fácil. Percibiendo también el peligro, Abas nos hizo un gesto para que tomáramos una callejuela lateral. Protegidos ahora por los esqueletos de casas y tiendas, nos fuimos metiendo más profundamente en el laberinto de callecitas estrechas hasta llegar a una puerta de madera en la pared de un edificio que seguía en pie. Abas llamó a la puerta, tres golpes rápidos. Se abrió despacio, y del otro lado se asomó la cara de un hombre.

—¿Este quién es? —preguntó.

—Javad —dijo Mati, como si siempre hubiésemos sido amigos.

—Es buen chaval —dijo.

—*Salaam* —ofrecí yo.

—Hmm… —El hombre me miró sin decidirse, me devolvió el saludo y luego abrió la puerta, invitándonos a entrar y ayudándome a levantar los cubos del manillar. Pensé en dejar allí a los chicos e irme empujando la bici sin más, pero algo me dijo que no iba a llegar muy lejos, así que me quedé y confié en Alá. Además, ¿a qué otro sitio iba a ir?

En el interior, la casa era oscura. Había unos cuantos hombres. Mati me dijo que dejara la bicicleta junto a la puerta; yo me resistía a soltar el manillar, pero él me sonrió y susurró:

—No te preocupes. Ahora estás con nosotros.

Me quité las botas y me lavé las manos en una bacinilla en el alféizar. Nos arrodillamos en el borde de la alfombra sobre *toshacks* junto a los hombres. Olía a comida –*qabuli pulao*– y se me hacía la boca agua. Me di cuenta de lo mucho que llevaba sin comer algo cocinado de verdad. Cuando sacaron la comida casi me desmayo de felicidad. Escuché hablar a los hombres y me di cuenta de que había tenido suerte. Estaban con la Alianza del Norte, eran hombres de Massoud. Yo quería preguntar por Omar, pero me quedé callada, intentando no llamar la atención sobre mí misma. En la habitación hacía calor, el ambiente estaba lleno de humo, y los hombres hablaban en voz queda. Uno de ellos montaba guardia junto a la puerta.

Parecía haber muchos grupos diferentes combatiendo en la ciudad y en las afueras, pero los que iban ganando eran los talibanes.

—Están bien equipados, para ser estudiantes —dijo uno de los hombres.

—Estudiantes ya no son —comentó otro.

—Son de Islamabad, son extranjeros —dijo un hombre que ocupaba una esquina, a modo de explicación. Era más alto y tenía una expresión más seria que los demás, que lo trataban con deferencia.

—Tenemos que volver a Jurn esta noche; poco más podemos hacer aquí —dijo este mismo hombre, que parecía estar al mando o al menos ser respetado. Hubo algunos murmullos y una sensación de alivio. Me pregunté cuánto tiempo llevarían estos hombres escondidos en la ciudad, qué habrían estado haciendo. Cómo era que la gente libraba una guerra como esta. Pensé en Kabul, en cómo solía ser, cómo era ahora, y no podía comprender por qué habrías de destruir algo que pretendías proteger.

—Nos iremos al caer la noche. Hay un camión preparado —dijo. Los hombres asintieron, alegrándose claramente de estar dejando atrás el caos.

—¿Y qué pasa con Javad? —preguntó Mati.

Los hombres me miraron. Yo bajé los ojos.

—¿Qué pasa con él? —dijo el hombre alto. No me debían nada. Quitando la bicicleta, no les servía de gran cosa.

—Mi hermano lucha con las tropas de Massoud —dije—. Quiero encontrarle. ¿Estará en el sitio al que vais vosotros?

El hombre volvió a mirarme, esta vez con más atención.

—Se llama Omar —dije—. Necesito encontrarle. —Ahora me observaban todos.

—Vivíamos en un pueblo en las montañas de Baghlan. Omar desapareció. Dijeron que se había unido a la Alianza. Quería luchar —les empecé a explicar.

Los hombres asentían con aprobación.

—¿Y tú, hombrecito, tú quieres luchar? —me preguntó el líder, sosteniéndome la mirada.

—Sí —contesté, sin saber qué otra cosa podía ofrecer.

El hombre me palmeó la espalda y los demás rieron. Mati sonrió.

—Esta noche vendrás con nosotros a las montañas.

Y así se decidió.

Esa tarde transcurrió entre acaloradas discusiones sobre cuál era la mejor salida para el país, para la gente, y de todo se discutía en murmullos y susurros, con alguien siempre vigilante de las idas y venidas de las carreteras que bordeaban el callejón. Yo escuchaba, con la esperanza de oír algo que me condujera a Omar.

Cuando empezó a caer la noche nos dijeron que descansáramos. Los hombres nos despertarían cuando fuera hora de marcharnos. Normalmente se producía un parón en los bombardeos cuando todo el mundo se cansaba, incluso los soldados, y antes de que la noche se transformara en el amanecer, entonces sería cuando nos la jugaríamos.

Esa noche, sin embargo, los bombardeos fueron implacables y los hombres montaron guardia de dos en dos, con deflagraciones estallando como fuegos artificiales constantes en la calle. En las raras ocasiones en las que se acercaban pasos por el callejón y luego pasaban de largo, todos nos tensábamos, y los hombres aguardaban con las armas preparadas. Todos, excepto Mati, que se pasó todo el rato dormido en el suelo. Uno de los hombres estaba de rodillas en un cuartito separado de la sala principal, rezando constantemente. Era como si pensara que si paraba nos matarían a todos.

Fingí que cerraba los ojos y me dormía. Sentía todo el tiempo que el hombre que estaba al mando me miraba, como esperando que sucediera algo. En medio de la noche nos pidieron que nos pusiéramos de pie y nos preparásemos para marchar. Un hombre abrió la puerta, vigilando el callejón para ver si había alguna señal de que el camión estaría allí esperándonos.

—¿Qué pasa con la bicicleta? —pregunté.

Los hombres pensaron en ello por un momento. No parecía correcto dejarla atrás.

—Déjala —dijo el alto que estaba al mando—. Llamará la atención.

El destino de la bicicleta de Omar, al parecer, siempre sería permanecer en Kabul.

Era la segunda vez que abandonaba la ciudad en la caja de un camión cubierto, y también este se dirigía a las montañas.

Por pequeña que fuera entonces (cinco años, casi seis) seguía recordando el miedo y la emoción que todos sentimos la última vez que nos fuimos de Kabul, el deseo de alejarnos de la casa amarilla y de la muerte de Arsalan. Recordaba también cómo nos habían parado los muyahidines en el control, y que Baba había reído con ellos. Ahora, después de las cartas de Madar y de la fotografía, empezaba a ver aquello con otros ojos.

Era difícil saber dónde estaban las lealtades con lo confuso que se había vuelto todo. Había tantas facciones en lucha unas con otras, cada una de ellas convencida de que ellos y solo ellos tenían la razón.

Pensé en Omar, en cuando nos dejó atrás en las montañas. En su momento, Baba no se había mostrado apenado; es más, parecía más bien orgulloso. Era como si Baba, y también Madar, hubieran sabido de antemano que esa iba a ser la elección de Omar.

Empecé a ver señales, secretos en todo. Empecé a desconfiar de mi propio recuerdo de los acontecimientos. Cuando Omar desapareció después de la muerte de Arsalan, estuvo varios días ausente. ¿Dónde? ¿Haciendo qué? ¿Y quiénes eran los hombres que habían venido a la casa, aquellos hombres a los que nunca habíamos visto?, ¿qué querían? ¿Qué habían esperado encontrar? Mi mente se llenaba de preguntas y más preguntas.

En la trasera del camión íbamos muy apretados. A cada lado había dos estrechos bancos de madera. En medio de ambos había una alfombra de paja. Allí fue donde nos sentamos, con los hombres en los bancos a ambos lados de Mati y de mí. El camión olía a animales.

El conductor era un hombre bajito y corpulento, con la expresión agotada de alguien que lleva días sin dormir, con los hombros encorvados sobre el volante, parpadeando de un modo furioso, ojo avizor ante minas, misiles, emboscadas. Nos entregó un viejo rifle a cada uno. No parecían gran cosa en tanto que armamento; tal vez, si se acerca el enemigo, podría darle con el rifle en la cabeza. De otro modo no creía que fuera a servir para mucho.

—Tómalo, por si acaso —nos dijo, dándonos uno a mí y otro a Mati. Abas ya tenía el suyo.

A diferencia de mis hermanos, yo nunca había sostenido un arma. Copié a Mati con precaución. No tenía ningún deseo de disparar a alguno de mis compañeros de viaje o a mí misma por error. En las montañas, Amin había enseñado a disparar a Omar y a Javad: hacían prácticas de tiro en las cumbres, donde no molestaban ni podían herir a nadie sin darse cuenta. Después de la marcha de Omar, Amin siguió con Javad, que era buen tirador y no le temblaba el pulso. Subían caminando por las montañas con el arma de Amin, y volvían por la noche cargando con cualquier desdichada criatura de las montañas que no hubiera sido lo bastante rápida como para escapar de su punto de mira. Ahora me preguntaba por las conversaciones que habrían tenido durante esas largas caminatas, por el veneno que Amin habría derramado en la mente de Javad.

Me enfurecía pensar en cómo esos hombres habían cogido a mi hermano, que antes había sido tan dulce, y le habían llenado el corazón de odio. Me daba rabia que Javad se hubiese dejado, pero también tenía rabia de Baba y de Madar, y de todos nosotros, por dejar que sucediese, por mantenernos al margen y limitarnos a mirar. No era justo que toda la culpa se colocase a los pies de Javad.

Fue una lenta despedida de la ciudad, con el camión rodando dificultosamente, el conductor avanzando con cuidado y cautela por las irregulares carreteras, con la superficie llena de heridas de las bombas. No veíamos nada, porque el conductor había cerrado la lona de la caja como si emprendiera el camino de regreso a su supuesta vida de ganadero en las montañas. Nadie hablaba.

Estos hombres se habían acostumbrado a estar siempre preparados para lo peor. Era como si esperasen constantemente que algo malo sucediera, precisamente para que no sucediera.

Una vez hubimos serpenteado montaña arriba y atravesado con bien los pasos de montaña más alejados de la ciudad, los hombres empezaron a relajarse un poco; empezaron a hablar otra vez, a bromear con Mati y conmigo. Abas estaba sentado solo en el extremo del banco para demostrar que ya no era un niño, a diferencia de nosotros. Yo estaba asombrada ante lo rápidamente que me había convertido en Javad, ante cómo había mudado mi antigua piel de Samar sin suscitar pregunta alguna en los hombres. Siendo más pequeña y más flaca que Mati, con el pelo corto a la altura de las orejas, me había convertido en la viva imagen de mi hermano. El camión fue subiendo por las montañas traqueteando, virando en las curvas y en los giros ahora que el conductor había empezado a darse prisa para poner cuanta más distancia mejor entre la ciudad y su cargamento.

Después de un rato, ya lejos de la ciudad, retiramos la lona, atándola a los costados para que todos pudiéramos contemplar el valle y ver la lenta salida del sol. Uno de los hombres repartió pan. Comimos todos, hambrientos y agradecidos.

El cielo se llenó de rosados y malvas, y el valle se fue bañando en una luz de oro y rosa. Sentí la callada felicidad de saber que ya no estaba sola.

Ya habíamos entrado en el territorio controlado por Massoud y todo el mundo estaba tranquilo.

—Ahora estás con la Alianza, Javad —Mati me sonreía.

En ese momento deseé con todas mis fuerzas empezar de nuevo, ser este chico, Javad, al que se dirigían, soltar a Samar y el lastre de todo lo ocurrido. ¿Tan terrible sería? Me puse a pensar. Podía luchar con ellos, construir aquí una vida nueva, pero ya sabía en mi corazón que sería una mentira, y ya había habido suficientes mentiras. Y además, no iba a seguir siendo una niña toda la vida. Al ver a Mati, al sentir cómo mi corazón se agitaba ante su amabilidad conmigo, supe que no me podía quedar. Solo tenía que encontrar a Omar. Entonces todo iría mejor.

No había dormido de verdad desde que me marché del campamento, solo cabezadas aquí y allá y dos sueños breves pero profundos, uno en el camión que nos recogió de la caminata, y otro en la casa amarilla. Aparte de eso, no había podido cerrarle el paso a las pesadillas. Veía el barro deslizándose montaña abajo, rodando hacia nuestra casa. Soñaba con Nazarine y Masha gritando, con Ara flotando boca abajo en el arroyo, con Soraya enferma y febril, con Arsalan colgando del árbol. Todo se mezclaba en mi cabeza y era incapaz de separarme de todo lo sucedido. También soñaba con el chico moribundo de la cueva, y me preguntaba quién había podido tener la crueldad de dejarlo allí para que muriera solo, herido y aterrorizado. O soñaba con la huida, con correr pasando por filas de tiendas vacías, filas interminables que se extendían por el desierto mirara a donde mirara. Me despertaba ahogándome en lágrimas, gritando en sueños aunque nadie pudiese oírme, sabiendo que incluso aunque pudieran, no les importaría.

Todo parecía tan lejos de Madar diciéndome que cualquier cosa era posible, que podía hacer o ser lo que yo quisiera, siempre que trabajara duro para conseguirlo y soñara con ello.

—Después de toda oscuridad, hay luz.

Levanté la mirada hacia el hombre que había hablado. Era el que se había pasado todo el tiempo en Kabul de rodillas rezando, intentando protegernos.

No estaba segura de si el dicho era para mí, para todos, o para nadie en particular.

Se había dado cuenta de mi mirada perdida y de cómo mis manos golpeaban mis rodillas una y otra vez para recordarme que seguía aquí. Que seguía viva.

Había tantas cosas que quería preguntarles a estos hombres, que quería descubrir para poder encontrar a Omar. Si se hubiera unido a ellos, alguien sabría algo, sabría dónde estaba o dónde había estado. Intenté sonreír a aquel hombre. Me daba miedo hablar, llamar la atención sobre la mentira en la que me había convertido. Más adelante hablaría con Mati; él sí me ayudaría.

El camión se detuvo, y el conductor dio unos golpes en su puerta para indicarnos que nos bajáramos. Tenía las piernas agarrotadas de pasar tanto tiempo sentada. Sentía las bolsas pegajosas contra la cintura y el cuchillo metido en su funda me apretaba el muslo. Al fondo del camión vi unas piedrecitas azul intenso rodando bajo la alfombra al salir el último de los hombres. Cogí una y cerré el puño.

Cuando levanté la mirada, Abas me estaba mirando. Apartó la mirada y no dijo nada. Yo devolví la piedra y sentí vergüenza.

—No vayas muy lejos y cuidado con las minas —me dijo Mati.

—¿Dónde estamos?

—Camino de Jurm. Algunos seguirán hasta Feyzabad —me dijo. Le miré sin expresión. No era el valle de mis abuelos, sino uno que estaba más lejos de Kabul, y más alto.

—Badakhshan. Viajamos al techo del cielo —dijo riendo.

Las montañas se cernían sobre el valle. Por debajo de nosotros se extendían campos verdes y huertos, tierra rica y fértil.

—¿Y yo a dónde iré? —le pregunté.

Mati me miró.

—Puedes venir conmigo. Yo vuelvo con mi familia. Mi madre no quiere que Abas y yo sigamos combatiendo. Ha amenazado con dejar a mi padre si no regresamos, así que nos han convocado de vuelta. —Volvió a reír.

Me conmovió su amabilidad, y me atraía su sonrisa. Por un momento me permití imaginar esta posible nueva vida, una vida tranquila en los campos, pero sabía que era un sueño.

Sacudí la cabeza.

—No, debo encontrar a mi hermano Omar.

Mati me miró, decepcionado pero comprensivo.

—Pregúntale a Abdul-Wahab —me dijo, señalando en dirección al hombre que había dado antes las órdenes—. Conoce a todo el mundo. Si hay posibilidades de encontrar a tu hermano, él te podrá ayudar. —Vaciló—. Solo has de saber que esperará algo a cambio. —Dijo esto en voz queda, para que los demás no le pudieran oír.

Asentí, sin saber realmente a qué se refería.

Después de un rato de estar sentados al sol, oímos el segundo camión que llegaba por la cuesta, tirando de las marchas al girar en cada curva. Los hombres tenían las armas preparadas. Incluso aquí, en el territorio del propio Massoud, merecía la pena andar con cautela. El conductor lanzó un grito. Al reconocer al hombre,

Abdul-Wahab se acercó a saludarle y pronto estuvimos todos otra vez en la carretera, camino de Jurm, donde yo tendría que decirle adiós a Mati, que era lo más parecido a un amigo que había tenido desde el campamento.

Sentí tristeza ante la idea de decir adiós una vez más, y luego alivio por no albergar en mi interior ya solo vacío, porque las cosas me siguieran importando, por poder sentirme incluso extrañamente viva. Mati me sonrió y se me aceleró el corazón al sostenerle la mirada.

De alguna manera, el dolor de todo lo ocurrido no había terminado de superarme aún.

CAPÍTULO 24

Contemplo la luz que se desvanece por la ventana del tren. Por fuera se extienden las estepas siberianas, interminables y aparentemente vacías. Es un vacío engañoso, lo sé. La tierra ahí afuera bulle de vida oculta a la vista, escondida del tren que pasa sin detenerse nunca.

Los demás pasajeros se han cansado de sacar fotos. Les basta con dejarse empapar por los colores del cielo de la tarde mientras miran por la ventana. Qué vasto es este espacio que nos rodea.

—Madar, ¿lo ves? —Lo digo en un susurro para que el resto de los pasajeros no me oiga. Madar me sonríe, meciendo a Soraya en su regazo. Me la imagino ahí frente a mí. Me permito esto y así no estoy sola. A lo mejor Baba se ha ido a dar un paseo por el tren. A lo mejor Ara está haciendo amistad con otros viajeros mientras Javad la agarra por la manga, intentando arrastrarla vagón abajo de vuelta con Madar. Estos son los pensamientos que viajan conmigo. Me agarro fuerte a ellos.

Cuando contemplo otros lugares es cuando me descubro pensando en los paisajes de mi casa, en el afilado azul del cielo, en la majestuosidad de las montañas, en los ríos que corren por el Hindu Kush. Pienso en la belleza de todo lo que he dejado atrás, de todo lo que tal vez no vuelva a ver nunca.

CAPÍTULO 25

—Javad —Abdul-Wahab me llamó con él—, ven y siéntate aquí delante con nosotros. Puedes contarme algo más sobre ese hermano tuyo.

Dirigí una mirada a Mati, agradeciéndole el haber hablado por mí, haber estado dispuesto a ayudarme sin realmente conocerme en absoluto. Trepé por los asientos y me coloqué junto al conductor. Mientras el camión iba subiendo por los pasos de montaña y bajando de nuevo hacia el valle, trazando curvas, yo expliqué la historia de cómo se marchó Omar, de que unos hombres vinieron al pueblo y entonces él desapareció. Había ocurrido hacía mucho tiempo, ciertamente, pero yo estaba segura de que Abdul-Wahab podría ayudarme; al fin y al cabo, así me lo había asegurado Mati. Sonreí al hombre mayor, deseando de corazón que pudiera ayudarme.

—Ya veré —dijo—. Preguntaremos, pero debes saber que hay muchos soldados, muchos chicos, jóvenes como tu hermano, en muchas partes diferentes del país. Puede que sea imposible.

Vio que las sombras cruzaban mi expresión.

—Todo el mundo ha perdido a alguien —añadió.

—Yo los he perdido a todos. —Lo dije en voz baja. Él pareció percibir mi determinación, mi empeño—. Alguien le conocerá —dije.

—¿Y si ha muerto?

—Eso querría saberlo también.

Me miró durante largo rato, con una sonrisa jugueteando en la comisura de sus labios.

—Tienes mucha determinación, Javad. Necesitamos jóvenes combatientes. ¿Por qué no venirte con nosotros, estar con los hombres? Hay un campo de entrenamiento. Podrías aprender; nosotros buscaremos a tu hermano. ¿Qué te parece, te interesa?

Yo no sabía qué decir, cómo explicarle que aunque estaba desesperada, aunque lo había perdido todo, seguía sin ser un guerrero. La guerra me lo había quitado todo. Lo único que quería era tener paz, encontrar a Omar y apartarme de la guerra, irme todo lo lejos que pudiera llevarme el dinero enterrado de Madar. Quería volver a empezar.

—Plantéatelo —me dijo—. Vamos a quedarnos a descansar unos días cerca de Jurm. Tendrás tiempo de pensártelo. —Se apoyaba sobre mí al hablar y yo estaba segura de que habría notado el cinturón que llevaba bajo el *chapan* y los secretos que escondía.

El camión iba rebotando a gran velocidad por la carretera hacia Jurm. A ambos lados se extendían en la distancia campos verdes, campos de amapola.

Abdul-Wahab no me dijo nada más, y se puso a hablar con el conductor. Me relajé un poco. Daba gusto ver pasar el paisaje, ir sentada en la cabina del camión, viajando hacia delante, sin miedo ya de caminar sola. Mi cuerpo se estaba fortaleciendo otra vez, recuperándose gracias al sueño y la comida y a la compañía de los hombres.

Me fueron viniendo a la cabeza imágenes de Ara y de Soraya y las fui apartando. No tenía fuerzas suficientes para eso, para pensar en lo que había pasado, en cómo habían terminado las cosas para ellas.

Los hombres se iban riendo de un chiste en la parte de atrás del camión, y Mati les hacía sonreír a todos. En mi corazón yo sabía que me iba a doler despedirme de él. Pero era bueno saber que en medio de todo este caos aún podíamos reírnos.

Jurm se retorcía por el valle. Las casas eran pequeñas, bajas. En la entrada al pueblo había coloridos tenderetes que vendían frutos secos, frutas y las verduras que se cultivaban en el valle. Era un lugar donde la vida proseguía en desafío a los talibanes.

—Las cosas aquí son diferentes —dijo riendo Abdul-Wahab, viendo en mi expresión cómo lo iba absorbiendo todo.

Cuando el camión enfilaba ya la calle principal, aparecieron corriendo un hombre y una mujer, llamándonos a gritos. El conductor frenó. Me volví a poner tensa, temiendo una emboscada. Pero el camión se detuvo del todo y Mati y Abas se bajaron de un salto. Les miré por el retrovisor lateral, vi cómo su padre levantaba a Mati en volandas y le daba vueltas, cómo su madre lloraba, las risas felices compartidas entre todos. No llevaba burka y el pañuelo se posaba suelto sobre sus hombros mientras abrazaba a Mati con fuerza.

—¿Por qué les has dejado marchar? —pregunté a Abdul-Wahab.

—No querían quedarse. —Se encogió de hombros—. No puedes forzar a la gente a luchar; tienen que creer en ello, elegirlo por sí mismos.

Me miró intensamente una vez más. Mati llegó dando brincos a la puerta lateral del camión y dio unos golpes en la ventanilla. Abrí la puerta y me incliné hacia él. Nos dimos un abrazo y nos deseamos suerte.

—¡*Zenda bosheyn*!

—Larga vida a ti, hermano —dijo Mati, apretándome los hombros con fuerza. Yo le solté y cerré la puerta con ímpetu, él se fue corriendo junto a sus padres, y los cuatro fueron retrocediendo en el espejo lateral a medida que el camión seguía adelante.

Bajé la mirada. La cadena de Ara se me había salido del cuello del *chapan* y ahora relucía sobre mi pecho. Me la tapé deprisa con la mano, intentando meterla debajo del pañuelo. Abdul-Wahab me estaba mirando. Yo le miré y bajé los ojos, asustada. No dijo nada, fingió no haberse dado cuenta. Pero yo me acordaba de las palabras de Mati: «Puede ayudarte. Pero que sepas que esperará algo a cambio». Me maldije a mí misma por ser tan descuidada.

Seguimos viaje hacia Feyzabad, donde, conforme caía el sol, el camión se detuvo junto a un complejo de edificios con un gran patio. Seguí a los hombres, sin saber qué otra cosa hacer. Hasta que no supiera algo de Omar, seguiría con ellos, razoné. Ellos no podían obligarme a combatir si yo no quería. Y además tenía preguntas que hacerles.

CAPÍTULO 26

Napoleón ha venido a sentarse a mi lado en el vagón; es la hora en que termina su turno y la otra *provodnitsa* va a tomar el relevo por el momento. Él no le cae muy bien y siempre se están peleando por quién se queda con el turno de noche y quién el de día. Es una mujer de espíritu mezquino, siempre criticando a los viajeros de todos los vagones, suspirando y dejando los ojos en blanco ante la estupidez de la gente. Napoleón, en cambio, va animando a todo el mundo, de forma que hace que sintamos que todos estamos compartiendo una gran aventura.

Le he hablado de Mati y de la temporada que pasé en las montañas. Pero no se lo he contado todo. No he mencionado a Abdul-Wahab. No sé por qué. He compartido con Napoleón tantas cosas, tantos secretos. Sabe todo lo que me ha importado y que he perdido. No me juzga por abandonar mi país, por huir. Esas cosas que le he contado las he sentido como si estuviera hablando de la vida de otra persona. Son cosas que le pasaron a Madar, a Baba, a mi familia, no a mí.

Pero esto no se lo he contado. No se lo he contado a nadie.

Estoy intentando ponerlo todo en orden, mantener mi mente en orden. ¿Qué es lo que hay aquí y ahora, y qué había antes? Se me va haciendo cada vez más difícil separar las cosas una de otra... hago esfuerzos, pensando en Abdul-Wahab; veo la mirada de desaprobación de Javad; veo a Madar alargando los brazos hacia mí.

224

Pienso en anotarlo ahora en el cuaderno; ya voy por el cuarto cuaderno, y los relleno a tal velocidad que Napoleón bromea con que vamos a quedarnos sin papel antes de que termine el viaje.

Escribo en letra más pequeña, haciendo mejor uso del papel que me queda. Quiero contarlo todo. Incluso esto.

CAPÍTULO 27

Esa noche tenía que dormir en el patio. Los hombres habían sacado alfombras y había mantas y una hoguera. Todos nos sentamos a su alrededor y estuvimos allí hasta bien entrada la noche, los hombres con los que yo había viajado hablando con la gente que nos había acogido en este complejo cerca de Feyzabad. Yo estaba escuchándolo todo, enterándome de muchas cosas sobre Massoud, este «León de Panjshir» de quien había oído hablar a Omar y a Baba con tanta frecuencia en las montañas.

Supe de su campaña y de sus ideas, de cómo primero había rechazado las embestidas soviéticas, luego las de los talibanes, de cómo en los lugares bajo su control las reglas y los juicios de los talibanes no tenían poder alguno. Aquí había escuelas, incluso para las niñas. También había médicos y maestros. Era una parte de Afganistán que se agarraba a aquellas cosas que temíamos perder para siempre a manos de los talibanes.

—Javad —Abdul-Wahab me llamó junto al fuego. Me hizo sentarme a su lado y le dijo al hombre que estaba al otro lado de mí, que era mayor y tenía una barba blanca—: Este es el chico, Javad. Está buscando a su hermano, déjale que te cuente su historia.

Me miró. Yo me revolví, incómoda por estar llamando la atención, sintiendo los oídos de todos escuchando una historia que yo ya no quería contarle a más desconocidos, pero sabiendo que si lo hacía tal vez podría acercarme a Omar, y que realmente no tenía más opciones. Empecé una vez más. Describí a los hombres que vinieron al pueblo. Describí a Omar, contando cómo había desaparecido. Hablé incluso del joven que murió en la cueva. Les conté cómo lo había perdido todo, que Omar era lo único que me quedaba, y que necesitaba su ayuda. Los hombres se inclinaban hacia delante, escuchándome mientras las llamas de la hoguera bailaban ante nuestros ojos. El viejo posó una mano sobre mi brazo.

—Sabes, Javad, la vida sigue sea uno feliz o no lo sea. Un hombre conoce su propio valor cuando no mira atrás. Massoud… es él quien nos dice esto, y tiene razón. Es mejor no tener de qué arrepentirse.

Con la mano metida en el bolsillo me agarraba con fuerza a la foto en la que yo creía que aparecían Baba, Madar y Arsalan de uniforme. La había sacado para mirarla antes. Mis dedos se frotaban contra las afiladas esquinas de la foto. No sabía si enseñarla o no. Los hombres estaban sacudiendo la cabeza, diciendo que iba a ser imposible localizar a este hermano perdido.

—Javad, muchos de los combatientes que se unen a nosotros cambian de nombre, al convertirse en guerreros dejan de ser hijos o hermanos. Hay que evitar pensar en la familia para poder luchar. —Abdul-Wahab me sonrió con una mueca leve y desagradable.

—No le hagas caso —dijo el viejo—. Todo es posible, ¿no es cierto? —Cuando dijo eso me acordé de Madar y las lágrimas se me agolparon detrás de las pestañas. Parpadeé para que desaparecieran y saqué la foto. Se la enseñé a los hombres, y luego, con reticencias, a Abdul-Wahab, que parecía enfadado porque yo hubiera guardado un secreto y lo compartiera con estos desconocidos antes que con él.

—¿Podéis decirme qué uniforme es este? —pregunté.

Los hombres se fueron pasando la foto de uno a otro.

—¿De dónde sacaste esto? —preguntó uno, mirándome con renovado interés.

—Pertenecía a mi madre —contesté, sin querer mentir.

—¿Y la gente de la foto? —preguntó Abdul-Wahab con voz tensa.

—Mi padre, su amigo, creo, y mi madre.

Lo había dicho. Ya no lo podía retirar. Los hombres se miraron unos a otros, y luego a mí, ahora con sospecha.

—¿Quién te envió aquí? —preguntó uno, en un tono menos amistoso que antes.

—Nadie me mandó. Estoy buscando a mi hermano. —Miré a los hombres, viendo que sus caras se cerraban sobre mí.

Un hombre del complejo llamó a Abdul-Wahab, que se apartó de los demás y estuvo hablando en murmullos alejado del fuego, discutiendo sobre algo. Yo me quedé sentada, nerviosa, meciéndome adelante y atrás, deseando no haberles enseñado nunca la foto que me había llenado la cabeza de tantas preguntas sin respuesta.

El pánico me subió a la garganta. Había llamado la atención, me había convertido en un problema para estos hombres, un problema con el que habría que lidiar, aunque no hubiera hecho nada malo. Solo había buscado respuestas.

—Ven conmigo. —Abdul-Wahab estaba de pie a mi lado, con expresión oscura.

—Queremos saber quién te envió con nosotros. ¿Qué estás haciendo aquí? ¿Para quién espías? —Me puso la mano en los hombros, apretando fuerte. Ni se me ocurrió echar a correr. No había a dónde escaparse, y él me agarraba con fuerza.

—¡No estoy mintiendo! —chillé. Señalé la foto de nuevo—. Mira, este es mi padre, este otro hombre se llama Arsalan. Mi madre es... su nombre era Azita. —Los hombres vacilaron. El anciano levantó la mano.

Luego otro hombre llamó a Abdul-Wahab de nuevo.

—¿Arsalan, dices? —El viejo me miró.

Yo asentí, hundiendo la frente.

—¡*Baleh*, sí!

Decidí contarles todo lo que pudiera serles útil, todo lo que pudiera evitar que Abdul-Wahab me llevara consigo. Así que les hablé de la casa amarilla, de las historias que contaban mis padres sobre las reuniones comunistas en las cuevas, de Arsalan, el amigo de mi padre, de los hombres que vinieron a la casa, de sus preguntas, de la muerte de Arsalan. No dije nada de las cartas de Madar. No quería traicionar su honor y además yo no sabía, no podía estar segura de si lo que temía era cierto.

—Lo siento si te hemos asustado. Tenemos que tener cuidado. Siempre existen aquellos que podrían traicionarnos y buscarnos el mal.

El alivio me recorrió todo el cuerpo.

—Este hombre, Arsalan, era un gran amigo de nuestro líder. Un verdadero guerrero. Lo conocí bien hace muchos años cuando era joven. Y tus padres... también ellos eran valientes. —Parecía triste al decir esto—. Sabes, Javad, no todo es siempre lo que parece.

Le miré, preguntándome si él sabría, si yo no habría sabido esconder la verdad.

—Alá en su sabiduría te ha conducido hasta nosotros —prosiguió—. Esta fotografía... en esta historia hay algo más. —Me miró con intensidad—. ¿Es esta la única foto?

Pensé en las bolsas que tenía atadas a la cintura, en las otras fotos que llevaba, pero era la única foto *de este tipo*. No era ninguna mentira decirlo, así que contesté:

—Sí, la única.

—Bien.

Abdul-Wahab hizo un gesto de protesta, pero el viejo le hizo marchar con un movimiento de la mano.

—Es bueno que nos hayas traído a este niño. Llevaremos al joven Javad con nosotros mañana. Tenemos mucho más de lo que hablar.

Abdul-Wahab me dirigió una mirada de odio y yo me quedé perpleja, sin saber lo que podría haber hecho para enfurecerle así.

—Nos iremos a primera hora de la mañana —me dijo el viejo—. Asegúrate de estar listo después de la oración.

Me devolvió la foto. Le di las gracias mientras él se llevaba a Abdul-Wahab, que siguió protestando hasta que le dejé de oír.

Agotada, encontré una alfombra sobre la que echarme, a cierta distancia del calor del fuego y al lado de un par de niños pequeños del complejo que ya estaban dormidos, mientras las sombras del fuego bailaban sobre sus rostros. Yo me tendí, cerré los ojos, me eché el *patu* de Omar por encima y me pregunté a dónde querrían llevarme, quién querrían que me viera. Tal vez fuera el propio Massoud. No me habían dado ninguna respuesta y, sin embargo, sabían mucho más de lo que habían dicho. Iba a tener que ser paciente. Esa noche volví a sentirme sola. La imagen de Mati y Abas en casa con sus padres aparecía destellando en mi mente y me dolía el corazón por la falta de Baba y de Madar y de todo lo que había perdido. Mi sueño fue ligero.

Con todo y con eso, no oí a Abdul-Wahab hasta que no me agarró por el cuello y me levantó del suelo, tapándome la boca con la mano. Me arrastró lejos de las alfombras mientras yo daba patadas en el aire con las botas, y me llevó a una de las verjas en un extremo del complejo junto a la cual había una pequeña choza de adobe. Abrió la puerta de la choza y me empujó dentro.

Alargó la mano y me golpeó en un lado de la cabeza. El golpe me dolió, y me empezaron a zumbar los oídos. Me caí de espaldas y oí cómo la puerta se cerraba tras él. Dentro, la oscuridad era casi total. Yo quería gritar, pero él vino hacia mí y me tapó la boca con la mano. Entonces, en ese instante, no podía entender su rabia, que le había hecho parecer un necio desinformado, que había despertado su interés y que él era una persona acostumbrada a coger lo que quisiera para sí sin cuestionarlo; pero sí sabía que si no me escapaba de él, si no salía de esa choza, todo habría acabado. Nunca encontraría a Omar. Nunca volvería a ser libre.

Me resistí empujando contra él mientras sus manos tiraban de mi ropa. Me choqué contra algo de madera, una estrecha mesita. Me sostuvo sobre ella.

—Venga, venga, joven Javad, veamos qué más secretos has estado guardando.

Su respiración era pesada, su voz ronca. Sus manos me buscaban. Yo alargué la mía y encontré en mi costado el cuchillo de

Arsalan, y sacándolo de la funda, giré el filo hacia él. No veía nada, solo le sentía tirar de mí, y su aliento caliente y ácido contra mi cara. Agité un poco el cuchillo, intentando pinchar algo. Nada. Se me acercó más.

—Ya está, Javad, ya está —me dijo, presionando mi boca con una mano, rebuscando entre mis piernas con la otra.

El pánico me llenó el pecho. Di patadas, intentando darle con las piernas, oyendo cómo me maldecía en la oscuridad. Una patada le dio y aflojó la mano por un momento. En ese instante le mordí los dedos. Cuando se apoyó en la mesa para recobrar el equilibrio, volví a alzar el cuchillo, y esta vez di con él en la oscuridad. Se lo clavé profundamente. Él aulló indignado de dolor mientras yo me deslizaba fuera de su alcance, buscando con las manos en la oscuridad el cierre de la puerta. No estaba segura, pero, según se abría la puerta y yo echaba a correr hacia la noche, vi que le había apuñalado en la mano, clavándosela a la mesa. Salí corriendo por la puerta fuera del complejo, sin mirar atrás. Lo único que oía era el fuerte palpitar de mi propio corazón dentro de mi pecho. Corrí. No sabía si vendría tras de mí o si enviaría a otros a darme caza. Yo eché a correr, sin más.

CAPÍTULO 28

Revivir estos momentos es extraño, ponerlos por escrito ahora con mano temblorosa mientras el tren sigue hacia Moscú. Miro las palabras de mi cuaderno. Un turista, un hombre alto de pelo rubio, pasa por mi lado, tambaleándose un poco de lado a lado cuando el tren traza una curva hacia el oeste. Tapo la página de las miradas curiosas. No sé por qué me perturba tanto ese momento con Abdul-Wahab. Al final me escapé. No me hizo daño, solo afectó a mi orgullo. Yo me defendí. Tal vez sea esto lo que me da más miedo de todo; que cuando fue importante, estuve dispuesta a pelear, a protegerme, a hacerle daño a otro por salvarme yo. Esto me preocupa y siento vergüenza, a pesar de todo. Vergüenza de que eso haya pasado. Vergüenza de no haberlo evitado.

Vuelvo a revivir cómo me sentí aquella noche, agachándome bajo los arbustos a medida que me iba alejando del complejo, escuchando, esperando que ellos me encontraran, aterrorizada ante lo que podría pasar una vez que lo hicieran. Aquí era a donde me había conducido mi búsqueda de Omar. No paré de temblar en muchos días.

Todo esto lo escribo también.

Más tarde, Napoleón me dirá: «Samar, no hiciste nada malo». Le escucharé decírmelo y no le creeré. Sentiré que tal vez no haga falta compartir todos los secretos. Ahora él también carga con mi vergüenza.

CAPÍTULO 29

Nadie vino a por mí aquella noche. No sé cómo explicaría Abdul-Wahab su herida o mi desaparición, pero por algún pequeño milagro, o bien no vinieron a por mí, o no fueron capaces de encontrarme, pero conseguí alejarme mucho del complejo, caminando por la carretera entre Feyzabad y la frontera.

Empecé mi viaje para salir de Afganistán.

Ya no podía creer que encontraría a mi hermano, que habría una jubilosa reunión. Durante muchísimo tiempo después de que sucediera el terremoto fue algo con lo que soñaba. Cuando eché a correr montaña arriba para separarme de mi familia, corría en busca de Omar. Estaba en el corazón de todo lo que le había pasado a mi familia desde entonces y supongo que mi esperanza era que si le encontraba, ese acierto desharía todos los males. Pero Madar estaba equivocada, no todo es posible. No siempre se puede volver.

En la oscuridad de aquella choza tuve que soltar a Omar. Dejé marchar el sueño de volver a casa algún día.

Lo que haría, en cambio, sería dirigirme a la frontera y abrirme camino hasta Europa, hasta Rusia, para un nuevo comienzo. Ya estaba harta de guerra y de hombres con el corazón lleno de ira. Era la única manera que conocía que podría llevarme más cerca de Omar: el único viaje que me quedaba por hacer.

Seguía teniendo el dinero; a Abdul-Wahab no le interesaba lo que yo pudiera llevar encima. Lo emplearía para salir de Afganistán. Empezaría una nueva vida. Iría hacia delante.

No iría hacia Irán. No, me dirigiría al norte, cruzaría a Tayikistán. Había oído hablar mucho a los hombres sobre este país que hacía frontera con Badakhshan; sobre la gente que había allí, sobre cómo allí también era querido el León de Panjshir. Cómo los soviéticos habían intentado entrar nueve veces por la fuerza en ese valle, y las nueve veces habían sido rechazados. También recordaba las lecciones de geografía con Nayib, con él dibujando en la pizarra, y su deseo de enseñarnos todo lo que sabía sobre el mundo más allá de nuestras fronteras, de los muchos países, gentes y culturas diferentes de la nuestra.

Pensé en el ferrocarril del que tanto hablaba Omar, el transiberiano, que unía el este con el oeste y el oeste con el este. Antes de que desapareciera, me enseñó muchas veces el mapa del viaje en una de las viejas guías rusas de Madar, un mapa que Omar trazaba con los dedos mientras hablaba. Recordaba también a Amira, la hermana de mi madre, que se había escapado a Moscú cuando llegaron los talibanes, al no estar ya protegida ni en buenas relaciones con sus padres, mucho después de que Madar les decepcionara por su elección de vida.

Abandoné el sueño de encontrar a Omar antes de que pudiera destruirme. En cambio, me puse a pensar en Amira y en la posibilidad de encontrarla aún en Moscú. Me concentré en cómo iba a hacer este viaje, en cómo iba a escapar de Afganistán y construirme una nueva vida sin familia, sin papeles, y sin más ayuda que el dinero. Pero tenía fe y no estaba sola. Convocaría a Baba y a Madar, a Ara y a Omar, a Javad y a Pequeño Arsalan, y a Soraya, a todos ellos, para que me ayudaran. Dejé marchar a Nas y a Robina. Ellas se quedarían en Afganistán con Masha y con su madre. No podían hacer este viaje conmigo. Se me apretó el corazón pensando en ellas y en mis abuelos. Ellos también se quedarían enterrados en la montaña, pero a los demás me los pensaba llevar conmigo. Este viaje no lo iba a hacer yo sola.

Me la jugué a la luz de la madrugada y conseguí que me recogiera el primer camión que se detuvo en la carretera a Ishkashim. El conductor, un hombre amable con mejillas sonrosadas y un largo bigote caído, abrió la puerta; trepé a la cabina y me senté junto a él.

Si le sorprendió ver a un chico solo caminando por aquella remota carretera, no dio muestras de ello. Le dije que cruzaría el río Panj si encontraba a alguien que pudiese llevarme. Le pregunté al conductor a dónde iba él. Me habló del mercado de Ishkashim y de su bazar de fin de semana, que se celebraba en una tira de tierra en mitad del río, una tierra de nadie entre los dos países. Me llevaría hasta esa ciudad y allí tendría que encontrar a otra persona que me ayudara a cruzar. Le agradecí su amabilidad. Seguía temblando, con la mente fija en poner distancia con Abdul-Wahab. El conductor me observó.

—Necesitarás papeles —me dijo.

—No tengo papeles.

Pensó en ello durante un rato.

—¿Dinero tienes?

Asentí, con cautela.

—Bueno, entonces podemos conseguirte papeles.

Se rio ante mi expresión boquiabierta, mi incredulidad ante la buena fortuna de haber encontrado a alguien dispuesto a ayudar y con posibilidades de hacerlo. No me preguntó de dónde venía ni por qué quería marcharme. Se limitó a conducir, con una sonrisa en los ojos, riendo como si hubiera descubierto un buen chiste en la cuneta.

Al irnos aproximando a la ciudad fronteriza, el campo se hizo más pedregoso y más plano de repente; habíamos dejado atrás las cumbres del Hindu Kush y las montañas de Karakorum; delante de nosotros había colinas peladas y luego tierra que se extendía hacia el río Panj, que serpenteaba entre los dos países. La gente con la que nos cruzábamos eran agricultores o nómadas, montados sobre mulas o a caballo. El conductor los saludaba con la mano y ellos le sonreían; todos hacíamos camino juntos por aquellas duras carreteras de montaña.

—Las cosas aquí están mejorando —dijo al cabo de un rato sin tráfico de frente.

—¿Dónde? —pregunté.

—Pues en Tayikistán —respondió.

Esto no se me había ocurrido. Solo pensaba en los combates que había en mi propio país, no en los demás. Había olvidado que los soviéticos estaban de retirada en todas partes, que los países habían cambiado de nombre, de régimen, de dueño. No quería sustituir una guerra por otra.

—¿Mejor? —pregunté, ya nerviosa.

—Hay una especie de paz. Es mejor para los negocios —rio, y parecía contento por esto—. Incluso hablan de un puente.

Yo le devolví la sonrisa.

—¿Un puente?

Pensé en Omar y en sus bocetos, sus planes y sus esperanzas. Pensé en el tren, en la línea que trazó tanto tiempo atrás, en la casa cueva, del viaje transiberiano del que hablaba, de la gran aventura que estaba convencido de que sería.

En Ishkashim, el conductor me llevó a conocer a alguien que podía conseguirme papeles. Iba a tardar unos días, pero podía proporcionarme unos visados y un pasaporte a cierto precio. Accedí, dispuesta a probar lo que fuera. Nos reunimos en una casucha cerca de los puestos de los comerciantes, donde nos recibió un hombre flaco como un alambre con una larga barba, que nos invitó a entrar. Yo estaba ansiosa, cambiando el peso de un pie a otro, con la mirada clavada todo el rato en la puerta abierta.

—Este es nuestro viajero —dijo el conductor, presentándome.

—¿Así que quieres ir a Tayikistán? —preguntó el hombre.

—No, quiero ir a Rusia.

—Ah, un verdadero viajero. —El hombre soltó una risita—. ¿Sabes que es un viaje muy, muy largo? Muy caro.

Asentí.

—¿Y vas a ir solo?

—Sí.

Los dos hombres me miraron. Yo me mantuve todo lo erguida que podía. Estuvieron riéndose un buen rato, pero tomaron el dinero que les ofrecí y me ayudaron de todas maneras. Me encontraron conductores, gente de confianza, alguien para falsificarme los papeles; me compraron una bolsa de ropa occidental en los puestos del mercado, copias chinas de cosas con etiquetas como Gap u Old Navy. Me dieron de comer, me dejaron descansar allí unos días y, cuando todo estuvo listo, me desearon suerte y me pusieron en camino.

No sé por qué quisieron ayudarme. Tal vez no era más que un buen negocio para ellos. Yo no lo sabía, ya no sabía distinguir entre la bondad y la necesidad. Me di cuenta de que me había acostumbrado a no confiar en nadie.

Un nuevo conductor me llevó en *jeep* al otro lado del río a través de uno de los tramos de menor caudal; las ruedas del 4x4 giraron despacio en el agua, y el *jeep* rebotó en los lugares donde había más agua antes de llegar a la orilla seca en el lado opuesto. Allí, una vez rebasado el punto de cruce, habíamos llegado a Tayikistán. Miré atrás por la ventanilla y le dije adiós a mi patria.

El conductor esperó conmigo en la autopista de Pamir, donde me cambiaron de camión y me subieron a uno muy colorido, decorado con escenas de montaña. Pronto me vi sentada nuevamente en la cabina con un nuevo conductor. Este se llamaba Cy y estaba contento de tenerme de compañero de viaje.

—Un viajero de primera, según me dicen —bromeó. Era amistoso, rudo pero bastante alegre, y me habló de su país. Hablábamos sobre todo en ruso, entendiéndonos así, y me alegré de las muchas lecciones de Madar y de las horas dedicadas a aprender y susurrar palabras nuevas en la casa cueva de las montañas, de las horas dibujando historias en el polvo. Íbamos a viajar juntos a lo largo de una gran distancia. Tenía la radio puesta e íbamos escuchando música, tarareando las canciones. Después de tantos años de tener prohibido cantar, la música se derramaba fuera de mí y sentí más cerca el inicio de una nueva libertad.

Fue un viaje largo de una frontera a la siguiente, pero nos rodeaba la belleza de las montañas y del cielo mientras el camión traqueteaba por las pistas, y yo iba empapándome de todo.

Intentaba no pensar en lo que había dejado atrás y podría no volver a ver nunca.

—¿Por qué quieres ir a Rusia? —me preguntó.

—Tengo allí familia, una tía, en Moscú —mentí. O tal vez fuera la verdad. Al fin y al cabo, no lo sabía a ciencia cierta. Esperaba encontrar allí a Amira. Era más fácil sonar convencida.

—Ah —dijo—. Qué bien. La familia es importante.

Apreté los puños escondidos debajo de los muslos y mantuve la mirada al frente, sin pestañear.

—¿Y tu familia? —le pregunté, con ganas de trasladar la conversación a algo que no fuera Baba ni Madar ni mis hermanos y hermanas y todo lo que estaba ya perdido para mí.

—Tres hijos —respondió orgulloso—. Todos chicos sanos y fuertes. Los dos mayores trabajan, el pequeño sigue en la escuela. Ahora lo tienen difícil; todo está cambiando. No sabemos qué nos deparará el futuro.

—¿Pero ellos se quedarán? —pregunté.

—Sí, por supuesto. Las cosas aquí… están mal… pero están mejor… —Miró al retrovisor al decir esto. Yo asentí, entendiéndole.

—Y además, ¿quién cuidaría de mí en mi vejez? —rio.

Pensé en Baba y sentí un dolor como una puñalada en las entrañas. Pensé en Arsalan. La confusión despertó de nuevo dentro de mí. Empecé a darme golpecitos en la pierna otra vez, marcando el paso del tiempo. Cy bajó la mirada y se dio cuenta, pero no dijo nada.

Había zonas difíciles en la carretera, sitios donde se habían desprendido rocas, y a veces teníamos que parar y salir y sacarlas de la carretera para que el camión pudiera pasar. En algunas curvas, la superficie de la carretera se desmigajaba bajo el peso de las ruedas, y caían piedrecitas y gravilla a nuestro paso rebotando ladera abajo. El conductor permanecía tranquilo, sin agitarse. Había conducido por esta carretera muchas veces. El interior de la cabina estaba lleno de iconos y de amuletos de la suerte; tenía cubiertas todas las bases, por si acaso.

—¿Cómo llegarás a Moscú? —me preguntó pasado un rato, maravillado ante la distancia que estaba dispuesta a cubrir.

—En tren. Hay un tren que hace un recorrido de este a oeste, el transiberiano —le dije—. Quiero ir en ese tren. Era algo que mi hermano…

Mi voz se fue desvaneciendo. Había hablado de más, así que me puse a mirar por la ventana.

—Mira —me dijo.

Seguí el movimiento de su brazo hacia el lado del valle que se extendía debajo de nosotros. Había varios jinetes persiguiéndose unos a otros en los vastos espacios abiertos que quedaban entre las colinas y las montañas. Uno de ellos arrastraba el cadáver de un ternero, los demás intentaban arrebatárselo. Sobre las grupas de los caballos apenas lográbamos atisbar las coloridas sillas de los jinetes, el modo que giraban unos en torno a otros como bailarines. Los observé, hipnotizada ante lo libres que eran.

—Es un juego —dijo el conductor.

—Lo sé, *buzkashi* —respondí—. Nosotros también solíamos jugar.

—Están practicando.

—Eso díselo al ternero. —Me miró, sonriendo, y paramos un rato, mirando desde el lado de la carretera lo que sucedía abajo en el valle, animando a los hombres, esperando que alguien fuera declarado vencedor.

Me sentó bien parar. Desde el terremoto todo había sido un movimiento constante de un lugar a otro, de una decepción a otra, de una esperanza a la siguiente.

Uno de los *chapandaz* llevaba un viejo casco de tanque soviético para proteger su cabeza de los latigazos de los otros dos y se inclinaba mucho a un costado del caballo, tendiéndose hacia delante para quitarles el ternero a sus oponentes.

—Este es bueno —dijo Cy, aprobando la destreza del hombre y su velocidad, el modo como juzgaba los movimientos de los otros dos, que intentaban ser más astutos que él. Se metió entre los dos como una flecha, muy agachado, y agarró el ternero descabezado, y su caballo se puso a galopar dejando a los otros dos atrás, con el hombre agitando su presa en el aire de forma triunfal.

—¿Cómo son aquí las reglas? —pregunté.

—¿Aquí? No hay reglas. Cada hombre pelea por sí mismo y el más valiente gana.

—¿Y luego qué?

—Ah, luego se juega otra vez.

Lanzó una sonora carcajada, y el eco de su voz se oyó por todo el valle. Yo también me reí, y el cansancio desapareció un tanto.

—¿Cuando llegues a Osh qué vas a hacer? —me preguntó Cy cuando volvimos a subirnos al camión.

—Buscaré a alguien que me ayude —dije.

Sonrió ante mi determinación. Habíamos dejado atrás Khorog hacía tiempo, cruzando el río una vez más con el camión tirando fuerte contra el flujo de la corriente. Estábamos en lo alto de las montañas y echamos la vista hacia el lago Karakul y el cruce hacia lo que ahora se llamaba Kirguistán. Habíamos pasado las noches durmiendo en el camión, envueltos en mantas y pieles de oveja. Una vez nos quedamos en la casita de una mujer a la que conocía del camino, una viuda que nos acogió sin sorprenderse mucho de verle. Me dejó dormir en una butaquita junto al fuego. Por la mañana les costó despertarme y me fui medio grogui, aún adormilada por el calor.

Yo seguía manteniendo la guardia alta, pero esta gente era amable. Podías verlo grabado en su cara, todas las líneas se curvaban hacia arriba, indicando vidas llenas de risas, vividas bajo el sol y el viento de la montaña.

Cuando por fin llegamos a Osh me di cuenta de que iba dormida al cruzar el control de la frontera, enterrada bajo una pila de abrigos. Escudriñé el exterior cuando me despertaron los ruidos de las bulliciosas calles.

—¡Bienvenido a la República de Kirguistán! —dijo Cy sonriendo.

Después de todo lo que había sucedido, esta parte de mi viaje parecía tan poco complicada, iba todo tan derecho, que yo también sonreí.

Esa felicidad no duraría.

CAPÍTULO 30

Napoleón está borracho. Me lo encuentro repantigado en la esquina del cuartito cuadrado que hay al final del vagón, con una botella vacía rodando a sus pies.

—Levántate —siseo.

Si la *provodnitsa* le encuentra o algún pasajero se queja, tendrá problemas.

—Napoleón, levántate.

Nada. Le doy palmadas en las mejillas, primero suavemente y luego ya con más fuerza. La cabeza se le cae a un lado. Me asomo fuera del cuartito y miro arriba y abajo del tren. No viene nadie, pero no cabe duda de que es cuestión de momentos. La demanda del samovar es constante en este viaje, y siento que el tren desacelera al aproximarnos a la siguiente estación.

Abro una botella de agua del carrito y se la echo por la cara. Le acabo de empapar el uniforme, pero esta es la menor de mis preocupaciones.

—Napoleón…

Empieza a murmurar. Abre los ojos y se da cuenta del agua derramada cuando le empieza a gotear el pelo.

—¿Qué demonios…?

—Pensé que íbamos a tener que parar el tren y llamar a un médico —le digo, incapaz de eliminar el reborde rabioso de mi voz. Se supone que es él el que me tendría que estar echando un ojo a mí, después de todo, no al revés.

242

—¿Dónde estamos? —pregunta.

—No lo sé, el *provodnik* eres tú. Averígualo tú. Creo que la última parada fue Tomsk.

Me mira con ojos enrojecidos. No parece capaz de mantener el equilibrio. Una señora rusa muy gritona viene por el pasillo con un paquete de sopa y una taza. Pide ayuda mientras intenta hacerse con el funcionamiento del samovar. Yo salgo al pasillo a ayudarla, haciéndole un gesto a Napoleón para que se quede quieto, pero él me aparta a un lado y, arrastrando las palabras, dice: «Así, buena señora, se hace así».

Procede a vomitarle encima de las babuchas. Ella le mira con repugnancia y luego empieza a llorar a gritos. Los pasajeros asoman la cabeza por sus compartimentos, todo el mundo comprobando a qué viene este escándalo, y ven a Napoleón doblado por la mitad, murmurando no sé qué del pescado y el coche restaurante, y de que tiene que hablar urgentemente con el chef y que espera que nadie más haya probado el pescado.

—¿Usted, querida señora? —La señala y ella se echa atrás—. ¿Tomó también usted el pescado?

Yo me siento en el pasillo, de espaldas a la ventana, hecha un ovillo.

La mujer ya está furiosa y se marcha pisando fuerte pasillo abajo con tanta dignidad como es capaz de reunir, dejando un rastro de vodka regurgitado más lo que fuera que Napoleón tomara en la cena, muy posiblemente el pescado, por todo el vagón.

—Oh, no. —Esto sale de la boca de Napoleón al verla marchar.

—Será mejor que te limpies, y deshazte de la botella —le digo. Sigue temblando y tambaleándose con el tren.

—Solo quería olvidar —dice.

—Yo también —le digo yo.

Es demasiado tarde para olvidar. En minutos la señora ha vuelto, y con ella viene la *provodnitsa*, que se hace cargo de la situación rápidamente y aprovecha su oportunidad. Cuando el tren entra en la estación es la primera en bajarse y acercarse al conductor, conversando en voz baja. El tren está parado un largo rato. Los pasajeros bajan y fuman cigarrillos en el andén estirando las piernas y haciendo ejercicio.

Apenas soy capaz de mirar cuando el conductor y la *provodnitsa* vuelven por el andén y se reúnen en el cuartito con Napoleón, que está sentado gimiendo, con las manos sobre la frente porque la cabeza le estalla de dolor.

—Esto es inaceptable.

El conductor le mira, severo y decidido. Se hace una llamada desde el interior de la estación. Napoleón debe recoger sus cosas y bajarse del tren.

Me agarro a él, suplicándoles que le dejen quedarse, pero no quieren saber nada del asunto.

—O se va él, o la señora pondrá una queja formal y entonces nos la cargamos todos —dice la *provodnitsa*, fingiendo un mínimo interés por el bienestar de su compañero de trabajo.

—Va a estar bien —dice—. En unos días se le habrá pasado; el próximo tren le recogerá.

La miro, sorprendida.

—¿Qué pasa? ¿Te crees que esta es la primera vez que despiden a Napoleón? —se ríe—. No, en serio; qué mona.

Me da unas palmaditas en la cabeza como si yo fuera una mascota y se baja del tren para acorralar a todos los pasajeros que deambulan por ahí y que se suban de nuevo al tren, comprobando una vez más los documentos y los rostros familiares.

Me planteo irme con él, ¿pero de qué me serviría? Cuando se lo ofrezco, me despide con un gesto de la mano.

—No, Samar, tú tienes que llegar hasta Moscú. Vete y busca a tu tía. —Intenta sonreír.

Yo no quiero soltar su manga, pero lo hago. En minutos ha hecho su maleta y me da un abrazo antes de bajarse del vagón. Saluda formalmente al tren, manteniéndose en pie de forma vacilante, cuando salimos de la estación.

CAPÍTULO 31

Cy me dejó junto al bazar de Osh. Le ayudé a descargar el camión y nos despedimos. Me dio un abrazo, una sentida palmada en la espalda, y me deseó suerte para el resto del viaje.

Yo tenía que buscar a un *marshrutka* para que me llevara al norte del país. Me señaló la dirección de la estación de autobuses y, cuando me di la vuelta para agradecérselo, ya había desaparecido en el mar de gente que entraba y salía del bazar.

Caminé por el bazar buscando un cambista y encontré a uno entre unos que vendían joyas de oro y un puesto de panes. Me llevé la mano a la cadena de Ara. Ahí seguía, bajo el pañuelo, y me la apreté contra la piel. Todavía tenía dinero de sobra y más adelante buscaría una esquina tranquila donde transferir fondos de las bolsas a los bolsillos, esperando protegerme en caso de robo. Lo enfadada que debía de haber estado Madar, o bien con Arsalan, o bien consigo misma, para haber dejado atrás tales riquezas.

Compré un poco de chai y de pan y me senté cerca de la mezquita, un edificio grande e imponente al lado de los puestos del mercado. Allí había toda una industria: hombres, en su mayoría uzbekos, comprando y vendiendo, charlando en las *chaikhanas*. Yo pasaba desapercibida en el bullicioso mercado.

Después, me colé en un callejón oscuro y saqué el dinero que necesitaba cambiar para el viaje que me esperaba. Me paré ante el

245

primero de los cambistas, que era un hombre seco, con pinta poco servicial. Le entregué los billetes y me contempló con interés.

—Cuánto dinero en manos de un niño. —Se puso de pie frotándose la mejilla picada de viruelas.

—Es para mi padre —dije, intentando no ruborizarme.

—No me digas, pues no tengo aquí suficiente para darte. Espera que vaya el chico a coger un poco más.

Asentí y me arrimé más al bazar, preparada para echar a correr. No me fiaba de este hombre y ahora hubiera preferido haber escogido otro puesto donde pararme. Estuvo allí parado mirándome durante varios minutos mientras el chaval que estaba al fondo de la chabola iba de puesto en puesto pidiendo cambio.

—¿Y qué va a hacer tu padre con tanto dinero? —preguntó el hombre.

Me encogí de hombros.

—Estamos viajando, somos una familia grande —convoqué a Baba y al resto de mi familia y allí estaban, como si estuvieran a mi lado en aquel umbral, llamándome, diciendo: «Venga, date prisa». Los saludé con la mano. El hombre levantó una ceja y echó una mirada suspicaz al mercado, donde no vio a nadie.

El chico regresó y le entregó un paquete de dinero envuelto en papel marrón. El hombre contó despacio las monedas y los billetes y me los entregó uno a uno. El chico salió corriendo a la calle.

Metiéndome el dinero en lo más profundo de los bolsillos, asentí a modo de gracias y me fui lo más deprisa posible, enfilando la estación de autobuses, donde me había dicho Cy.

—Allí encontrarás una *marshrutka* que te llevará al norte —me había dicho—. Pero ten cuidado.

Yo mantenía el paso rápido, colándome deprisa entre el gentío que pasaba por los puestos de alfombras y carne, tenderetes de ropa y hombres empujando carretas repletas gritando: «¡*Bosh! ¡Bosh!*» a cualquiera que se metiera en su camino.

Al doblar la esquina del bazar, con la estación de autobuses ya a la vista, dos chicos me agarraron por las manos y me sacaron de la muchedumbre, metiéndome por un oscuro callejón lateral. Intenté gritar, pero ¿quién hubiera podido oírme con el ruido del bazar?

Uno de ellos me quitó el bolso del hombro. El otro me golpeó en la cara y en las costillas. Me caí al suelo mientras me daban patadas en el estómago.

—¡Parad! —grité.

Uno de ellos se agachó y se puso a rebuscar en mis bolsillos, sacando el dinero que encontraba. Se fueron riéndose, dejándome sin aliento y dolorida en la tierra húmeda.

CAPÍTULO 32

Estoy sentada en mi compartimento, preocupada por Napoleón. Qué aspecto tan desolado tenía cuando el tren se alejaba. En el vagón, desde su partida, reina un aire de desamparo. La *provodnitsa* se afana por el vagón limpiando lo que ensució Napoleón, emitiendo reproches en voz alta ante cualquiera que la escuche. Las cosas ya no son tan joviales.

Miro lo que he escrito en los cuadernos, y hay partes en las que la escritura está en un ángulo raro, y hay otros párrafos escritos y luego tachados y luego reescritos. ¿Es la historia de mi familia? ¿Habré sido justa con ellos? ¿Es la verdad? Pienso en la historia de Napoleón, en las partes que ha compartido conmigo, y me pregunto, ¿cómo escoger? ¿Cómo escoger lo que nos da sentido en este mundo?

Me queda solamente un cuaderno. Tengo muy claro que es improbable que la *provodnitsa* me traiga uno nuevo. Lo que me quede por decir va a tener que caber en estas páginas de renglones finos. Estamos más cerca del final de mi viaje. Enciendo la luz de lectura del compartimento y cierro la puerta. El vagón está casi vacío, todo el mundo se ha ido al coche restaurante a cenar y a entretenerse. Hay solo unas pocas personas sentadas más allá: dos chicos jugando al ajedrez y una pareja mirando guías.

Cierro la puerta para hacerles desaparecer y abro el último cuaderno.

CAPÍTULO 33

Una vieja me encontró y me llevó a su casa, en el callejón cercano a la estación de autobuses. Se quedó con las manos apretadas contra el pecho, alarmada por encontrarme en la puerta de su casa en tal estado de necesidad. Me lavé en una palangana, en la habitación que constituía toda su casa, la sangre reseca en la sien, el labio hinchado y roto donde me habían dado el puñetazo. Me ayudó a quitarme el *chapan* hecho jirones, sacándomelo con cuidado, y me dejó agua tibia para lavarme antes de salir, dejándome sola. Tenía dolores por todo el cuerpo y me miré los moratones y los cortes, lavándomelos con cuidado. Los chicos se habían llevado solamente el dinero que había cambiado y además solo los billetes, lo que era una leve indulgencia. El resto, sin cambiar, seguía escondido debajo de mi ropa. Me imagino que debieron de pensar que lo llevaba en la bolsa. Me llevé la mano al cuello. La cadena de Ara había desaparecido, se rompería en la pelea. Sentí que se me formaba una lágrima en un ojo y parpadeé para evitarla. Cada vez que pensaba que estaba yendo hacia delante, que las cosas iban a mejorar, pasaba algo que me echaba atrás. Me senté allí sola y dejé que las lágrimas se derramaran.

Me estaba empezando a crecer el pelo otra vez, ahora me llegaban mechones desiguales al cuello del *chapan*. Me lo eché a un lado, comprobando los daños en mi cara en el cristal roto que colgaba de la pared sobre la mesa. Se iban a curar, y yo iba a sobrevivir.

La mujer volvió. Sostenía el collar, partido en dos. Lo tomé en mis manos, balbuceando «gracias», casi sin acceso a mi propia voz. Esa noche dormí allí, acurrucada en el suelo, con la cabeza palpitando de dolor, con la mujer meciéndose adelante y hacia atrás, rezando por mí. Cuando desperté a primera hora de la mañana, estaba dormida en la silla junto a la puerta. Salí andando de puntillas a su lado, dejando la cadena encima de la mesa.

En la estación, el conductor me dirigió una mirada extraña. Me había olvidado de lo hinchada que tenía que tener la cara.

—¿Naryn? —le pregunté. Él levantó una ceja.

—No quiero problemas —gruñó a modo de advertencia.

Agaché la cabeza y me subí, dándole algunas de las monedas que mis atacantes no habían logrado birlarme.

En los asientos de atrás de la furgoneta ya había un par de personas. Estuvimos sentados una hora más hasta que la *marshrutka* se llenó y arrancamos. Me giré hacia la ventana para evitar asustar a los demás viajeros con mi cara hinchada. El viaje, largo y duro por ir siempre por carreteras de montaña llenas de baches, era algo a lo que estaba ya tan acostumbrada que fui dormida la mayor parte del trayecto, aunque la furgoneta paraba mucho para que los demás pasajeros tomaran el aire, se estirasen, comieran algo, fumasen o respondieran discretamente a la llamada de la naturaleza junto al arcén. Al llegar la noche ya estábamos en Naryn, donde me bajé de la *marshrutka*, que tenía su parada al oeste del bazar, y de allí me subí a otra que esperó a llenarse antes de partir para Karakol, el final del viaje hasta la frontera. El dolor en las costillas había empeorado y me dolía al moverme o al toser. Me envolví en el *chapan*, sucio y roto, e intenté bloquear la cháchara de los otros viajeros, algunos locales y algunos extranjeros, incluyendo una pareja francesa con mochilas, con una chica que hablaba muy alto, emocionada, disfrutando de la aventura. No me importaba que fuera de noche, ni estar sola, ni el dolor. Lo único en lo que podía pensar por el momento era en llegar al tren, para poder alcanzar Moscú.

Al sentarme en la furgoneta, esta vez con una espera menor hasta salir para la frontera, me imaginé a Ara sentada a mi lado. Hacía mucho tiempo que no pensaba en ella ni hablaba con ella. Me rodeó los hombros con el brazo y me alisó el pelo apartándomelo de la mejilla.

—Todo está bien, Samar, pronto habrás llegado. ¿Qué son todos esos moratones? ¿Has vuelto a pelearte? Qué chicazo eres — rio.

Le tomé la mano y dejé que me cantara hasta que volví a dormirme, mientras la furgoneta iba dando brincos hasta el cruce de la frontera donde nos dijeron a todos que nos bajáramos. Teníamos que cruzarla a pie.

—Yo iré contigo —me dijo—. No te importará que se apunte tu hermana mayor, verdad. —Qué típico de Ara, más que hacerte una pregunta, soltarte una afirmación.

—Por supuesto que no —contesté.

El conductor me dirigió una mirada rara cuando me bajé de la *marshrutka*.

Seguí andando; me daba igual. En la frontera los guardias miraron mis papeles y me alumbraron la cara con su linterna. No me metieron prisa, como sí hicieron con los demás de la furgoneta, que ya habían empezado a avanzar hacia los taxis que esperaban al otro lado.

—No pasa nada, Samar —dijo Ara, mirando directamente al guardia; una mirada de la que solo ella era capaz, que podía derretir el corazón más severo.

Delante de mí se giró una chica, la francesa que iba con su novio, los aventureros que habían compartido conmigo la furgoneta desde Naryn. Reconocí el tono elevado de su voz.

—Perdóneme —le dijo al guardia con su inglés cantarín—. Estamos esperando a nuestro amigo.

Los hombres la miraron, una chica alta y guapa con una cámara cara y una mochila casi a estrenar.

—Está con nosotros. —Hizo otro gesto señalándome.

Los hombres, que solo hablaban kazajo y ruso, sacudían la cabeza, no la entendían.

—C-O-N-N-O-S-O-T-R-O-S —les gritó, sonriendo.

—*Okey, okey* —dijo el guardia, divertido. Era muy tarde, no tenían dónde dejarme y la furgoneta ya se había ido.

—Venga —me dijo en ruso—. Es tu noche de suerte.

Ara me guiñó un ojo mientras caminábamos apresuradamente; la francesa mantenía abierta la puerta de su taxi, esperándome.

—Gracias —dije en inglés, sentándome a su lado. El novio iba delante.

—No pasa nada, no te hubiéramos dejado ahí.

Me guiñó el ojo y apretó un puñado de *tenge* contra mi mano cerrada.

—Para que tengas donde quedarte, ¿vale? O para ver a un médico.

Caí en la cuenta de la pinta tan patética y tan rota que debía de tener para que ella quisiera salvarme. Una lágrima me corrió por la mejilla y me la sequé con la mano. Ella se dio cuenta y me apretó un poco la mano antes de lanzarse a una discusión en francés con su novio, cuyo tema, según pude deducir, era el desacuerdo de él con la decisión de ella de ayudarme. Al final, ella se limitó a encogerse de hombros y seguimos el viaje en silencio hasta Almaty.

Cuando llegamos, el sol estaba empezando a alzarse por encima de la ciudad.

Decidí quedarme un día o dos en Almaty y me despedí de la pareja, dándoles las gracias. No quería llamar la atención en lo que me quedaba de viaje y era mejor esperar a que bajase la inflamación. Quería prepararme, comprar ropa nueva, ropa occidental. Dormí dos noches en un hostal barato. Era tranquilo, el hombre detrás del mostrador se pasaba el día absorto aburridamente en la televisión. Encontré una librería en el centro y me pasé horas en el suelo, asombrada ante la cantidad de libros y ante el hecho de que pudiera estar allí sentada sin que nadie me molestara. Busqué mapas, información, cualquier cosa que pudiera resultarme útil. Encontré una enciclopedia y me detuve en sus páginas hasta que el librero se puso de pie a mi lado, animándome a marcharme.

Calculé que tenía que llegar hasta Novosibirsk y coger allí el transiberiano. Sería una aventura, o al menos eso quise creer. Como me estaba acercando al final de mi viaje, estaba poniéndome más nerviosa. Mis planes de buscar a mi tía Amira estaban de lo más deshilvanados. ¿Por dónde empezar? ¿Qué pasaría si no la encontraba? Luego pensé en la carta que le había enviado años atrás a Madar y me pregunté si sería una de las que me había llevado conmigo cuando me marché de la casa amarilla. También pensé en Omar: todavía me quedaba mucho remordimiento por abandonar Afganistán y rendirme en la búsqueda de mi hermano.

En esta ocasión fui más cautelosa, tuve cuidado de evitar los callejones oscuros y los personajes de aspecto sospechoso, consciente de que yo era la única persona responsable de mi propia seguridad. Después del último cruce de frontera, Ara me había echado una severa reprimenda. Menudo carácter tan fiero tuvo siempre. Era lo que yo necesitaba escuchar: «Basta de desánimo, Samar, ya no puedes rendirte».

El surtido de ropa me dejó perpleja, con estilos tan distintos a los que había en casa. Yo no quería destacar. Observé a las chicas jóvenes y a las mujeres en las aceras, con minifaldas y tacones, otras con vaqueros estrechos y botas, y tops recortados y cortísimos. Me pareció increíble y un poco aterrador. Algunas mujeres usaban velo, pero muchas no. Me pasé horas en los mercados merodeando por los puestos de ropa. Al final encontré unos vaqueros, camisetas lisas y una chaqueta suave con cremallera. Me quedé las botas de Omar, aunque la temperatura era agradable y me daban calor; el caso es que no quería tirarlas. Uno de los puestos del mercado vendía pequeñas faltriqueras con cremallera que podía llevar debajo de una camiseta ancha, de forma que llevar los papeles, las fotos, las cartas y lo que me quedaba del dinero se volvió mucho más fácil. En una mochila metí unas pocas mudas de ropa recién comprada. Al dejar atrás el viejo *chapan* de Javad, le dije adiós también a mi hermano. Lavada y vestida, con el pelo ya más largo otra vez y la hinchazón en proceso de curarse, casi volvía a ser Samar.

Había ajetreo en la estación de tren, con gente corriendo en todas direcciones. Decidí viajar a Astana y de ahí a Novosibirsk. En el despacho de billetes la mujer apenas me miró desde su lado del cristal. Tuve que esperar una hora en el andén hasta que llegó el tren. Yo nunca había viajado antes en tren y me intrigaban las idas y venidas de la estación. Alucinaba ante el hecho de que en los trenes cupiesen todos estos pasajeros, que estas vías pudieran llevar a tanta gente a través de larguísimas distancias. Cuando el tren entró en el andén, observé a los otros pasajeros para ver cómo subirme y encontrar mi vagón. Compré comida y agua en uno de los pequeños puestos frente a la estación y pronto encontré mi sitio en un compartimento para cuatro. Era un lugar pequeño y estrecho, con un lavadero diminuto junto a la ventana y dos largos asientos, uno frente a otro. Yo me puse junto a la ventana para poder contemplar las estepas mientras atravesábamos el país camino de Rusia. Una pareja y su pequeña hija compartían el compartimento conmigo. Durante un rato imaginé cómo sería la vida si formara parte de esa familia, pero el padre me lanzó una mirada lasciva cuando su hija y su mujer se fueron al baño, y decidí que tampoco una desearía formar parte de cualquier familia.

Después de tanto caminar, de los camiones, de las furgonetas, viajar así, cubrir distancias tan deprisa, me pareció un lujo increíble. Empecé a preocuparme más por el dinero, por cuánto tiempo me duraría, por cuánto tiempo iba a necesitarlo. De alguna manera me había convencido a mí misma de que encontraría pronto a Amira y que ella me recibiría y me acogería, así que mis planes llegaban solo hasta ahí. La idea de volver a estar sin nada me aterraba. Iba a tener que ser más cuidadosa. Dormí para olvidarme de cómo me rugía el estómago y luego caminé arriba y abajo del vagón para desentumecer las piernas, que se me habían dormido por haber pasado tanto tiempo sentada. Por las noches, los asientos se convertían en camas desplegables. Me preocupaba el hombre que ocupaba la cama debajo de mí, así que me mantuve despierta, de cara al compartimento para que no me pudiera sorprender. Al final no hizo otra cosa que dormir, roncando tan fuerte que la gente del compartimento de al lado estuvo toda la noche dando golpes en el tabique. Al día siguiente, a última hora de la mañana, estábamos ya en Astana. Llegado este punto yo había perdido la cuenta de los kilómetros recorridos, y estaba inmunizada contra la amplitud del paisaje, las montañas, los ríos, las praderas.

Me encontré hablando constantemente con Madar y con Ara; con Pequeño Arsalan y con Soraya; con Javad, tal y como era antes de los talibanes; con Omar, de quien esperaba aún que anduviera por ahí; con Baba, a quien sabía perdido. Cuando se bajaron del tren en Astana, la familia de mi compartimento se marchó corriendo de mi lado. Me di cuenta de que había estado hablando en voz alta y debieron de creer que estaba loca.

En Astana tuve suerte. El siguiente tren a Novosibirsk partía esa misma tarde. Después de ese no volvía a haber otro en cuatro días. Esta vez compré el asiento más barato e inmediatamente me di cuenta de que había cometido un error: el vagón iba abarrotado y no me sentía segura. Pasé la mayor parte del viaje en el coche restaurante, mirando por la ventana y contando las horas hasta llegar a Rusia y poder embarcar por fin en el ferrocarril transiberiano.

No había escogido la ruta más directa, de eso me estaba dando cuenta ahora, pero tenía tantas ganas de sentarme en los vagones de los que hablaba Omar, de sentirme una vez más cerca de mi hermano, de llevar a mi familia conmigo en este último tramo del trayecto hacia mi tía Amira, último vínculo posible a todo lo que yo amaba. Me di cuenta también de que estaba retrasando mi llegada a Moscú, asustada ante lo que pasaría si no la encontraba.

Para cuando el tren entró en Novosibirsk, yo había empezado a dudar de la totalidad de mi plan. Me temblaban las manos al bajarme del tren. Mantuve la cabeza baja y me apresuré hasta la oficina de despacho de billetes para comprar mi billete a Moscú.

La chica de la ventanilla de venta de billetes llevaba un pintalabios rosa fuerte y el pelo teñido de rubio. Intenté no mirarla a los ojos. Ella cogió mis papeles, los miró largo rato, luego llamó a un colega, luego a un segundo individuo. Los tres estuvieron allí mirando mis papeles durante lo que me pareció una eternidad; se fue formando una larga fila de gente detrás de mí, todos empujando y dando codazos, queriendo saber a qué se debía el parón. Yo me había confiado, acostumbrada a que la gente no comprobase las cosas bien, a que no les importase. No tenía ningún plan para la eventualidad de que me detuvieran y me interrogasen. Tampoco podía ofrecerle dinero para que me ayudara, porque ya había involucrado a toda la oficina de despacho de billetes. No sabía si mostrarme audaz, aceptar las preguntas e intentar convencerla, o si echar a correr. Ella cogió el teléfono.

Así que eché a correr. No esperé a descubrir qué podría pasarme si la policía me pillaba con papeles falsos.

Iba a tener que encontrar otra manera.

Mi viaje transiberiano había llegado a su fin antes incluso de empezar.

Sexta Parte

«Baba, ¿veremos algún día algo así?»
«Algún día, algún día todos veremos algo así».

CAPÍTULO 34

A veces hay que ir hacia atrás para poder avanzar. Esto solía decírnoslo Madar.

Veo que está llegando el tren. Su locomotora es blanca, roja y azul, y todos los vagones están pintados a rayas con esos tres colores. Entra despacio en Novosibirsk. A mi alrededor hay turistas: americanos, franceses, un par de escandinavos altos con mochilas. También se están subiendo algunos lugareños, camino de Omsk. Escucho sus conversaciones. Busco a alguien detrás de quien colocarme.

Nadie me ha visto colarme en el andén, agachada, pasando por debajo de la barrera, esperando la llegada del tren. Me he convertido en una experta en invisibilidad, en no llamar nada la atención. Mantengo la mirada al frente e intento no mirar a nadie a los ojos, especialmente a la *provodnitsa*, una chica de pelo oscuro y mejillas sonrosadas, de pie junto a la puerta del vagón, contando los pasajeros que suben y los que se bajan.

Llevo ya una semana observando la llegada de los trenes. Sé cuánto tiempo tendré para buscar un momento de despiste y colarme en el tren. Intento no pensar en lo que va a ocurrir si me pillan.

La joven está ocupada discutiendo con un americano gordo sobre la cantidad de equipaje permitido; él está de pie en el andén rodeado de maletas caras y bolsos relucientes. Ella los coge al peso uno a uno y dice que no con la cabeza. Yo me aprovecho y paso por su lado a toda velocidad, pisándole los talones a la familia que justo está montándose ahora. Me pego a ellos, observando su gestualidad, cómo se dirigen los unos a los otros; el chico y la chica son mayores que yo, tendrán diecisiete, dieciocho años a lo mejor. Pienso en Omar y en Ara. Se me hace un nudo en la garganta.

No hay tiempo para recuerdos. Necesito comprender cómo funciona el tren, las idas y venidas de la *provodnitsa*. Tengo que encontrar los lugares donde esconderme sin que nadie se percate de mi presencia. No tardo mucho en descubrir que son pocos. Pero mi razonamiento es que, a pesar de todo, ya he llegado hasta aquí.

A estas alturas lo he leído ya todo sobre el viaje en las guías que hay en la tienda cerca de la estación. Pienso en Omar hablando sobre este tren que va del este al oeste, de la notable ingeniería de sus puentes, de los paisajes que atraviesa, de cómo algún día él pensaba hacer este viaje. Pienso en sus sueños de convertirse en ingeniero, en sus sueños de ver el lago Baikal y el puente que hay ahí, que es una proeza de la inteligencia. Y por eso sé algo de la ruta, de los lugares donde hay parada. Voy a convertirme en una entusiasta estudiante de este ferrocarril.

Creo que aún es posible encontrarlo allí. No creo en ello como creía respecto de la casa amarilla, pero hay una pequeña parte de mí donde la esperanza sigue viva.

En unos pocos días estaré en Moscú. Allí podré disiparme en las muchedumbres. Buscaré a Amira. Lo único que tengo que hacer es encontrarla. ¿Y si eso falla? No puedo pensar a tan largo plazo. No tengo planes más allá.

Madar siempre solía decir: «Aférrate a tus sueños». Nos animaba, a Ara y a mí concretamente, a imaginar cualquier futuro posible. Daba igual que fuéramos niñas, o que nuestra educación fuera solo esporádica; que al final hubiéramos sido educadas en casa, como intentaba llamarlo con humor. Éramos capaces de grandes cosas; esto nos decía una y otra vez. Una mujer puede ser soldado, puede gobernar un país, puede salvar a la gente, puede enseñar, puede ser médico, una bailarina famosa, una cantante, hacer música, ser ingeniera, científica, escritora. Nos pedía que soñáramos y nosotros volábamos con ella.

Me siento hacia el fondo del vagón. Este último compartimento está vacío. El tren no está lleno, quizá solo un tercio de los compartimentos lleven viajeros. Descubro que quepo debajo de uno de los asientos largos que hay a ambos lados del compartimento. Es incómodo. Mi cabeza da contra la base del asiento y el pelo se me enreda en el marco cuando el tren da alguna sacudida. Tengo las rodillas dobladas para evitar que se me salgan los pies fuera, pero aquí, si me aprieto lo suficiente contra el tabique, no me pueden descubrir. El suelo está sucio y lleno de polvo. Lo barro como puedo usando una camiseta que llevo en la mochila. Este compartimento está cerca del baño, un pequeño cubículo para el váter, con un espejo diminuto y un grifo de agua fría del que sale un vacilante reguero de agua. Puedo salir al exterior del vagón y respirar aire fresco, contemplando el paisaje que va pasando; o, más bien, como descubro muy pronto, tomando el aire no tan fresco, ya que es el lugar donde se congregan todos los fumadores. Con todo, en caso de que la *provodnitsa* se acerque, me puedo esconder.

Se convierte casi en un juego. La observo, intentando averiguar sus rutinas para poder estar preparada y saber qué esperar. Me debato sobre si debo esconder el dinero debajo del asiento o seguir llevándolo encima. Decido al final no esconderlo, razonando que el compartimento podría llenarse en cualquier otra estación. Intento dormir. Y a ratos duermo. Sueño. Me estiro y bailoteo, brincando arriba y abajo sin moverme del sitio. El movimiento del tren es tranquilizador, invita a dormir. Observo, sin ser vista, cómo la *provodnitsa* se hace amiga de un minero ruso. Sus sonrosadas mejillas se ruborizan aún más cada vez que pasa por su compartimento, y se queda allí parada, enrollándose el pelo en los dedos y hablando con él en voz baja y cantarina. Pienso en Mati, y algo me tironea el corazón. Para la *provodnitsa* soy invisible, no revisto ningún interés.

Del coche restaurante llegan vaharadas de olor a comida. Siento que el estómago se me encoge de hambre. Me debato sobre si comer o no comer en el coche restaurante. Al final decido no hacerlo, temerosa de que haya comentarios sobre la niña que viaja sin acompañantes, de que me pidan papeles, billetes, cosas que no puedo proporcionar.

Esperaré a que pare el tren; habrá vendedores en el andén, me figuro. Puedo entregar mi dinero a cambio de queso, pan, fruta y huevos cocidos. El samovar está cerca de la *provodnitsa*, así que decido pasar sin agua caliente.

Tras haber sobrevivido a lo peor, este tren me parece lujoso. Estoy viajando a lo grande. Me acuerdo de la caminata desde el campamento hasta Kabul, de los kilómetros recorridos cruzando las montañas, con Madar y Baba guiándome a lo largo de todo el camino. Y luego en el arriesgado viaje por tierra para llegar a Rusia; en cómo tanto Ara como también Javad, a su manera, me han ayudado a llegar hasta aquí, animándome a seguir. Pero, con todo, mantengo la vigilancia.

No hay nadie en el compartimento de al lado, y esto me consuela. En el contiguo a ese hay una pareja joven de luna de miel. Son de Chita; esto lo deduzco de sus conversaciones. Entre ellos todo es alegre. Es un nuevo comienzo. Cuando llegamos a Omsk se afanan recogiendo bolsos y luego se bajan del tren, cogidos de la mano. Él la ayuda a bajar del escalón del vagón. Voy a su compartimento. Se han dejado una bolsa de pan a medio comer, fruta que no querían, y yo lo recojo todo. En el asiento hay un viejo libro de bolsillo. Miro la portada: una dama con un abanico. Es de Tolstoi, y está en ruso. Lo recojo también y lo guardo como un tesoro.

Solo unas pocas personas se suben al tren en esta concurrida estación, y nadie se sienta en mi vagón. Me arriesgo pasando un rato sentada en mi compartimento, cerrando la puerta. Compruebo dónde está la *provodnitsa*, una vez que sus pasajeros han montado se ocupa de charlar con el minero, sentándose en su compartimento. Estrechan su amistad, sus voces se solapan, sus risas bailan por todo el vagón. Una vez que me he asegurado de que está ocupada, me relajo y me permito comerme la comida que dejó atrás la pareja feliz de Chita. Saboreo cada mordisco, imaginando que es un banquete. Por la ventana contemplo la ciudad mientras esperamos en el andén a que carguen los suministros. El cielo es de un oscuro azul prusiano.

El libro está bien manoseado, con la cubierta arrugada y las esquinas de las páginas curvadas sobre sí mismas. Se titula *Anna Karenina*. Pronuncio las palabras una y otra vez, dejando que me rueden por la lengua. Empiezo a leer, y aunque tropiezo en algunas palabras, me encuentro transportada a otro mundo. Ni siquiera me doy cuenta de que salimos de la estación. Pierdo la cuenta del viaje, me olvido del traqueteo del tren y desaparezco en este otro mundo, de forma que sufro un horrorizado sobresalto cuando oigo de repente a la *provodnitsa* charlando en la mitad del vagón. Apenas tengo tiempo de deslizarme debajo del asiento cuando pasa junto a mí, deteniéndose a encender las luces de lectura para alumbrar el tren ahora que se acerca la noche. Contengo el aliento, con el libro metido entre las rodillas. En el compartimento todavía huele a naranjas peladas, y temo que me descubra. Se queda de pie un rato en el pasillo, organizando sus billetes y su cambio, y luego sigue hacia el vagón contiguo. Lanzo un suspiro de alivio. Me quedo allí, ovillada sobre mí misma, aguardando por si vuelve a pasar. Regresa después de un rato y una vez que está de nuevo en la parte delantera del vagón, salgo de mi escondrijo, llena de polvo y entumecida, y vuelvo a tomar el libro entre las manos.

Me enamoro de los personajes creados por Tolstoi. Leer este libro es como tener a Anna sentada aquí a mi lado en el compartimento, o como si yo estuviese allí, y la lucha de Anna, atrapada entre el deber y el amor, entre su marido y Vronsky, me hace pensar en Arsalan y en Madar. Qué complicado tiene que ser este asunto del amor.

Decido que este libro es una señal, un regalo inesperado, y lo voy leyendo como quien tamiza oro.

Pronto la *provodnitsa* se pone a organizar los compartimentos para pasar la noche. Anima a los pasajeros a acudir al coche restaurante. A todos menos a su amigo ruso, que se queda en el vagón.

Oigo sus risitas y veo cómo él la mete en su compartimento, rodeándole el trasero con las manos. Me pregunto si esto es amor. Voy al baño a estirar las piernas dando saltos en el reducido espacio y a media luz. La hinchazón y los moratones de mi cara casi están curados ya. Solo me queda una sombra debajo de un ojo. Tengo de nuevo un aspecto casi normal.

Me imagino lo que tiene que ser hacer este viaje una semana tras otra, primero en una dirección, luego en la siguiente, para volver a empezar otra vez. Supongo que la *provodnitsa* encuentra aventuras donde puede, cuando puede. Las mujeres de aquí me escandalizan. Qué abiertas son, y qué alto hablan. Sin miedo. Sin remordimiento.

La revisora del siguiente vagón viene muy ajetreada, poniendo los asientos en forma de camas. La oigo chasquear la lengua en reproche a su colega. Luego ambas se echan a reír de forma grosera. El hombre también ríe. Hay un chocar de vasos de vodka, un brindis a la felicidad y a la salud. La risa de estas mujeres es oscura. Me vuelvo a esconder, esperando que la otra chica vuelva a pasar por el pasillo, pero tarda un rato, porque se detiene a ayudar a su amiga a desplegar las camas que quedan. Charlan sobre los pasajeros, no en tono quedo y discreto, sino en voz alta, sin miedo ni preocupación porque las oigan. El tren es su territorio, y los pasajeros solo están de paso.

Los turistas y los viajeros por fin van volviendo al vagón, oliendo a coliflor y a arroz *plov* y al calor del coche restaurante. Están a la vez encantados y molestos porque las camas ya las tengan hechas, con el claro mensaje de que deben acostarse a pasar la noche. Acceden a los deseos de la *provodnitsa* y el vagón se convierte en un susurro de voces y juegos en las sombras.

Alguien un poco más arriba del vagón tiene una radio en la que está sonando una música tristísima. El hombre que la presenta dice que es *El pájaro de fuego*, de alguien llamado Stravinsky. Cuenta la historia de un príncipe y trece hermosas princesas. La música es alternativamente siniestra y deliciosa, y yo nos imagino a todos aquí, reunidos, bajo la luz que parpadea en el techo, escuchándola.

Es difícil visualizar a mi familia sin pensar en todo lo que ha ocurrido, y sin embargo ellos me han traído hasta aquí. Se quedan conmigo, me cuidan. Ahora los veo, Javad está haciendo sombras chinescas del pájaro en la pared detrás de la cabeza de Baba. La voz de Madar suena grave, nos atrae hacia sí. Soraya le está preguntando a Baba: «Baba, ¿algún día veremos algo así?».

Alargo la mano para tocarlos, pero la luz parpadea y se han ido. La música prosigue elevándose en espirales.

A medida que el vagón se va quedando dormido y la *provodnitsa* sigue flirteando con su minero, me arriesgo a pasar un rato sentada en el compartimento. Quiero escapar a otro mundo, así que abro el libro una vez más. Ya estoy bastante entrada en la historia y ansío saber más de Anna y de Vronsky y de su amor condenado. He llevado las cartas de Arsalan a mi madre todo este camino. Me pregunto por qué me he aferrado a ellas, qué prueban o dejan de probar, por qué habría ya de importarme. Al fin y al cabo, todos han desaparecido. Creo que lo que me interesaba era la verdad: desear algo real cuando todo estaba trastocándose a mi alrededor. Ahora no parece tan importante. Leo sobre Anna y Vronsky y sobre cómo sus corazones les llevaron a hacer locuras, a romper con lo que los demás creen que es correcto o apropiado. ¿Fue eso lo que pasó con Madar y Arsalan, o fue algo diferente, tal vez más complicado? Soy consciente de que puede que no lo sepa nunca. La única persona que parecía saber algo de Arsalan, que lo encontró interesante, fue el anciano del complejo, a quien nunca tuve la oportunidad de preguntar. Tal vez Amira lo sepa, pienso.

En el vagón hace calor y cierro los ojos, y el movimiento del tren me duerme. La música sigue sonando en otra parte del vagón. Suaves ronquidos la acompañan desde el extremo delantero del vagón. Pronto volverá la *provodnitsa*, afanándose por el vagón, y una vez más me escondo debajo del asiento, que ahora es una cama, con la sábana colgando suelta a un lado. Doblo el brazo debajo de mi cabeza y uso el libro como una especie de almohada.

Faltan dos días para llegar a Moscú. Le doy las buenas noches a Madar y a Baba, a mis hermanos y hermanas. Cada vez es más y más difícil verlos, sentirlos conmigo en este viaje. Es como que les estoy dejando marchar, o ellos a mí.

Por la mañana me despiertan las voces de dos sudafricanos de Ciudad del Cabo hablando sobre su país, sobre los paisajes, la fauna, comparándolos con las interminables zonas yermas por las que estamos pasando. Los escucho, con curiosidad por oír hablar de partes del mundo que solo conozco vagamente por las lecciones de Nayib.

—Ja, es como Kruger.

—No, no lo es, no lo es en absoluto.

—Aj, sí que lo es; todas esas praderas, los arbolillos y arbustos, la manera cómo el cielo se extiende por encima de todo, así, plano.

—Para mí que por aquí no deben de verse muchos leopardos. —Este es el hombre, que insiste—. Ni búfalos.

—Bueno, tienen leopardos en la zona que está cerca de China. Mira, lo dice aquí. —Esta es la mujer, que tiene una voz aguda y nasal. Oigo cómo ella le pasa el libro a él.

—Hmm… Sigo pensando que son bastante diferentes.

—Tú nunca has estado en Kruger, —dice ella.

—Ja, pero conozco el *lowveld*. Aquí no se ven cebras, ni elefantes. Ella no dice nada.

Pienso en Javad, en lo mucho que le gustaba perseguir a las cabras y a las ovejas en la montaña, cuidando del rebaño con Baba Bozorg, cómo le gustaba estar al aire libre, antes de que Amin empezara a envenenarle el cerebro.

Imagino a Javad de veterinario o de guía de safari, llevando a los turistas por algún lugar parecido a este lugar llamado Kruger del que hablan. A alguien tal vez diciéndole a Javad: «Yo una vez fui a Siberia y era un poco como esto».

Después de un rato la pareja se pone a discutir sobre otra cosa y es un alivio cuando se bajan en Tyumen.

Qué raro es escuchar las vidas ajenas. El tren es así de día y de noche; los secretos que la gente se piensa que guarda tan bien, las mentiras que se cuentan los unos a los otros. Me resulta curioso oír sus voces: rusas, inglesas, americanas, alemanas, francesas, danesas, sudafricanas… todas mezcladas, todas tan distintas y, sin embargo, manteniendo discusiones y albergando esperanzas sobre cosas similares.

Me imagino a Omar sentado en otra parte del tren y se me hace un nudo en la garganta porque me doy cuenta de que ya no sé qué aspecto tiene, si está herido o muerto, o si ha matado a otros. Si está vivo, ¿sabrá algo de nosotros? Tal vez alguien del complejo le cuente a otro que hay un niño llamado Javad que está buscando a su hermano. Otra media verdad. Afuera el cielo está apagado, gris y pesado. Es un reflejo de mi estado de ánimo, y siento cómo me deslizo de nuevo hacia la oscuridad, con la mente repleta de imágenes de Ara y de Soraya, del terremoto, de Masha; todas estas cosas que desearía deshacer.

Hay más de 300 kilómetros entre Tyumen y Yekaterinburgo. Vuelvo al libro, sin que me moleste la *provodnitsa*, que está en el cuartito cuadrado en la parte delantera del vagón en su pausa del almuerzo. Estoy leyendo una de las secciones sobre Levin; es un alma peculiar, nunca del todo feliz, deseando que su vida signifique algo. Estas partes las hojeo, mi hambre es por saber más de la relación entre Anna y Vronsky. Me molesta la infelicidad de Levin. ¿No deberíamos alegrarnos simplemente por estar vivos? Entonces sé lo que más me molesta: que tiene razón; estar vivo simplemente no basta.

Me imagino a Baba sentado delante de mí diciendo, «Ay, Samar, siempre con la cabeza en los libros, siempre aprendiendo. Aún te convertiremos en maestra».

Esa era la idea que Baba tenía para mí: que fuera maestra. ¿Y la mía para él? No lo sé. Conocía a mi padre y, sin embargo, apenas lo conocía. Sabía lo que yo quería saber sobre él, aquello que coincidía con mis propias ideas. Así son las cosas.

Este pensamiento permanece conmigo mucho rato.

La gente del vagón ha cambiado en Tyumen. Ahora en el compartimento contiguo hay un par de chicos rusos y un padre que es maestro de escuela; cierro la puerta para evitar que me vean. Están jugando a las cartas, al *Durak*, un juego al que yo solía jugar con Arsalan en el jardín de la casa amarilla. Sus voces gritan emocionadas y las risas llenan el vagón. Echo de menos a mis hermanos y hermanas. Echo de menos los juegos idiotas a los que jugábamos, las peleas y las discusiones que solíamos tener, el tomar partido y el hacer justicia, los días en los que Javad y yo nos ignorábamos, negándonos a conceder que el otro pudiera haber tenido una mínima parte de razón. Echo de menos todo esto, y me duele el corazón en el pecho. Visualizo a Ara con Soraya en brazos, acariciándola, cantándole una nana en voz baja para ayudarla a dormir.

«Samar, ¿no sabes que si viajas de espaldas te marearás?», me dice Madar, con un tono a medio camino entre desesperado y divertido. Levanto la mirada, sorprendida, y me doy cuenta de que tiene razón, así que me pongo en el otro asiento.

La *provodnitsa* se está tomando su pausa para el almuerzo con calma. Me pregunto si su minero ruso sigue con ella. Escudriño el pasillo. Está vacío. Decido arriesgarme a ir al coche restaurante después de todo. Necesito estar rodeada de gente, aunque solo sea un ratito. Si me paso demasiado tiempo sentada a solas, los recuerdos me abruman. Me olvido de lo que es real, del aquí y ahora, y de lo que es imaginado, de lo que se ha ido y no volverá más, porque en mi mente sigue sucediendo, una y otra vez, y no puedo sacudírmelo de encima.

El coche restaurante está bullicioso, con un par de grupos grandes riendo en un extremo. En el otro, un guía turístico con pinta de sentirse atosigado intenta darle a su grupo de turistas americanos una solemne conferencia sobre Siberia y su pasado. Me siento cerca de ellos, mirando por la ventana, intentando no cruzar mi mirada con nadie.

—En los gulags de Stalin, ¿alguien sabe cuánta gente murió? ¿Nadie? —pregunta al grupo, cuyos miembros se remueven incómodos en sus asientos, deseando una conversación más ligera para acompañar su almuerzo. Sostiene un brazo estirado en alto. Nadie se anima a adivinar una cifra.

—Pasaron por ellos millones de personas, se mataba a la gente a trabajar, se callaba a los disidentes. —Hace una pausa efectista. Una de las mujeres parece especialmente afectada, y un hombre le frota suavemente la espalda. Del grupo solo emana silencio.

—Eso es —dice—, nadie sabe cuántos... ¡Así que todos tenéis razón!

Suelta una pequeña carcajada ante su chistecillo y unos pocos se unen, incómodos. El personal del restaurante pone los ojos en blanco. Me imagino que es un elemento habitual de sus viajes semanales. Si lo oyes una y otra vez, ¿te endureces ante ello? Me cuesta entender cómo es posible que los hombres cometan los mismos errores una y otra vez; diferentes países, diferentes épocas, los mismos métodos: el miedo y el odio en el núcleo de todo. De cierta extraña manera la conferencia me da ánimos mientras contemplo la taiga cuando el tren la atraviesa, con espesos árboles a cada lado. Por lo menos eso no nos pasó a nosotros, me digo a mí misma. Siempre hay alguien a quien le va peor.

No he pedido nada y me levanto del asiento, pasando al lado del estrépito de los bebedores y de los fumadores que hay entre los vagones, volviendo con cuidado a mi propio vagón. Intento integrarme, que parezca que mi sitio está aquí en este tren. La gente puede percibir el miedo, puede sentir cómo te deshaces, pueden percibir la debilidad.

Cuando llegamos a Yekaterinburgo me está rugiendo el estómago, así que corro el riesgo de abrir la ventana y llamar a una vendedora para comprarle comida y agua. La anciana me sonríe, tiene los dientes torcidos y le faltan unos cuantos de delante. Un escalofrío me recorre la espalda al intentar imaginarla de joven, le doy las gracias y enseguida meto la comida en el vagón. En el tren, la *provodnitsa* está comprobando los billetes de los últimos pasajeros que se han subido. Se está llenando. Sé que no hay reservas para el compartimento en el que me he escondido, pero siempre es posible que alguien se traslade a él, o escoja sentarse en él sin más, de forma que en las paradas la observo y me mantengo ojo avizor de los demás pasajeros, por si acaso. No sé lo que haré si me descubre. Si me sacaran del tren sin papeles, sin pasaporte o visado, ¿qué sería de mí? Intento no pensar en ello y me alegro de que me quede dinero, algo que me proteja. El desaliento desciende de nuevo sobre mí. Estoy ya tan cansada, tan cansada de este movimiento constante, sin saber nunca hacia qué estoy yendo.

«Nos tienes a nosotros, Samar».

Miro a mi alrededor. Ara está de pie en el pasillo, asomada a la puerta semiabierta, sonriéndome. Tiene razón, por supuesto. Siguen conmigo, aunque me cueste, aunque a veces me pueda la incertidumbre, y me aferro a este pensamiento para seguir adelante. A esto y a la distracción que supone *Anna Karenina* y las conversaciones de los demás viajeros, cosas que me anclan al mundo que he llegado a temer y a amar en igual medida.

El padre maestro está sentado hablando en voz alta en el compartimento de al lado, en un esfuerzo por educar a sus dos hijos, ninguno de los cuales parece estar prestándole mucha atención, ya que sus gritos y chillidos se oyen en todo el vagón cuando uno le gana al otro al ajedrez.

—Yekaterinburgo era hasta hace solo unos años una ciudad cerrada —dice.

Todos estos secretos y muros y formas de esconder la verdad a plena vista.

Caigo en la cuenta de que el minero se ha bajado del tren aquí y de que la *provodnitsa* se ha quedado taciturna y malhumorada, respondiendo mal a los pasajeros que se acaban de subir. Me pregunto si aquí en Yekaterinburgo tendrá familia, si tiene a alguien más que se preocupe por él aparte de la solitaria *provodnitsa*.

Después de Yekaterinburgo, el tren no para hasta Perm, luego en Kirov, acercándose cada vez más a Moscú.

—No, mira, mueve el castillo así. ¿A quién estás intentando proteger?

Oigo al padre, ya exasperado, intentando enseñarles cómo jugar a su propio juego.

—Todo tiene que ver con la estrategia. Se construye una base poderosa. Se buscan las debilidades del contrario, buscas distraerle y luego, pum, cuando menos se lo espera, le arrinconas. —Ríe y dice—: Jaque mate.

Los chicos se cansan del juego. Intenta interesarlos en otras ideas.

Empieza a contar la historia de un gran guerrero llamado Napoleón. Algo oí sobre este hombre de boca de Nayib hace mucho tiempo. Creo que no era muy alto. Escucho al hombre con interés. Tiene una voz amable y paciente, y no se merece lo revoltosos que son sus hijos. Me acuerdo de Nayib y de cómo empezó a hablar solo después del terremoto y de las secuelas, y veo aquella mirada perdida y loca en sus ojos, cuando se apartó de los trabajadores humanitarios que también querían llevarle a él al campamento. Él sabía la verdad, pensé. Mejor morir aquí que padecer el campamento.

—Bueno, nosotros no le teníamos ningún cariño a Napoleón... Friedland fue una derrota terrible —Oigo que dice el padre—. Quería destruir Rusia, arramblar con todo lo que se le ponía por delante. Su codicia fue su debilidad. Pero al final tuvimos nuestra revancha. La estrategia, chicos. La táctica. Conoce a tu enemigo, conoce sus debilidades.

Oigo que cierran de golpe la caja del ajedrez. Los niños se calman de cara a la noche y se ponen a leer, aliviados de que la partida haya terminado.

Empiezo a imaginar a un Napoleón más amable y más alto (lo que no es difícil considerando desde donde empiezo). Mi Napoleón es un líder de personas de otra naturaleza, un Napoleón que es capaz de ayudarme a transitar por los momentos más duros, que puede cuidarme cuando yo lo único que quiero hacer es parar.

CAPÍTULO 35

Salgo del compartimento con cautela dejando el libro sobre la mesa y voy al servicio, un cubículo maloliente y diminuto con luz débil e inconstante. Cuando vuelvo al compartimento oigo voces dentro. Hago una pausa y luego decido entrar. Estamos casi en Perm, en la mitad de mi viaje en el ferrocarril transiberiano, acercándome cada vez más a Moscú. Me siento audaz y, además, no puedo dejar atrás a Tolstoi.

Hay allí sentada una joven pareja de estadounidenses, besándose. Se separan cuando entro y me siento. Lamento inmediatamente haberles interrumpido.

—*Hey* —dice el joven—. Yo soy Tom, y esta es Amy.

Sonríe, una sonrisa grande, ancha, de dientes blancos, como si no les hubiera molestado en absoluto y no les importara para nada tener compañía. Mi libro sigue en la mesa delante de ellos. Alargo la mano para cogerlo y marcharme, pero la *provodnitsa* está pasando, así que me quedo, sentándome frente a ellos, escondiendo la cara dentro del libro hasta que se marcha.

—¿Está bien el libro? —me pregunta.

—Sí —pruebo mi inglés, que es más vacilante que mi ruso.

—¿Cómo te llamas? —me pregunta la chica. Tiene el pelo largo y oscuro como Ara, recogido en una trenza. Parece guapa y feliz.

—Soy Samar —digo.

—Qué nombre tan bonito —responde Tom—. ¿Es ruso?

272

Niego con la cabeza.

—No, es persa, árabe, hindi… es de muchos lugares, pero no es de Rusia.

—Guay. ¿Qué significa?

Su pregunta y su interés me sorprenden.

—No estoy segura. Mi madre siempre decía que significa «guerrera», pero mi padre me dijo que significa «contadora de historias»…

—Caramba —dice la chica—, una guerrera que cuenta historias.

Se ríe, y su risa es amistosa y cálida.

No había pensado antes en esto, en que significa algo. Ella me sonríe. Yo le devuelvo la sonrisa.

—¿Dónde está tu familia? —me pregunta.

Yo me encojo de hombros. La garganta se me aprieta. Me miran más de cerca.

Oigo a la *provodnitsa* en el pasillo una vez más. Esta vez se detiene por fuera del compartimento, hablando con un pasajero. Entro en pánico. Los desconocidos ven cómo el miedo me asoma a la cara. En un momento la *provodnitsa* me habrá encontrado.

No me queda otra opción. Me meto debajo del asiento. El libro se cae al suelo.

Cuando la puerta se abre, Amy se mueve como una flecha para colocarse delante del asiento en el que estoy escondida. Recoge *Anna Karenina* del suelo del compartimento antes de que la *provodnitsa* tenga tiempo de agacharse y verme. La joven pareja charla con la mujer de mejillas sonrosadas unos momentos. Tom tontea con ella, la conduce al pasillo para que le enseñe la vista. La puerta vuelve a cerrarse. Amy se agacha, me mira por debajo del asiento con una sonrisa ladeada.

—¡Ya está, no hay moros en la costa! —me susurra.

Me retuerzo y salgo del escondite sacudiéndome el polvo. Me da el libro, tocándome levemente el brazo con la mano.

—No pasa nada —me dice. Pero sí pasa. Estoy temblando.

—¿Qué significa tu nombre? ¿Qué significa Amy? —le pregunto, intentando regresar a la conversación donde la dejamos, como si fuera normal esconderse, escabullirse debajo de los asientos; como si fuera normal estar allí temblando, cubierta de polvo. Ella finge que no ha pasado nada.

—Oh, pues es bastante mono, significa «amada» —Me sonríe cuando se abre la puerta y Tom, el chico estadounidense, se mete otra vez en el compartimento. La besa en la mejilla.

Pienso en Arsalan y en Madar y me pregunto de dónde vino mi nombre, quién lo eligió. ¿Te hace ser un nombre aquello en lo que te acabas convirtiendo al final?

Nos quedamos allí un momento sonriéndonos.

—Gracias —les digo, colocándome una mano en el corazón. Me han salvado.

—Ten un viaje seguro, Samar —me dice ella, diciéndome adiós con un pequeño gesto de la mano al girarse cuando Tom la conduce fuera del compartimento, guiñándome un ojo.

Cuando se marchan cierro la puerta con llave y me tapo la cara con las manos, apoyo los codos sobre la mesita junto a la ventana y lloro. Sollozo tan silenciosamente como puedo, con los hombros temblando, mientras todo se resquebraja en mi interior.

CAPÍTULO 36

Esta será mi última noche en el tren. Mañana por la tarde llegamos a Moscú.

El viaje no ha arreglado nada. No he encontrado a Omar. No puedo traer a mi familia de vuelta ni puedo dejarlos ir. No sé lo que voy a encontrar en Moscú, ni qué clase de vida me podré construir yo sola.

Paso la noche despierta viendo Siberia discurrir en la oscuridad. Oigo la risa de Javad arriba en las montañas en casa de mis abuelos.

«Ahora veréis, ahora vais a ver todos».

Recuerdo echar a correr, maldiciéndolos a todos, dejándoles atrás. Es todo culpa mía. Me resulta imposible arrancar este pensamiento de mi cabeza, la idea de que de alguna manera desencadené todo lo sucedido.

La *provodnitsa* se está emborrachando silenciosamente en el cuartito, rabiosa ante haber dejado atrás a su minero. No me preocupa. Cierro la puerta del compartimento con llave e intento terminarme el libro. Cuando la luz de la mañana se vierte sobre el vagón casi lo he terminado. Anna y Vronsky se están separando. No me lo puedo creer, que el amor no pueda triunfar. Se ha ido hecha una furia a buscarle, enfadada y asqueada ante el mundo y ante sí misma.

El tren hace parada en Nizhny Novgorod. Aquí me sentaré un largo rato en el andén. La *provodnitsa* deja que todos aprovechen

275

la oportunidad para bajarse y estirar las piernas. Obedientemente, el vagón se vacía hasta que solo quedo yo, a solas con mis pensamientos.

Cómo he procurado sacar todo lo sucedido de mi mente, mantenerlo todo a cierta distancia. Hubiera querido cambiarlo, convertirlo en la historia de otra persona, no en la mía. No es una historia que hubiera querido contar nunca. Pero caigo en la cuenta, ahora, de que *es* mi historia y es a mí a quien le corresponde contarla. Al ver a los demás viajeros riendo y bromeando en el andén, mi corazón se empapa de vacío. ¿Cómo voy a encontrar a Amira? Qué locura ha sido dejarlo todo atrás y venir aquí yo sola. Me tiemblan las manos otra vez. No puedo hacer que paren.

Decido abandonar el vagón. La soledad me golpea tan fuerte que ya no me importa lo que me pueda pasar. Es casi como si estuviera dispuesta a que me pillara la *provodnitsa*. Tengo las piernas entumecidas y pesadas y me bajo con cuidado del escalón alto, echando un vistazo al andén.

Por el otro lado están pasando trenes de mercancías, traqueteando a toda velocidad; su imagen, una línea difusa cruzando la estación, tocando la bocina para avisar: *apártense*. No es difícil imaginarte de pie al borde del andén, en el extremo más apartado, separada de los grupos de pasajeros. Podría esperar ahí, juzgar el momento oportuno. Me imagino lo que sentiría, cómo sería cerrarte ante todo, acabar con los recuerdos de mi cabeza, encontrar al fin la paz.

Echo a andar, alejándome ahora del tren y de los vagones vacíos. Las voces de Masha, de Nas y de Robina, el tronar de la tierra al derrumbarse ladera abajo cubriendo el pueblo, la risa de Javad, el cuerpo de Ara flotando boca abajo en el agua embarrada y gris junto al campamento, las manos de Abdul-Wahab agarrándome en la oscuridad: todo me pesa.

En el extremo del andén es más difícil distinguir las voces de los otros pasajeros. Tengo la frente empapada en sudor frío. Voy hasta el ultimísimo extremo, donde los trenes de mercancías salen rugiendo de la estación, llevando su cargamento de vuelta por toda Siberia.

Doy un paso hacia el borde. Aquí, a la sombra de las torres de señales, nadie se percata de mi presencia. Soy invisible. Si saltara, nadie me echaría de menos. Nadie sabrá que me he ido ni que estuve aquí.

En la distancia oigo el silbido de un tren que se aproxima, el ruido sube de intensidad hasta llenarme los oídos. Cierro los ojos y me inclino hacia delante. Será solo cuestión de segundos. No sentiré nada. No siento nada ya. Qué cansada estoy de sentirme insensible. Mis dedos tamborilean sobre mi pierna, como para comprobar que sigo ahí.

«¡Samar!».

Me giro, sobresaltada. El tren pasa rugiendo a mi lado. Miro a mi alrededor, el momento ha quedado varado lejos de mí, ha desaparecido en lontananza. Siento un escalofrío en la estela de aire frío que sigue a los vagones que se precipitan por la vía con cargamentos desconocidos.

Salgo de detrás de las sombras al final del andén. Sigo el sonido de la voz.

«¡Samar! Venga, ¿a qué tan triste?». Levanto la mirada, sorprendida. Napoleón está ahí de pie, con un aspecto mucho más sobrio que la última vez que le vi. Pensé que no iba a volver a verle.

«Tú y yo somos supervivientes», me dice, haciéndome un gesto para que me siente a su lado en un banco que hay en el andén. Hay un viejo periódico revoloteando en el asiento, con noticias de lo que está ocurriendo en el mundo, recordándome que tal cosa existe, que mi destino no tiene por qué ser pasar toda la vida yendo y viniendo dentro de mi cabeza en este viaje perpetuo del oeste al este y del este al oeste.

«Sabes, me tenías asustado», dice Napoleón. «No vale que te rindas, me oyes». Me golpea suavemente el hombro y sonríe. «Puedes volver a empezar, Samar». Lo dice en voz baja. Esta vez no se lo discuto.

«Venga», me dice. «Todo el mundo te está esperando».

Caminamos por el andén, hacia el tren que aguarda. Algunos de los pasajeros siguen deambulando por el andén, dando palmas contra el aire frío y pateando el suelo para mantener el calor.

Volvemos a subirnos al tren. Él se sube primero, comprobando que la *provodnitsa* no me pille.

Por primera vez en mucho tiempo ya no me siento tan adormecida. Empiezo a pensar en Amira una vez más, en la posibilidad de encontrarla en Moscú. Me imagino a Omar por ahí todavía. Me doy cuenta de que no puedo renunciar, ni a Omar, ni a Amira, ni a mi familia y a lo que ellos hubieran deseado para mí. No puedo dejar que lo que ha sucedido me destruya.

Napoleón me está observando.

«Empieza otra vez, Samar», dice.

—No eres real —le explico.

«No, quizá no», dice, y se ríe. Yo me río con él. Se me escapa una risa loca ante el hecho de haber burlado a la muerte, de seguir aquí.

Me pone la mano en el hombro y luego desaparece. Napoleón me ha ayudado a salvarme. Me quedo en el pasillo mirando a mi alrededor para agradecérselo. Pero no está aquí. Caigo en la cuenta de que no volveré a verle, pero la idea de perderle ya no me asusta como me asustaba antes.

Este será un nuevo comienzo.

En el compartimento de al lado encuentro unos cuadernos olvidados por los dos niños y su padre, que se han bajado aquí definitivamente del tren. Los recojo. En la tapa de uno de ellos, uno de los chicos ha dibujado un tren, largo y serpenteante, que rueda por las praderas de la estepa. Dentro hay bocetos de su viaje: puentes, bosques, ciervos, *yurtas*, una caricatura poco amable de la *provodnitsa* que me hace reír, dibujos de movimientos de ajedrez, sugerencias y pistas para que los niños las sigan. El resto de las páginas están en blanco. Un bolígrafo negro descansa en la espiral en lo alto del cuaderno.

Me los llevo.

Cuando vuelvo a mi compartimento, Madar y Baba levantan la mirada hacia mí. También Ara y Omar, Javad y Pequeño Arsalan. La bebé Soraya juguetea en medio entre los dos asientos largos. Alarga la manita para que yo la ayude a tenerse en pie; o ella a mí. Todos ríen. Ara más tarde cantará. Omar y Javad juegan a luchar. Pequeño Arsalan está dibujando subrepticiamente un garabato del tren en la puerta del compartimento, con ceras rojas y azules. Madar y Baba se arriman para hacerme sitio. Madar toca suavemente el asiento que queda a su lado.

«Aquí, Samar», me dice, acariciándome la mejilla. «Pronto estaremos en Moscú. Amira te estará esperando, ¿sabes? Le he dicho que vienes, que la vas a encontrar».

Baba asiente; me está observando. Sonríe.

«Buena idea», dice, mirando los cuadernos que tengo en la mano.

Madar me aprieta suavemente el brazo y me dice: «Recuerda, Samar, que todo es posible».

Siento su calor junto a mí y sé que tiene razón. Al pensar de nuevo en las historias que nos contaba, en cómo sus palabras hilaban magia, mi corazón se llena de amor, por mi familia y nuestro viaje enloquecido, por lo que ha pasado y por lo que está por venir.

Visualizo la casa amarilla, detrás la luz que se cuela oblicuamente entre los picos del Hindu Kush. Veo la bicicleta verde de Omar apoyada contra el muro, las flores del almendro sobre mi cabeza. Oigo las voces de mi familia brotando en un canto a mi alrededor. Me aferro con todas mis fuerzas a estos recuerdos que me enraízan en la tierra afgana. Están dentro de mí. Los llevaré conmigo a donde quiera que vaya.

Ya estoy preparada para que el viaje termine, para bajarme del tren y empezar en un sitio nuevo, en un lugar del que no tenga que salir corriendo. Un lugar seguro.

Al sentarme en el compartimento entre todos ellos, su cháchara va amainando a medida que ellos se desvanecen y se callan y el tren vuelve a llenarse de nuevo. El conductor tiene ganas de irse ya y llegar pronto a la última parada del viaje. La *provodnitsa* grita a los últimos pasajeros remolones para que monten ya.

Moscú no está ya lejos. Espero que el tren salga de la estación, a que los pasajeros se sienten, a que la *provodnitsa* vaya y venga, dejándome por fin en paz.

Espero, y luego empiezo a escribir.

NOTA DE LA AUTORA

No somos nosotros quienes escogemos las historias que contamos; son ellas las que nos eligen a nosotros, y así fue para mí con esta historia de Samar y su familia, y su viaje en busca de la supervivencia y de la seguridad. Escribe y lee no solo sobre lo que ya conoces, sino sobre aquello que deseas conocer. Sé curioso. Sal fuera de lo que te resulta cómodo y familiar.

Tanto la escritura como la lectura son actos extremos de empatía. El escritor aspira a crear un mundo concreto e imaginado a través de la comprensión de sus personajes. El lector generoso se entrega durante unas horas para habitar ese mundo nuevo, para descubrir nuevas experiencias y, en última instancia, maneras nuevas de ver el mundo y su propio lugar en él.

Al criarme en Irlanda del Norte en la década de 1980 durante el conflicto, mi yo infantil fue siempre incapaz de comprender por qué la gente se mostraba tan endiabladamente empeñada en crear problemas. Pero ¿no somos mucho más parecidos de lo que somos diferentes? Eso pensaba yo. Y cuando fui lo bastante mayor como para viajar sola, me marché, ansiosa por explorar lugares nuevos, aprender idiomas extranjeros, abrir puertas a otros mundos distintos del mío. Esa fascinación por comprender el mundo que me rodea no ha hecho más que crecer durante los años que he trabajado con muchos activistas, jóvenes y escritores de países de todo el mundo.

De modo que, junto con mi amor por viajar, contar esta historia fue algo que para mí empezó con la imagen del tren, del Expreso Transiberiano, y el viaje a un lado y al otro, del este al oeste y del oeste al este. Al principio no sabía que se iba a convertir también en una historia sobre Afganistán y sobre cómo los conflictos lo cambian todo, pero si echo la vista atrás y me veo de niña, puedo entender por qué esta historia, así como mi manera de contarla, tenían tanta importancia para mí.

En los primeros borradores se me ve escribiendo desde el punto de vista de Azita, la madre, una figura enigmática que pronto me demostró que no iba a revelar tan fácilmente sus secretos. Entonces trasladé mi atención a Ara, la hija mayor; yo también soy una hija mayor, así que creía entender fácilmente la perspectiva de este personaje. Ara era sin duda la más indicada para contar esta historia. Pero se trató de un comienzo en falso y casi inmediatamente me di cuenta de que escribiendo sobre lo que no conoces, o sobre lo que está fuera de tu punto de vista habitual, es cuando la escritura se vuelve más viva. No tenía ni idea de cómo era ser el hijo mediano de una familia, pero no debí preocuparme, puesto que Samar me lo enseñó enseguida.

Al escribir la historia hubo cosas que me resultaban familiares o conocidas, y cosas que no. La novela transcurre entre las décadas de 1960 y 1990, de forma que estoy agradecida a muchas fuentes de investigación que utilicé siempre que me fue posible, y cualquier error que aparezca es solo mío. La historia es una obra de ficción y cualquier referencia a personajes, lugares o acontecimientos se emplea siempre en modo ficticio.

Mis viajes por la zona me dieron una idea de cómo eran los lugares y la gente, de igual modo que pasar tiempo con colegas y amigos amables y generosos de Afganistán, Asia Central y Rusia.

He trabajado internacionalmente en los últimos años con muchos jóvenes afectados por los conflictos de muchas y muy diversas maneras. Muchas veces el haber podido o no ir al colegio era el aspecto clave que definía las oportunidades vitales futuras de cualquiera de esos jóvenes. De aquí nació mi interés concreto por escribir sobre Afganistán y sobre una niña y sus hermanos, que pierden esa ruta hacia un futuro seguro y próspero.

Durante mi temporada como directora ejecutiva de PEN International fui testigo a menudo también de historias de familias rotas, obligadas a veces a abandonar sus hogares y sus vidas para volver a empezar en un sitio nuevo. Se te partía el corazón al oír muchas de estas historias. Y, sin embargo, lo que más me asombraba era la capacidad de estas personas para seguir adelante, para encontrar su camino en el mundo a pesar de todo lo que habían perdido y pasado.

Este libro está escrito en parte como tributo a cada una de esas personas y para todas esas innumerables personas que nos dejan atónitos con su valentía.

Y está escrito para ti, el lector. Gracias por venir conmigo en el viaje de Samar.

AGRADECIMIENTOS

Doy gracias a todos cuantos apoyaron la redacción y publicación de esta historia, en particular a la comunidad mundial de PEN, que nunca dejará de inspirarme con la valentía constante y la capacidad de resistencia de sus miembros en todo el mundo; individuos muy notables que a menudo escriben en las circunstancias más duras. Esta historia también es para vosotros y para todos aquellos que creen en el poder transformador de las historias.

Gracias también al equipo de Mslexia, a Peter Florence, Winifred Robinson, Jonathan Hallewell y Julia White, que han contribuido con generosidad a que la historia siguiera adelante.

Gracias a Catherine Cho, a mi agente Jonny Geller, a Kate Cooper, a Eva Papastratis y a todo el fantástico equipo de Curtis Brown, cuya pasión por los libros y apoyo para sus autores no conoce límites.

No podría pedir una editora con más talento ni más dedicación que Lisa Highton en Two Roads Books. Ha conducido este libro con habilidad y paciencia admirables. Gracias también a Federico Andornino, Amber Burlinson, y a todo el maravilloso equipo de Two Roads, John Murray Press y Hodder & Stoughton, infatigables gladiadores de los libros, todos y cada uno de ellos.

Asimismo, a todos mis editores internacionales, por llevar esta historia a lectores de todo el mundo.

Esta historia es sobre la familia y sobre cómo las familias nos

285

convierten en quienes somos; así que a mi propia familia: gracias. A mis padres, que me dieron una casa llena de libros en los que perderme y que me animaron siempre a creer que las chicas pueden hacer cualquier cosa que se propongan. A mis hermanas, por su amistad y su aliento.

Muchos amigos me han apoyado por el camino, mi gratitud y reconocimiento a todos ellos.

Y a Howard y a Riley, por hacerme mejor persona y escritora, con amor.

CPSIA information can be obtained
at www.ICGtesting.com
Printed in the USA
LVHW010347150519
617775LV00001B/3